다산의 사랑

정찬주 장편소설

다산의 사랑

한결미디어
HANGYEOL MEDIA

차례

1장

2장

3장

부록

1장

소내나루 뱃길

1819년 봄.

여인은 송파나루 주막 골방에서 밤새 뒤척거렸다. 깊이 잠들지 못하고 노루잠으로 하룻밤을 보냈다. 마음은 이미 정약용 일가가 사는 소내나루와 마재로 가서 떠돌았다. 지난가을에 다산초당을 떠났던 정약용만 생각하면 가슴이 저렸다. 주막 울타리 너머에서 강물 흐르는 소리가 났다. 강물 소리는 한밤중 내내 여인의 시린 어깨와 등을 따뜻하게 감쌌다. 어둑새벽에는 여인의 들뜬 마음까지 토닥토닥 다독여 주었다. 봄이 되어 몸을 푼 강물은 소내나루를 거쳐 송파나루를 적시고 있었다.

여인은 꽃잠을 자는 아이 손을 가만히 쥐었다가 놓았다. 창호에 새벽빛이 들자 해맑은 아이 얼굴이 좀 더 또렷해졌다. 아이는 정약용을 닮아 제 또래보다 손가락과 발가락이 짧았다. 다산초당 오솔길의 동백꽃이 피고 지던 지난겨울 내내 마재로 가자고 여인을 보챘던 일곱 살 난 딸아이였다. 정약용이 해배되기 두어 달 전부터 아이는 정약용의 무릎을 차지하고 앉아 마재 이야기를 귀여겨들었다.

마재는 북한강과 남한강이 만나는 두물머리 안쪽에 있었다. 예봉산이 거북 등이라면 거북 머리에 해당하는 곳이 바로 마재였다. 그러니 거북이 마실 물은 천년만년 마르지 않을 땅이었다. 정약용 형제들은 그런 산세의 낮은 고개 밑에서 대대로 터를 잡고 살았다. 마재마을은 나무말미에 산나물을 네댓 움큼 뜯을 수 있고, 강섶으로 나가면 빨랫말미에도 함지박 한가득 고기를 잡을 수 있는 넉넉한 곳이었다.

예봉산과 나란히 솟은 운길산 수종사에서는 아침저녁으로 범종 소리를 보냈다. 안개 낀 날에는 귓전을 또렷하게 파고들었다. 정약용은 저녁놀을 보려고 종 석이를 앞세워 수종사 누각으로 올라가곤 했다. 강은 붉은 비단을 깔아놓은 듯 눈부셨다. 언 강에 자국눈이 쌓일 때도 놀은 다홍치마처럼 떨어졌다. 그런 날에는 겨울을 나려고 강을 건너는 노루나 고라니가 점점이 보였다.

밀문과 창호가 쪽빛으로 변했다. 주막어멈이 피우는 군불 연기가 밀문 틈새로 들었다. 여인은 앉은 채 머리를 매만졌다. 잠시 후에는 아이를 흔들어 깨웠다. 강진서문에서부터 길잡이를 했던 이청이 간밤에 첫배를 타자고 했던 것이다. 이십 대 후반의 이청은 강진동문 밖 주막집의 봉놋방인 사의재 시절부터 정약용의 오랜 제자이기도 했다. 사의재 시절 아명은 이학래였다.

이청은 스승 정약용의 소실인 여인보다 열두 살 어렸다. 이청은 남당포 천민 출신인 여인에게 아이 이름을 앞에 붙여 '홍임 모친'이라고 불렀다. 그것도 친구들끼리 얘기할 때는 남당포 출신이라 하여 '남당네' 혹은 허드렛일을 하는 여자라 하여 '막수네'라고 하대했다. 선대부터 아전 집안인 이청은 여인을 은근히 얕잡아 보려 했다. 강진을 출발하는 날짜도 이런저런 핑계를 대며 한 달을 미루다가 홍임이 소식을 묻는 정약용의 편지를 두 차례나 받고 나서야 마지못해 움직였다.

강진을 떠난 이후에도 이청은 길을 제멋대로 잡았다. 여인은 한시라도 빨리 마재로 가고 싶었지만 이청은 과천에서 과거를 준비하는 낯익은 유생을 만나 하루를 더 머물다가 송파나루로 향했던 것이다. 스승의 채근을 받고도 서두르지 않는 이청을 여인은 드러내놓고 따지지 못했다. 속으로만 애를 태웠다.

사실 이청은 정약용에게 불만을 터트릴 만도 했다. 정약용 문하에서 열한 살 때부터 십칠 년 동안 사의재와 고성암, 묵재와 초당을 거치면서 공부했건만 과거급제는 요원할 뿐이었다. 문서를 작성하는 이문(吏文)은 옹골찼지만 타고난 재주를 가름하는 시문(詩文)이 경박하여 보잘것없기 때문이었다.

어느 날 정약용은 이청이 딱했던지 그의 과거 공부를 말리기도 했다. 그때 이청은 술에 취한 척 스승의 멱살이라도 잡고 하소연하고 싶었지만 차마 그러지는 못했다. 눈앞이 캄캄해지고 가슴만 참담하게 무너졌다. 초당의 제자들 중에서 오직 네댓만이 스승의 저술을 도왔지만 그 일은 자신의 과거급제와는 무관한 일이었다. 한양으로 진출하여 벼슬을 얻는 공부와는 아무 상관이 없었다.

그렇다고 한번 맺은 사제의 인연을 미련 없이 끊지도 못했다. 해배되어 자유로운 몸이 된 정약용이 어느 때 높은 벼슬을 받아 자신에게 도움을 줄지 몰랐다. 조선 천지에서 자신을 이끌어 줄 출세의 끈이라곤 무지렁이였던 자신의 눈을 뜨게 해준 정약용밖에 없었다. 이청이 지난가을 정약용의 해뱃길에 이어 이번에 또 마재로 가는 것도 순전히 자신을 위해서였다. 여인과 홍임이를 데리고 오라는 정약용의 지시를 따르는 것은 제자로서 마땅한 구실에 불과했고 속내는 벼슬에 대한 집념을 버리지 못해서였다.

이청이 방문 가까이서 소리쳤다.

"홍임 모친, 뱃석으로 갈께라우?"

주막 마당은 금세 사내들의 발소리가 잦았다. 장돌뱅이들이 모닥불을 피웠는지 불김이 방문까지 끼쳐 왔고 뱃사공의 억센 목소리가 들려왔다.

"마파람이 순하겠수다. 소내나루 두물머리 갈 분들 어서 타쇼."

주막 둘레는 안개가 자욱하여 안개숲을 이루고 있었다. 강 건너 아차산은 옥양목 휘장 빛깔의 안개에 가려 보이지 않았다. 스무 걸음쯤 떨어진 강가의 버드나무들만 헐벗은 나목처럼 거무튀튀하게 보였다.

나루터 말뚝에 매인 돛배는 출렁이는 강물에 노새처럼 끄덕끄덕 움직였다. 이청이 여인을 보자 뱃사공에게 다짐을 받았다.

"안개 땜시 암것도 분간헐 수 읎는디 배가 갈 수 있겄소?"

"한강이라면 어디든지 눈을 감고도 갈 수 있소. 걱정 말고 어서 타시오."

사람이 별로 없는데도 사공이 배를 띄우는 까닭은 양근(현 양주) 나루터에서 남사당패를 한 무리 실어 오기 위해서였다. 양근 장터에서 닷새를 보낸 남사당패가 이틀 뒤에는 송파 장터로 내려와 놀이판을 벌이기로 소문 나 있었다.

이청이 뱃머리에 먼저 뛰어올라 아이를 잡아끌었다. 아이가 바람에 끌려가는 꼴망태처럼 뱃머리에 얹혔다.

"홍임아, 아부지 보고 잪으제? 쩌그 안개숲 너매 기신께 쪼깐 지달려라."

"학림 아제, 참말로 고맙그만요."

또랑또랑한 아이 목소리가 안개 속으로 촉촉하게 퍼졌다. 아이는 이청이 사는 집이 학림마을에 있었으므로 이청을 '학림 아제'라고 부르고 있었다. 여인도 아이에게 미소를 보인 뒤 배에 올라탔다. 사공은 더 이상 사람이 탈 것 같지 않으므로 말뚝의 밧줄을 풀었다. 사공이 삿대를 길게 찌를 때마다 배는 강섶을 성큼성큼 벗어났다. 여인은 아이를 꼭 안으면서 이청에게 한마디 했다.

"학림 아제, 고상했소잉. 배 타고 난께 맴이 놓이요."

여인은 강진 땅에서 송파나루까지 걸어온 길을 떠올리면서 가슴을 쓸어내렸다. 마재로 가는 배를 탔으니 더 이상 조마조마할 일이 없었다. 불한당을 만나 가슴이 철렁 내려앉을 일도 생기지 않을 터였다. 이제 딸아이 홍임이는 마재 땅에서 아버지 사랑을 받으며 자랄 것이 분명했다.

"고상은 뭔 고상이다요, 선상님 부탁이신디. 요번에는 선상님이 원하신다문 사오 년은 마재에서 살아뿔라요. 강진과 마재를 오르락내리락허다가 세월 다 가불문 나만 거시기한 놈 될 팅께."

"선상님께 나도 애써볼 팅께 과거에 꽉 붙어부쇼."

"그라믄 을메나 좋겄소. 재주가 짤바서 안 된디. 그라지만 누가 뱃속서 배와 갖고 나왔겄소? 기왕 과거 질로 나섰응께 끝장을 봐야지라우."

여인은 이청이 어떤 사람인지 잘 알고 있었다. 책 욕심이 많고 머리 회전이 빨라 정약용이 늘 옆에 두고 싶어 하는 사람이었다. 무슨 일이든 맡기면 밤을 새워서라도 틀림없이 해내는, 행동이 민첩하고 집요한 제자였다. 다만, 일이나 공부를 하면서 잇속을 먼저 따지곤 하여 정약용에게 된통 꾸중을 듣는 것이 허물이라면 허물이었다. 그러나 비윗살이 좋은 그는 어떤 경우에도 주눅 들지 않았다.

"학림 아제를 옆에서 보랏고 살아서 아는디 반다시 빛 볼 날 있을 것이요."

"알아준께 고마와부요. 베슬아치는 못 해도 구실아치는 허고 잘

으요.”

구실아치란 중인들이 맡는 하위직 벼슬아치를 뜻했다. 그것만 성취해도 만족하겠다는 이청의 절절한 소망이었다. 집념이 지나친 탓인지 이청의 얼굴이 겉늙어 보였다. 여인은 잠깐 짠한 마음이 들었다. 게다가 눈썹에 이슬비보다 가는 는개가 붙어 이십 대 후반이 아니라 오십 대 초로의 나이로 비쳤다. 여인은 얼른 고개를 딸아이에게 돌렸다. 그러자 아이가 여인에게 물었다.

“엄니, 아부지 사는 디 을메나 더 간당가?”

“한나절만 가면 아부지 고향인갑다.”

“엄니, 아부지는 안개 너매 시상에 기시그만요.”

모녀의 얘기를 듣고만 있던 이청이 나섰다.

“선상님을 닮아 또골또골허긴. 니 말이 맞어야. 선상님 사시는 소내나루에선 안개가 모다 허글씰 것이다. 그라믄 딴 시상이 보이겄제잉.”

여인은 갑자기 가슴이 뛰었다. 문득 가서는 안 될 곳으로 끌려가는 것 같은 기분이 들었다. 여인은 고개를 흔들었다. 낯선 정약용 형제 친척들이 자신을 어떤 태도로 맞아줄지 가늠이 되지 않았다. 두렵고 무서운 생각에 머리가 무거워졌다. 여인은 딸아이를 다시 껴안으면서 떨었다. 아이가 놀라 여인의 치마를 잡아당기며 말했다.

“엄니, 으디 아프요?”

“아니여.”

"사시나무 떨데끼 헌께 묻지라우."

"어메가 어만 허깨비를 봤는갑다. 인자 괸찬헌께 치마를 놔부러라."

이청도 여인의 얼굴을 보고는 놀랐다. 잠깐 동안이었지만 파랗게 질려 있었던 것이다. 눈치 빠른 이청이 여인의 마음을 모를 리 없었다, 여인의 얼굴은 강진에서 예까지 오는데 수시로 달라지곤 했으니까. 아이는 소풍 가는 것처럼 계속 들떠 있었지만 여인은 수심에 차 있곤 했는데, 그나마 입가에 미소를 잃지 않았던 순간은 강진을 막 떠났을 무렵과 송파나루에서 배에 올랐을 때뿐이었다.

여인은 마재가 점점 더 가까워질수록 아이와 달리 불안해했다. 물살이 센 된여울에 이르러 배가 뒤뚱거리며 밀리자 오히려 안도의 한숨을 쉴 정도였다. 그러나 배는 이내 방향을 바로 잡고 멀리 두물머리로 가는 여울목인 두미협을 향해 나아갔다.

안개가 자취를 감추자 강가의 산자락들이 선명하게 드러났다. 그제야 사공은 삿대를 뉘고 돛을 올렸다. 먼 산자락에 조개껍질처럼 다닥다닥 붙은 마을들이 하나둘 나타났다. 바로 그때 이청이 뱃머리로 올라서더니 여인이 진저리를 칠 만큼 소리쳤다.

"홍임아, 쩌그 산모퉁아리를 돌문 바로 소내나루다. 니 아부지가 사시는 고향 마재마실이단 말다!"

여인은 차마 그쪽을 쳐다보지 못하고 돌아선 채 고개를 떨어뜨렸다. 강물에 비친 여인의 얼굴에서는 눈물이 흘렀다. 여인은 또다시 심장이

쿵쾅쿵쾅 뛰었다. 정약용 형제 친척들이 자신을 환대할지 문전박대할지 도무지 알 수 없으므로 반갑기보다는 두려움이 앞섰다. 여인은 딸아이를 다시 한 번 더 껴안았다. 아이가 여인에게 따져 물었다.

"어메는 아부지 볼 건디 안 좋아? 나는 새털멩키로 폴폴 날 거 같은디."

마파람이 더 세게 불자 강기슭을 따라 올라가는 배는 속도를 더 냈다. 두미협에 내린 산 그림자 위를 미끄러지듯 들락거렸다. 이따금 뱃머리에 부딪치는 허연 물결이 여인에게 달려들듯 튀었다.

여인은 입술을 깨물었다. 백련사 대웅전 부처에게 빌었다. 마재 땅에 발을 딛게 된다면 절대로 물러서지 않겠다고 불안해하는 마음을 다잡았다. 강진초당 동암에서 살 때처럼 정약용에게 차를 달여 주고, 밥하고 고기 잡아 고깃국 끓이고, 옷 깁고 빨래하고, 흙 묻은 신발 닦고, 몸에 종기가 나면 고름을 짜주며 살겠다고 다짐했다.

백자찻잔

지난가을.

백련사 동백나무 숲 동백꽃 망울이 시나브로 부풀 무렵이었다. 정약용의 해배 소식이 전해진 뒤부터 초당은 갑자기 사람들로 북적거렸다. 귤나무 밭 사이로 난 오솔길에는 종일 정약용의 강진 지인과 제자들이 하나둘 오르내렸다. 솔바람이 드나드는 초당 동암에 기거하면서 떡차 바라지와 끼니를 준비하는 홍임 모의 손길도 덩달아 바빴다.

소식을 끊었던 제자들도 하나둘 슬그머니 나타났다. 더러는 집에서 과문(科文) 공부에 몰두하겠다고 핑계 댔지만 사실은 흉년이 이삼 년째 들어 생활고를 풀기 위해 초당을 떠나 논밭뙈기를 일구던 제자도 있었다. 그런가 하면 정약용이 혜장과 초의 같은 승려들과 체통 없이 사귄다고 못마땅해 하면서 초당을 떠난 제자도 있었다. 이런저런 이유로 등졌던 제자들이 날마다 초당으로 몰려와 낙엽이 쌓인 마당을 쓸고, 허물어진 축대를 손보는가 하면 샘에 낀 이끼를 걷어내는 등 부산을 떨었다. 제자들 모두가 스승 정약용이 한양에 가면 큰 벼슬을 할 것이라고 떠들었다.

제자들 가운데 목소리가 큰 사람은 단연 이청이었다. 정약용의 문하에서 가장 오랫동안 출입해 온 애제자였다. 물론 정약용이 늘 안타까워했던 수제자는 황상이었지만 그는 초당 시절부터 발을 끊은 지 오래였다. 중인 신분이었으므로 귤동 윤규로의 요구로 초당에 발을 붙이지 못했다. 다만 친화력이 남다른 이청만은 예외였다. 이청이 양반을 자처하는 윤규로의 초당에서 황상과 달리 처음부터 출입해 온 것은 그의 유별난 붙임성이 한몫했다.

주막집의 봉놋방 사의재 시절만 해도 이청은 자신보다 네 살 많은 황상에게 시작(詩作) 능력에 있어서 재주를 내밀지 못했다. 그런데 지금의 황상은 정약용에게 공부했다는 말도 감히 꺼내지 못했다. 황상은 십일 년 동안 정약용에게 단 하루도 공부한 적이 없었던 것이다. 아전 나부랭이라고 무시하는 초당 주인 윤규로에 대한 반감이 컸을 뿐만 아니라 자존심 강하고 고지식한 그의 외골수 성격 탓이었다. 황상이 정약용에게 마지막으로 한 말도 양반들을 향한 거부감이 생각보다 모질게 섞여 있었다.

"지는 귤동 윤 처사님이 자석덜 진사시 생원시 급제시킬라고 선상님 모셔 간 초당에는 가지 않을라요. 강진 촌귀텡이 양반덜은 출세할라고 환장헌 사람덜이란께요. 사람 되라고 글을 허는 것이제 권세 얻을라고 배우는 거 아닌께요. 인자부텀은 선상님이 갈켜준 대로 모지락시럽게 혼자 시를 익혀불랍니다요. 옛 학사덜 문장 초서하며 중멩키로 숨어 살아불겄습니다요."

이후 생활고까지 겹친 황상은 초당에 그림자도 나타낸 일이 없었다. 강진 현감의 부탁이 있었을 때도 백련사까지만 왔다가 재산 절목을 조사한 뒤 만덕산 자드락길을 내려갔다. 그러니 자연 정약용과는 더욱더 데면데면해졌고 나중에는 소식마저 끊겼다. 정약용도 해배 무렵에는 수제자 황상을 더 이상 들먹이지 않았다.

그런데 그날, 그것도 어슴새벽에 황상은 백련사 가는 고개를 넘고 있었다. 예사로운 일이 아니었다. 마재로 돌아갈 정약용에게서 은밀한 부름을 받았는지도 몰랐다. 그러나 그런 억측은 정약용이나 황상의 성격으로 보아 있을 수 없는 일이었다. 황상이 백련사로 가는 까닭은 초당의 동암을 지키는 홍임 모를 만나기로 한 약속 때문이었다. 백련사 동백나무 숲에서 초당 사이에 느타리버섯처럼 솟은 석름봉 바위 아래서 먼동이 트기 전에 만나기로 했던 것이다. 능구렁이같이 구부러진 산길은 칙칙했다. 이슬에 젖은 채 자빠진 억새가 바짓부리를 스쳤다.

혜장이 없는 백련사는 적막했다. 잔가지가 그물처럼 무성하게 뻗은 배롱나무 한 그루가 만경루를 지키고 있을 뿐이었다. 새벽예불을 마친 염불승이 승방으로 들어가더니 문을 닫았다. 갈대발이 희부옇게 에워싼 남당포 바다는 고래 등처럼 검푸르게 빛났다. 그믐달이 푸른빛을 뿌리지만 미처 남당포 바다까지는 미치지 못했다.

초당 어귀의 동백나무 숲은 박명에 휩싸여 드러나 있었다. 때 이르게 핀 동백꽃이 강아지 혓바닥같이 붉었다. 동백나무 숲 아래 차나무들도 곧 꽃을 피울 듯 했다. 이슬이 내린 찻잎들이 차갑게 번들거렸다. 차나무와 황칠나무가 듬성듬성 자란 석름봉에 다다르자 솔바람이 소쇄하게 지나갔다. 황상이 인기척을 보내자 홍임 모가 소리를 냈다.

"아제, 이짝에 있어라우."

"꼭두새복에 보자고 해서 미안허요."

"뭔 일이다요, 초당으로 오지 않고. 넘들이 보문 숭보겄소."

"귀한 요 사발을 선상님께 돌려드릴라고 왔어라우."

황상은 저고리 속에서 주발만 한 백자찻잔 하나를 꺼냈다. 홍임 모가 백자찻잔을 알아보았다. 백자찻잔 속에는 청색으로 풍죽(風竹) 이파리들이 예리한 칼날처럼 그려져 있었다. 누가 보아도 귀한 청화백자 찻잔이었다.

"아제, 요건 혜장스님이 선상님께 준 백자 같소."

정약용이 사의재 시절부터 차를 마실 때마다 사용한, 혜장에게 받은 청화백자 찻잔이었으므로 홍임 모의 눈에도 낯익었다. 더구나 초당 시절에는 홍임 모가 주로 차를 덖고 달이고 다구들을 만졌으므로 무엇보다 손에 익은 백자찻잔이었다. 찻잔이 그믐달 빛에 반사되어 우윳빛으로 반짝거렸다. 찻잔 안에 그려진 대나무는 비록 꺾어졌지만 댓잎은 기개가 서려 있었다.

"맞끄만요. 선상님께서 지에게 신표로 주셨던 귀물이란께요."

정약용이 초당에서 혜장을 시켜 자신에게 보내온 백자찻잔이었다. 황상은 혜장이 전해 준 정약용의 말을 잊지 못했다. 시를 공부하는 선비는 고약한 우여곡절 속에서도 대나무처럼 개결해야 한다는 당부였다.

"가져가시쇼. 선상님이 신중허게 생각허시고 준 귀물일 팅께."

"난 자석으로 치문 불효자석이어라우. 요기 탁 놔불고 갈랑께 알어서 허쇼."

"선상님이 불같이 화를 내실 거 같은디요."

"내일이면 선상님께서 마재로 떠나신다는 소문을 들었어라우. 사람들 눈 피해서 시방 요 시간에 홍임 모친을 만나러 와분 것이요."

황상은 홍임 모가 손사래를 치자 백자찻잔을 반반한 반석 위에 놓고 돌아섰다. 뒤를 한 번 보더니 새삼 섭섭한 얼굴로 작별인사를 했다.

"홍임이랑 마재로 가서 잘 사쇼잉. 인자 남당포는 잊아뿌리쇼."

"난 당장 못 가라우. 초당에서 요번 시안 나문 길잽이를 붙여 줄 팅께 그참에 마재로 오라고 했당께요. 긍께 몬즘 인사헐 거 읎어라우."

홍임 모는 황상이 보이지 않자 그믐달을 쳐다보며 도리질을 했다. 손톱만 한 그믐달이 황상의 처진 몰골처럼 초라하게 보였다. 정약용의 제자들 중에 말석으로 내려앉은 황상처럼 가물가물 희미해지고 있는 그믐달이었다. 세습 아전이었던 아버지 황인담이 죽고 난 뒤 시 공부와 생계 사이에서 몇 달간 방황하다가 정약용이 초당으로 거처를 옮기자 그의 문하를 완전히 벗어나버렸던 황상이었다.

홍임 모는 소리 나게 혀를 찼다. 정약용에게 청화백자 찻잔을 전해 줄 수는 없었다. 그랬다가는 당장 불벼락이 떨어질 것이 뻔했다. 해배 잔치에 재를 뿌리는 놈이라 하여 황상을 아주 괘씸하게 여길 터였다. 황상의 시 짓는 재주를 마음속으로 기특해했던 그간의 덧정마저 떼버릴 것이 분명했다. 정약용은 덕룡산 산자락에 자리한 용혈암이나 조석루 등 어느 시회(詩會)에서나 점잖게 황상을 자랑했음이었다. 결코 이청은 황상의 상대가 되지 못했다. 홍임 모는 정약용에게 황상의 얘기를 너무 많이 들었으므로 실제로 사의재 시절부터 그를 옆에서 지켜본 듯했다.

홍임 모는 동암에서 호미를 가져와 차나무와 황칠나무 사이에 구덩이를 팠다. 낙엽이 덮였던 흙은 고슬고슬 부드러웠다. 예닐곱 번의 호미질에도 백자찻잔을 묻을 수 있을 만큼 깊어졌다. 홍임 모는 누가 볼세라 잽싸게 백자찻잔을 묻었다. 얼마나 급하게 허둥대며 묻었던지 호미를 놓고 동암으로 돌아왔다. 그때 정약용은 동암 마루에 서서 헛기침을 하고 있었다. 참으로 오랜만에 홍임 모와 이부자리에 함께 들었는데 잠자리가 휑하여 방 밖으로 나온 듯했다. 홍임 모를 찾고 있었다.

"홍임 어미, 손님들 수발하느라 힘들 텐데 쉬지 않고 게서 뭐 하는가."

"홍임이 잠자리 쪼깐 보고 왔어라우."

홍임 모는 방 밖으로 나온 이유를 초당 아랫목에서 자는 딸아이 홍임이 탓으로 둘러댔다. 정약용은 더 묻지 않고 홍임 모를 불러들였다. 방 안은 이미 이부자리가 정갈하게 개어져 반닫이 위에 놓여 있었다. 정약용은 서재로 이용하는 다른 방으로 건너가더니 문서 서너 장을 들고 왔다.

"홍임 어미도 알고 있어야 할 문서라 보여 주는 것이네. 이것은 소석문 안에 있는 논밭을 적은 문서네. 해배가 되지 않으면 소석문 안에서 여생을 마치려고 사둔 땅이네. 또 이건 초당 주변의 땅문서이고. 제자들이 논밭을 관리해서 일정한 수입을 마재로 보내기로 했네. 다신계(茶信契)까지 맺어 약조했으니 마음이 놓이네."

"초당은 윤 처사님께 돌려드릴 꺼지라우?"

"아닐세. 홍임 어미가 사는 동안은 아무 말 못 할 것이네."

"선상님이 안 기신다문 감푸지 않을께라우?"

"걱정 말게. 홍임 어미나 우리 홍임이는 이번 겨울만 나고 마재로 와 함께 살기로 하지 않았는가. 초당은 다신계 제자들이 잘 가꾸어나갈 것일세."

정약용은 다신계 제자들을 굳게 믿었다. 홍임 모에게 굳이 땅문서를 보여 주는 까닭은 홍임이가 친자식이라는 것을 늘 잊지 않겠다는 표시였다. 홍임이도 문서에 적힌 강진 땅을 물려받을 권리가 있다는 뜻이기도 했다. 비록 소실의 딸이지만 정약용이 마재의 자식들에게 한마디만 당부하면 가능한 일이었다.

동암 뒤로 난 바라지창으로 햇살이 들었다. 정약용에게도 햇살이 다가와 안경알이 빛났다. 안경알뿐만 아니라 얼굴에도 활기가 돌았다. 해배 소식은 바윗덩어리처럼 무거웠던 초당 분위기를 단번에 바꾸어버렸음이었다.

"요건 뭐당가요?"

정약용은 문서 뒤에 붙은 종이 한 장을 들여다보더니 미간을 찌푸렸다. 정약용이 어느 땐가 붓으로 그린 마재 지도였다. 소내나루에서 가까운 생가 위편 밭에는 십자가 한 개가 유별나게 그려져 있었다.

"초당에 온 학가 편에 보내려고 했던 지도네. 학가에게 준 줄 알았는데 땅문서 뒤에 붙어 있었구먼."

학가란 첫째 아들 학연의 아명이었다. 홍임 모는 마재 지도의 십자가가 무엇인지 굳이 정약용의 얘기를 듣지 않아도 금세 눈치챘다. 언젠가 동암 마루에서 차를 마시며 정약용이 추자도에 사는 황사영의 아들 경한을 걱정하면서 관군이 마재 집을 수색하기 전에 형제들이 지닌 십자가를 모아 밭 가운데 묻었다는 얘기를 들었던 것이다.

"조심허시란께요. 또 끼께가실라고 그라시요. 천주학쟁이는 모다 죽이는 시상인께요. 요 종이도 꼬실라뿌려야 신상에 핀허지 않을께라우?"

"홍임 어미 말이 맞네. 큰일날 뻔했어. 누군가 밀고했다면 우리 집안이 또 쑥대밭이 될 뻔했어."

"지가 태울 팅께 주쇼잉."

"내가 태워 없앨 것이네. 뽕나무밭에 숨긴 십자가를 내 어찌 잊겠는가. 무슨 일이 있더라도 십자가를 찾아서 친지들의 무덤에 반드시 묻어줄 것이네. 그래야 불쌍한 작은형님과 조카사위, 그리고 조카들의 억울한 원혼 앞에서 내 면목이 설 것이네."

홍임 모는 몸을 부르르 떨었다. 정약용이 '천주학쟁이' 얘기를 꺼낸 것은 실로 몇 년 만이었다. 능지처참당한 황사영과 정난주(마리아) 사이에 태어난 두 살배기 아들 황경한이 어머니가 제주도 관노로 끌려갈 때, 추자도 오 씨에게 맡겨져 그 섬에 살고 있다며 괴롭게 얘기한 이후 단 한 번도 꺼낸 적이 없었던 참혹한 가족사였다.

홍임 모가 추자도로 가서 먼발치에서 본 황경한은 정난주의 아버지 정약현의 외손자인 셈이었다. 또 하나 더 홍임 모가 들은 얘기가 있다면 초당의 제자 중에 이택규가 정약용의 매형 이승훈의 아들이라는 사실이었다. 이승훈의 집안사람들이 한양에서 봉변을 당할 때, 정약용이 조카 이택규를 강진으로 몰래 불러들여 만덕산 산골짜기 고사굴에다 유랑민이 버리고 간 빈집을 구해 주었다는 얘기였다. 이와 같은 사실은 귤동 윤씨들은 물론이고 황상도 모르는 홍임 모만 아는 비밀이었다. 정약용이 곤경에 처할 때마다 도움을 준 혜장은 진즉 세상을 떠났으므로 비밀을 거론할 필요가 없었다.

정약용이 먼 허공을 응시하며 몸서리를 쳤다. 정약용이 그린 마재 지도는 제사를 지내고 나서 태우는 지방처럼 불살라졌다. 천주학쟁이라는 이유로 온 집안이 풍비박산되었으니 온몸에 한기가 들이칠 만도 했다. 정약용은 애써 과거를 잊고 해배의 홀가분함을 만끽하고 싶어 한동안 두 팔을 휘휘 저었다.

때마침 낯익은 까치 한 마리가 나타나 동암 마당가에 자라는 버드나무 가지 사이를 날며 깍깍 소리쳤다. 까치는 정약용이 휘파람을 불자 허공을 두어 바퀴 돌며 공중제비를 했다.

정약용이 홍임 모에게 말했다.

"오늘 아침은 무언가?"

"찐밥에다 어저께 제자덜이 꾸정헌 또랑서 잡아온 징검세비 여불고 끼린 실가릿국에 좋아하시넌 쪼각지그만이라우."

정약용은 된장 시래기국에다 강진의 쪼각지, 즉 깍두기 한 사발만 있으면 밥 한 그릇을 뚝딱 비웠다.

"홍임 어미 음식 솜씨는 일품이지."

"낮에는 모냐께 잘 자셨던 띠넌죽을 끼려불라고라우."

"마재에서는 여기 띠넌죽을 수제비라고 하지. 허나 시원하지는 않아. 비결이 뭔가?"

"말간 둠벙서 잡은 논세비를 양신 여불고 끼린께 시원헌 맛이 나지라우."

홍임 모는 정약용의 칭찬에 점심까지 미리 밝혔다. 강진 사람들은 큰 민물새우는 징검세비, 작은 민물새우는 논세비라고 불렀다.

주막집 봉놋방

홍임 모와 헤어진 황상은 백련사 자드락길을 내려와 갈대밭에서 소변을 본 뒤 강진동문 쪽으로 갔다. 읍성 안팎의 민가에서는 아침 짓는 연기가 모락모락 피어오르고 있었다. 황상은 현감이 부르지 않았는데도 읍성으로 들어가는 길을 걸었다. 우울한 얼굴로 휘적휘적 잰걸음을 했다. 남당포 개울녘에서 추자도 젓갈 장사꾼이 손짓했지만 그는 대꾸하지 않고 고개를 숙인 채 징검다리를 건넜다. 된서리가 내린 들녘은 군데군데 검은 논바닥이 드러나 있었다.

황상은 동문 밖 주막집에 이르러서야 걸음을 멈췄다. 읍성 안에서 만날 사람이 있거나 아침 일찍부터 볼일이 있는 것은 아니었다. 황상은 주막집 앞에 선 자신을 발견하고는 자못 소스라치게 놀랐다. 그제야 자신이 주막집까지 정신없이 걸어온 사실을 알았다.

사립문에 얹힌 아침 햇살은 예나 지금이나 변함이 없었다. 사의재 시절에 날마다 마주쳤던, 가슴을 두근거리게 했던 환한 햇살이었다. 황상은 멍하니 서서 사립문에 드리운 햇살을 한동안 쳐다보았다. 햇살 한 자락이 부드럽고 따뜻한 손길처럼 차가운 어깨를 살살 만져주는 것도 같았다.

"워메, 산석이 아니당가? 거그서 머시기 허고 섰당가."

주름살이 깊게 팬 주막할멈이 소리쳤다. 주막집도 할멈의 나이에 따라 흥하고 쇠락하는 모양이었다. 할멈이 오십 대 때만 해도 정약용이 봉놋방 사의재에서 읍중제자들을 가르쳤고, 강진과 장흥 아전들이 주막집에서 낮술을 마시면서 공무와 일을 볼 만큼 북적댔던 곳인데 이제는 이따금 동문을 들락거리는 제주도와 추자도 장사꾼들에게 국밥이나 팔면서 근근이 명맥을 유지하고 있었다. 주막할멈이 황상을 흘깃 보면서 혀를 찼다.

"쯧쯧. 제냥시런 학래보담 잘되불 줄 알았는디 요게 뭔 꼬라지다냐. 여그서 공부헐 쩍에는 젤로 잘했는디 소문을 들어본께 학래만 초당에 출입했다고 허대."

"귀똘서 폴폴 나는 멩갈이 참말로 곱그만이라우."

황상의 옷차림은 주막할멈이 혀를 찰 만큼 궁상맞았다. 헐렁한 홑저고리는 풀기가 조금도 없었고, 소맷자락은 때가 꼬질꼬질 낀 데다 저고리와 바지 무릎께는 누런 헝겊 조각이 덧대어 있었다.

"고진헌 산석이가 으쩌다가 요로코롬 변해부렀다냐."

"쓰잘데기읎는 말씸 하덜 말고 국밥이나 주쇼잉."

황상이 털썩 마루에 올라앉았다. 그래도 주막할멈은 소반을 내올 생각을 하지 않고 황상을 윽박질렀다.

"옛날 생각이 나서 왔능갑씨야. 맞제? 대답해 보란께. 황 씨도 알란지 그나 학래 부자가 꽁수만 부리지 안 했으믄 우리 주막이 요렇게 매가리읎이는 안 되얐제."

"모다 지난 일이란께요. 허덜픈께 깡밥이라도 있으믄 몬즘 주쇼잉."

주막할멈은 이청 부자에게 피해를 봤다고 여기고 있었다. 정약용이 주막집에 살 때는 손님들이 줄을 섰지만 고성암으로 올라갔다가 학림마을에 사는 이청 집으로 이사하고 난 뒤부터는 손님들이 줄었다며 투덜거렸다. 정약용이 유배 왔을 때 아전이었던 이청 아버지가 나서서 주막집을 소개했고, 또 오 년이 지난 뒤에는 자기 사랑채를 내주었으니 주막할멈에게는 약 주고 병 준 셈이었다.

"이녁 소가지가 시방 홍어창시 같단께. 이녁만 홍어창시가 아니라 집이도 물짠 고놈 땜시 낭패를 당했제 뭐."

황상은 아무런 말도 하고 싶지 않았다. 정약용이 이청 집으로 거처를 옮기고 난 뒤부터 읍중제자들이 모두 발길을 끊었지만 친동생 황경의 친구인 이청을 지금에 와서 탓하고 싶지는 않았다. 누구보다도 글 욕심이 많은 이청이었다. 이청이 자신의 공부 욕심을 채우고자 자기 집으로 정약용을 모셔 갔는지도 모르겠지만 황상은 그것도 이청의 능력이라고 생각했다. 물론 그때 황상도 정약용을 자기 집으로 모시고 싶었지만 술병이 든 아버지의 모습이 부끄러웠고, 또 끼니마다 잘 대접할 자신이 없었던 것이다.

황상은 뚝배기에 담긴 국밥을 뜨다 말고 봉놋방을 바라보았다. 사의재(四宜齋)라고 쓰인 편액은 보이지 않았다. 뒷골방에 붙어 있던 편액이 읍중학동들이 드나든 이후부터 봉놋방 처마 밑으로 옮겨졌는데 이제는 사라지고 없었다. 주막집 방들 가운데 가장 넓고 밝아서 이제는 장사꾼들이 묵고 가는 방으로 이용할 터였다. 봉놋방 앞 마당가에는 맨드라미 서너 송이가 피딱지 같은 빛깔로 시들어가고 있고, 왼편의 '바가지시암'이라고 불리는 샘 둘레에는 예전과 같이 물동이를 인 아낙네들이 젖가슴을 드러낸 채 다녔다.

황상은 주막집에서 정약용을 처음 만나 큰절을 올린 날을 또렷하게 기억했다. 정약용이 유배 온 다음 해 가을 시월 초순 어느 날이었다. 햇살이 들지 않는 뒷골방에서였다. 어두컴컴한 골방은 승려들이 좌선했다는 덕룡산 산허리에 있는 용혈암 동굴 같았다.

정약용이 무뚝뚝하게 황상을 맞이했다. 큰절을 올린 황상은 눈빛이 형형한 정약용을 감히 쳐다보지 못했다. 두려워서 눈을 마주칠 수 없었다. 쟁기질을 막 익히기 시작한 농사꾼 무지렁이가 당상관 통정대부에 올랐던 지체 높은 정약용의 제자가 된다는 사실이 믿어지지 않았다. 그래서 황상은 논밭의 추수가 끝날 때까지 무려 한 달여 동안 주막집 부근을 서성거리다가 십일월 늦가을이 돼서야 정약용 앞으로 가 무릎을 꿇었다.

그러나 황상은 첫날부터 일주일 내내 잘못 찾아온 것이 아닌가 싶어 조바심을 냈다. 책을 보고 있으면 저절로 눈이 감기고 무엇보다 하루 종일 방 안에 앉아 있으면 헛생각만 나고 좀이 쑤셨다. 산에서 나무할 때나 논밭에서 일할 때처럼 몸이 자유롭지 못했다. 자신의 아명인 산석(山石)처럼 산자락에 뒹구는 돌멩이같이 있는 듯 없는 듯 살아야 할 운명인지도 몰랐다.

황상이 봉놋방에 나온 지 일 주 만이었다. 정약용이 여섯 명으로 늘어난 제자들의 근기나 품성을 이모저모로 뜯어보더니 황상에게는 유독 문사(文史)를, 이청에게는 이학을 권유했다.

“산석아, 너는 시와 고문을 익혀라. 그게 욕심이 없고 조용한 네 근기에 맞겠다. 학래는 셈하는 산학(算學)에 재주가 좀 보이니 이문을 먼저 배우는 것이 좋겠다. 알겠느냐?”

황상은 문사가 무엇인지 몰랐으므로 대답을 못 했다. 그러자 옆에 앉아 있던 이청이 무릎걸음으로 정약용 앞에 나아가더니 말했다.

“선상님, 지는 과거 공부를 허고 잪어라우. 아부지도 선상님만 잘 만나불문 잘헐 거라고 했어라우.”

“네가 정 원한다면 과문(科文)을 가르쳐주겠다만 지금은 때가 아니다. 너에게는 당장 활용할 수 있는 이문이 좋을 것이다. 우선 공부가 네 적성에 맞아야 재미가 붙을 것이고 무슨 공부든 앞으로 진척이 있을 게야."

정약용은 당돌하게 열의를 보이는 이청보다는 혈기가 없고 비위짱이 약해 보이는 황상에게 관심을 더 보였다.

"산석아, 왜 대답을 하지 않느냐? 넌 천성적으로 시비를 좋아하는 성품이 아니다. 그러니 이문을 공부한다면 곧 흥미를 잃을 것이다. 또한 사람들 앞에 나서서 이래라저래라 하고 군림하는 것도 너와는 맞지 않으니 과문도 아니다. 시와 고문의 문향을 즐기고 유유자적하며 사는 것이 네 성정에 딱 맞는 것 같으니 문사를 권하는 것이다. 이제 내 말을 알아듣겠느냐?"

황상은 정약용이 자신을 칭찬하는 것 같아서 부끄러웠다. 여러 명의 제자 중에 왜 자신에게만 은둔하며 사는 선비와 같이 시와 고문을 배우라고 권하는지 이해를 못 했다.

"선상님, 지는 흙을 묻히고 사는 농사꾼이제 붓을 만지고 사는 선비 될 그륵은 아니란께요."

"산석아, 왜 그런 못난 생각을 하느냐?"

"지는 시 가지 병통이 있단께요."

"그것이 무엇이냐?"

"첫째는 남덜보다 둔해뿔고요, 두째는 구럭멩키로 콕 멕혀뿌렀단께요. 그라고 시째는 지가 생각혀도 답답해라우."

"허허. 너에게 세 가지 병통이 있다면 글을 배우는 사람들에게도 세

가지 병통이 있지. 헌데 너에게는 글 배우는 사람의 병통이 없구나."

"선상님, 뭔 말씀을 허실라고 그런게라우?"

"첫째, 외우는 데 빠르면 그 병통이 소홀한 데 있지. 둘째, 글을 쉽게 지어나가면 그 병통이 들뜨는 데 있지. 셋째, 앎이 빠르면 그 병통이 거친 데 있지. 무릇 둔하지만 정성껏 파는 사람에게는 언젠가 구멍이 뚫어지고 마는 게야. 막혔다가 터지는 흐름은 언젠가 성대해질 것이고, 답답하지만 쉬지 않고 연마하는 사람에게는 언젠가 반들반들 빛이 나게 되지."

정약용은 손가락을 오도독 꺾으면서 미소를 띠고 있었다.

"뚫는 것은 어떻게 해야 할까? 부지런해야지. 틔우는 것은 어떻게 할까? 부지런해야지. 연마하는 것은 어떻게 할까? 부지런해야지. 그렇다면 네가 어찌해야 부지런할 수 있을까? 마음을 굳세게 다잡아야지. 오늘 이후 그렇게 할 수 있겠지?"

황상은 정약용의 자애로운 당부를 폭포의 울림처럼 크게 들었다. 갑자기 방 안에 해가 뜬 것처럼 밝아졌다가 어두워졌다. 한동안 황상은 가슴속까지 밝아지는 것 같아 황홀했다. 황상은 콧잔등이 시큰거리는 것을 참으며 도리질을 했다. 그러자 정약용이 황상의 들뜬 마음을 간파한 듯 말했다.

"내 말을 더 듣거라. 오늘 네게 당부한 말을 삼근계(三勤戒)라고 하겠다. 글로 써줄 테니 벽에다 붙여 두고 마음이 흔들리지 않도록 해라."

"뭔 일이 생겨불드라도 어차든지 지킬께라우."

봉놋방을 나와 동문 고샅길을 걷던 황상은 돌부리에 걸려 넘어질 뻔했다. 뒤따라오던 이청이 퉁명스럽게 한마디 했다.

"산석이 성, 선상님은 벨라도 성만 좋아허는 거 같단께."

"학래야, 니도 제봄질허데끼 조단조단 물어보지 그랬냐."

"성도 들었음시로. 나보고는 과거 공부 허지 말라고 하대. 그라믄 할아부지 아부지맹키로 아전 할라고 공부헌당가? 기분이 쬐깐 안 좋아 입을 다물고 있었단께."

이청은 열한 살답지 않게 황상을 보더니 씩씩거리며 말했다. 황상은 정약용이 너무 일찍 '너는 이문, 너는 과문, 너는 문사' 하고 가려준 것이 아닐까 하고 생각했다. 그러나 황상은 스승 정약용이 제자들을 꿰뚫어 보고 한 말이라는 것을 의심치 않았다. 이청이 황상의 어깨 너머로 두어 마디 툭 던지고는 강진서문 쪽으로 사라졌다.

"산석이 성, 나 징허게 공부헐 거란께."

"쬐깐 놈이 독허게 나오네. 내가 니 덕 쪼끔 볼랑갑다."

"선상님헌티 어차든지 인정받고 말 꺼여."

이후 실제로 이청은 모질게 공부했다. 누구보다도 일찍 주막집을 달려와 싸리비를 들고 마당을 쓸고 봉놋방 사의재 마루를 닦은 뒤 책을 폈다. 폭풍이 당산나무 나뭇가지를 부러뜨리며 읍성을 지나가는 날에도 결석하지 않고 주막집으로 기어 왔다. 장대비가 하루 종일 내려 황상과 여러 읍중제자들이 결석한 날에도 이청은 봉놋방 사의재 처마 밑에서 비루

먹은 개처럼 떨었다. 그런 날은 당연히 정약용에게 칭찬과 격려의 말을 듣곤 했다.

그러나 이청의 시 공부는 늘 황상보다 진도가 느렸다. 읍중 학동들이 생각하기에도 이상했다. 어느 날인가는 황상이 정약용에게 별도의 공부라도 하는가 싶어 황상의 뒤를 미행한 일도 있었다. 강학이 끝나고 나서 이청은 샘터에 숨어 있다가 황상이 어디로 가는지 가슴을 졸이며 먼발치에서 살폈던 것이다. 그뿐만 아니라, 1804년 정월에는 황상이 보는 특별한 책이라도 있는가 싶어 몰래 황상의 방에 들어가 윗목에 놓인 책들을 뒤적거린 일도 있었다. 그러나 황상이 가지고 있는 책은 이청의 책과 같았다. 정약용이 읍중제자들을 위해 『천자문』을 개선한 『아학편』과 『소학주관』 및 예부터 전해지고 있는 『시경』 『논어』 『맹자』 『대학』 『중용』 같은 필사본의 책이었다.

그렇다고 황상이 정약용의 눈에 들려고 별다르게 노력한 일도 없었다. 정약용이 독감에 걸려 입맛이 떨어졌을 때 강진 부자와 아전들이 밑반찬으로 먹는 젓갈을 가져온 것뿐이었다.

"이게 무슨 젓갈이냐?"

"작년에 아부지가 추자도 장사꾼을 만나 쌀과 보리로 바꾼 추자 멸젓이라우."

"돔 새끼 같은 이것은?"

"건들큼헌 아구살이젓인갑네요."

황상은 정약용이 따뜻한 쌀밥에 추자도 멸치젓으로 입맛을 찾자 민어 부레를 삭힌 부레젓, 갈치 창자를 삭힌 갈치창젓, 전어 창자를 삭힌 돔배젓, 숭어 창자를 삭힌 또라젓, 조기 창자를 삭힌 속젓 등을 형편대로 구해서 가져왔다. 나중에는 정약용이 부담을 느껴 만류할 정도로 끊임없이 고지식하게 날랐다.

이후 이청은 황상이 학질에 걸려 봉놋방을 나오지 않게 되자, 마음속으로 쾌재를 불렀다. 이청은 기회다 싶어 진도 홍주를 가져와 애석해하는 정약용의 기분을 맞추었다. 그때 정약용은 황상의 빈자리가 마음에 걸렸던지 황상에게 편지를 쓰기 시작했다.

'네 병이 어찌 이다지 극심하냐? 인음증(引飮症)은 어떠하냐? 만약 열의 기세가 대단하다면 마땅히 이것으로 풀리게 될 게다. 비록 돌림감기라고는 해도 보통 걱정이 아니다. 상한 음식을 먹었느냐? 혹 한기와 열기가 왔다 갔다 하느냐?'

정약용은 황산의 건강을 걱정하는 글 뒤에 '학질 끊는 노래(截瘧歌)'를 지어 붙였다. 한약을 지을 처지가 못 되는 정약용으로서는 황상을 위해 '학질 끊는 노래'를 지어 붙일 수밖에 없었다.

황상은 봄인데도 이가 부딪칠 정도로 오한이 들어 솜이불을 뒤집어쓰고 있었다. 스승 정약용의 편지를 받고 나서야 솜이불을 벗고 일어나 앉았다. 그런 뒤 여느 때처럼 벽을 바라보았다. 벽에는 정약용이 일찍이 써주었던 '삼근계'가 붙어 있었다. 황상은 붓을 들어 정약용이 보낸 '학질 끊는 노래' 중에서 마지막 구절을 베껴 적었다.

원컨대 노력해서 문사를 전공하여(願汝努力攻文史)
우주만사를 네 분수대로 하려무나(宇宙萬事皆己分)

스승 정약용을 생각하는 마음이 절절하여 파리만 하게 쓴 글자들의 점획은 생동감이 넘쳤다. 한기가 돌아 손발이 덜덜 떨렸지만 점획의 흔들림은 조금도 없었다. 장맛비가 내릴 무렵까지도 끙끙 소리 내며 앓았던 황상의 입술은 파랬고 손톱은 검었다.

봄나들이

1805년 4월.

이슬거지는 내리는 둥 마는 둥 하다가 그쳤다. 정약용은 강학을 점심 전에 일찍 끝냈다. 길잡이 노인을 앞세우고 백련사로 봄나들이하기 위해서였다. 샘터 옆의 텃밭에서는 아침나절 내내 쟁기질하느라 이랴자라! 하고 황소 다루는 농사꾼 소리가 들려왔다. 농사꾼이 쟁기질하는 모습도 구경할 만했다. 소와 농사꾼이 한 몸이 되어 쟁기를 밀고 당기는 기술이 쟁기질이었다. 소가 힘들어 코를 벌름거리며 침을 흘리면 농사꾼은 쟁기질을 멈추고 소를 쉬게 했다. 말 못 하는 짐승이라고 함부로 다루지 않았다. 농사꾼은 소가 쉬는 동안에 미안하다는 듯 멍에가 얹힌 소의 목을 쓰다듬어주곤 했다.

하늘이 트이자 제비는 다시 봉놋방 처마 밑에 집을 지었다. 물컹한 논흙을 물어다가 한 입 한 입 붙여서 복조리 모양의 집을 만들고 있었다. 정약용은 허공을 오르내리는 제비들의 날갯짓을 우두커니 지켜보았다. 가는 봄은 제비들이 물고 온 듯했다. 문득 석 달 전 밤중에 왔다 간 윤서유가 전해 준 봄소식 같은 말이 떠올랐다.

"공을 귀양 보낸 대왕대비 정순왕후께서 승하허시었소. 작년 봄에 공의 앞길을 용절시롭게 막았던 서용보 대감도 삭탈관직당혔고, 작년 여름에는 남인과 천주교인들을 박해하는 데 앞잽이로 나섰던 이안묵도 강진현감으로 공보다 먼저 와 으근으근 눈을 부라리더니 순원왕후 간택을 반대한 죄목으로 남해로 귀양 가 죽어뿌렀소. 대왕대비 승하로 인제 노론 벽파는 쪼그라들게 되야부렀고, 새론 시상이 온 거 같으요. 순조비 순원왕후는 안동 김씨 김조순의 따님이지라우. 김조순의 일문이자 공과 함께 정조대왕 때 초계문신에 뽑혀 대왕의 총애를 받았던 김이재 교리가 고이도 귀양에서 풀려 벼슬이 승승장구헐 팅께 공에게도 희소식이 있을 거 같으요. 안동 김씨가 우리 남인을 꺼릴 이유가 없응께 그라요. 작년부텀 구실아치들이 공을 감시하기보담도 눈도장 찍을라고 헌다는 소문이 돌고 있그만요."

강진 항리에 사는 윤서유는 한양에 올라가 정약용과 함께 이익의 종손인 이가환을 따랐다는 이유로 감옥에 갇혔다가 풀려난 강진의 선비였다. 또한 윤서유의 아버지 윤광택은 정약용의 아버지 정재원과 친구 사이였는데, 정재원이 화순현감일 때 처가인 해남 윤씨 종가를 가던 중에 후한 대접을 한 일도 있었고, 정약용이 유배 온 다음 해 겨울에는 조카 윤

시유를 시켜 사람들 눈에 띄지 않게 술과 고기를 주막집으로 보낸 적도 있었다.

정약용은 재작년에 고성암으로 올라가 연담 유일과 차를 마신 뒤 오징어 먹물로 써둔 시를 꺼내 보았다. 벼루와 먹을 구하지 못한 읍중 제자들이 오징어 먹물로 글씨 연습을 하는 것을 보고 흉내를 내었던 것이다. 다행히 시는 껄껄한 종이에 적어 두었던 까닭에 퇴색하지 않고 선명했다.

가을에 저절로 슬퍼짐은
나그네 신세라서가 아니다.
옷을 걷고 높은 산 올라
괴로운 심사 풀려 했다.
멧부리 어지럽게 춤추니
바다에 닿아도 기운이 팔팔
여러 꽃은 국화 아니라도
나의 술잔에 띄우기 넉넉
흥겹게 석 잔 마시고 나서
눈길 닿는 섬을 보리라.
취하고 나니 눈물이 흠뻑
그런 심정 말하기 어렵다.

그날, 팔십 세가 머잖은 노승 유일이 주는 술을 정약용은 흥겹게 마셨다. 이십오 년 만에 만난 유일이 반가운 나머지 술을 거푸 석 잔째나 권했다. 정약용은 취기가 오르자 방을 나와 고성암 뒤편의 우이봉을 올랐다. 흑산도로 유배 간 형 정약전이 생각나서였다. 저절로 눈물이 났다. 흑산도는 차마 맨정신으로 눈길을 보낼 수 없는, 먼바다 위에 떠 있는 검은 섬이었다. 오늘은 술을 마시지 않아도 될 것 같았다. 장흥 쪽으로 돌아앉은 백련사에서는 흑산도가 보이지 않을 것이기 때문이었다.

이슬거지가 내렸던 길은 금세 말라 있었다. 짚신에 흙이 달라붙지 않았다. 나들이를 나선 정약용이 앞서 걷는 노인에게 물었다.

"예서 백련사까지 얼마나 됩니까?"

"시오 리라고는 허지만 산길이라서 쬐깐 멀게 느껴지지라우. 싸게 가야제 싸목싸목 걸어불문 한나절이나 걸려뿐당께요."

"주지의 인품은 어떻습니까?"

"대둔사에 짱짱헌 학승덜이 백 사람이나 모였을 쩍에 나이 서른에 주맹이 되얐응께 대강백이 틀림읎지라우. 올봄에 백련사 주지로 왔끄만이라우."

길잡이 노인은 유식했다. 말투로 보아 오래전에 서당에서 훈장 노릇을 한 것도 같았다. 주막집으로 찾아와서 길잡이가 되겠다고 자청한 것도 은근히 자신의 문식(文識)을 드러내고 싶었는지도 몰랐다. 노인이 길가에 선 수양버들 가지를 하나 꺾더니 재빠른 솜씨로 피리를 만들어 삘리

리삘리리 불었다. 수양버들 가지들은 잎이 무성해져 떠꺼머리처럼 치렁치렁 흔들거렸다.

"주지를 만나본 일이 있습니까?"

"요참 초파일에 백련사로 가 사람덜 야그를 들어본께 보통 중이 아니드랑께요."

"사람들이 무슨 얘기를 했습니까?"

"대둔사나 미황사에는 방구깨나 꾸는 이름난 학승덜이 많은디, 『주역』까정도 앞으로 뒤로 다 외어뿌리는 혜장 주지스님은 누구도 인정허는 벱이 읎다고 그러드랑께요. 불경을 배우기는 허지만 문밖으로 나와서는 '예끼순!' 허고 고개를 팽 돌려뿌렀다고 허드랑께요. 학승덜 설법이 불경과 맞지 않응께 콧방구 꿔뿌렀다는 야그지라우."

"혜장의 스승은 누구라고 하던가요?"

"연담 유일스님이라고 합디다요. 혜장스님은 오직 유일스님이 설법하는 동안에만 '예끼순!' 허지 않고 공손했다고 그럽디다요."

정약용은 숨을 들이쉬면서 어깨를 폈다. 혜장이 유일의 제자라고 하니 예사로운 일이 아니었다. 자신은 이미 십칠 세 때 형 정약전과 함께 화순현 동림사에서 오십 대의 노승 유일을 만났던 것이다. 그렇다면 유일의 제자인 혜장은 이미 정약용을 잘 알고 있을 터였다. 그러나 정약용은 이번 나들이를 지나가는 봄바람처럼 흔적 없이 하고 싶었다.

"이보시오, 청이 하나 있소."

"말씀만 허씨요."

"혜장스님을 만나더라도 내 신분을 말하지 마시오."

"걱정 놓으씨요. 입 꽉 다물고 있을라요."

지팡이를 짚고 힘겹게 백련사에 오른 정약용은 샘을 찾아 목을 축였다. 나뭇등걸에 앉아 헐떡이는 숨도 골랐다. 그런 뒤 만경루에 올라 비구름이 걷힌 만덕산 산자락을 내려다보았다. 산자락의 동백나무 숲은 바다처럼 비췻빛으로 그윽하게 빛났고 산그늘이 진 깊숙한 골짜기는 음음했다.

정약용은 신분을 숨긴 채 혜장이 우려 주는 차를 석양이 기울 때까지 마셨다. 어린 사미승이 다로에서 끓인 찻물에 혜장이 만들었다는 떡차를 넣자 찻물은 금세 달빛이 되었다. 만경루는 말 그대로 백련사 주변의 만 가지 풍경을 조망할 수 있는 누각이었다. 정약용은 사발 크기의 찻잔에 담긴 차를 마시면서 시를 읊조렸다. 달빛을 한 모금 한 모금 마신다고 생각하니 절로 흥이 났던 것이다.

초여름 꽃다운 많은 나무들이
기운차게 읍성을 둘러 있네.
진하게 고운 빛 비 갠 뒤 좋은데
나그네 심정은 더욱 슬프다.
천천히 걸으니 말 탄 것 같고

외로운 꾀꼬리 노래로 달랜다.
차츰 넓은 골짜기 오르니
구름바다 놀랍게 펼쳐 있구나.
몸이 지쳐 지팡이에 의지하고
어렵게 절의 문간에 도착했네.
텅 빈 골짜기 푸른빛 윤이 나고
둘러친 산골짝 황혼이 빠르다.
샘물 찾아 바가지로 떠먹고
나뭇등걸에 앉아 구름을 본다.
아마도 밀물 때가 되어 오는지
하늘 밖 먼 곳에서 파도 소리 들리네.

눈을 감은 채 정약용의 시를 듣고 난 혜장이 조심스럽게 일어나 합장했다. 그러고는 만경루 마룻바닥에 밀쳐 둔 자신의 바랑 속에서 찻잔 하나를 꺼내왔다. 청화백자 찻잔이었다.

"뉘신지는 모르겄으나 처사님은 소승이 항상 가지고 다니는 요 찻잔으로 차를 마실 자격이 있는 거 같으요. 긍께 소승이 다시 차를 따라불랍니다."

백자찻잔 속에는 대나무가 그려져 있었다. 정약용은 두 손으로 보듬듯 찻잔을 들어 마셨다. 찻잔은 숫처녀의 젖무덤처럼 크지도 작지도 않으면서 형태는 두 손에 안기듯 부드러웠고 빛깔은 우윳빛의 차꽃 같았다. 정약용의 시에 반해 버린 혜장이 기우는 석양을 보고는 갑자기 하소연했다.

"처사님, 웽간하문 누추허지만 백련사에서 하룻밤 묵으시지 않을랑게라우?"

"고맙지만 내일 아침 일찍 읍성에서 할 일이 있으니 다음에 자겠소."

정약용은 아침 일찍부터 강학이 있기 때문에 동문 밖 주막집에서 멀리 떨어진 곳에서는 묵을 수 없었다. 주막집에서 오 리 거리에 있는 고성암이라면 상관없겠지만 백련사는 고개를 하나 넘어야 하는 데다 밋밋한 자드락길도 정약용에게는 힘이 들어 지팡이가 필요했다.

"아무래도 오늘은 달구경하기 좋은 날이니 처소에서 가까운 고성암으로 올라가야겠소. 고성암도 백련사 산내 암자라고 들었소. 여기서는 북쪽에 있으니 북암이 되겠구려."

정약용은 몹시 아쉬워하는 혜장을 뒤로하고 길잡이 노인을 따라 왔던 길을 되짚어 내려갔다. 백련사 산내 암자인 고성암까지 쉬지 않고 걸었다. 동문 밖 주막집 쪽으로 가지 않고 지름길로 걸었지만 고성암에 도착했을 때는 석양이 떨어졌다. 고성암 주변에는 이미 땅거미가 짙게 깔리어 어둑어둑했다. 고성암 암주는 정약용과 구면인 터라 서창이 딸린 방을 내주었다.

고성암에서 달구경을 하려면 해가 지고 나서 달이 바로 뜨는 열이틀 날이나 열사흗날이 좋았다. 정약용은 열이렛날도 달구경하기 안성맞춤이라고 생각했다. 보름날부터 열이렛날까지는 해가 진 뒤 한 식경이 지나면 달이 진도 쪽에서 떴다. 정약용은 길잡이 노인을 보내고 나서 손발을 씻었다. 바로 그때였다. 바랑을 멘 혜장이 헐레벌떡 쫓아와 머리를 숙이고 합장했다.

"공께서는 으째서 우멍허니 사람을 속이신당가요?"

"허허."

"공은 정 대부(丁大夫) 선상이 아니신게라우?"

"그렇소."

"소승은 밤낮으로 공을 사모해 왔는디 공은 으째서 어성처니 모른 체 허실 수가 있당가요?"

정약용은 혜장의 손에 이끌려 방으로 들어갔다. 혜장은 스승 유일로부터 정약용의 얘기를 수없이 들어왔으므로 언젠가 한번 꼭 만나보고 싶었던 것이다. 두 사람은 유일의 시 한 수가 벽에 붙은 방에 앉아 마치 오래된 지기처럼 백련사와 강진의 풍광부터 스스럼없이 얘기했다. 정약용은 작년에 지은 「탐진농가(耽津農歌)」열 수를 들려주었고, 혜장은 자주 즐겨 본다는 『논어』를 자기 식으로 얘기했다. 그러다가 밤이 깊어지자 마당으로 나가 달구경을 하고 들어와서 『주역』을 가지고 얘기하기 시작했다. 정약용이 먼저 물었다.

"듣자니 그대는 역경을 본디부터 잘한다고 하던데 배운 것 가운데 의

심이 나는 곳이 없었소?"

"정씨(程氏)가 지은 전(傳)과 소씨(卲氏)가 지은 설(說), 주자(朱子)가 지은 본의(本義)와 계몽(啓蒙)에 대해서는 의심이 읎지라우. 허지만 실지로 경문(經文)에 대해서는 알 수가 읎당께요."

정약용은 혜장이 환하게 꿰뚫고 있다는 계몽편 중에서 여러 장(章)을 뽑아 그 취지를 물었다. 그러자 혜장은 어느 장의 내용이든 둥그런 공이 언덕을 구르듯, 병에서 물이 쏟아지듯 막힘없이 설명했다.

"놀랍소! 과연 그대야말로 진정 숙유(宿儒)라 불러야 마땅할 것이오."

"소승은 다랭이 논에 깨구락지멩키로 아굴아굴 소리 낼 뿐이지라우."

정약용은 크게 감탄했다. 정약용은 자신보다 열 살 어린 혜장을 학문과 덕망이 높은 숙유로 부르기를 주저하지 않았다. 강진 땅에 속유(俗儒)가 미치지 못할 혜장 같은 천재가 있다니 경이로웠다. 정약용은 한 번에 수백 마디를 거침없이 토해 내는 혜장의 말을 막지 않고 들었다. 어느새 고성암 승려들도 방문 밖에서 꼼짝 않고 선 채 혜장의 얘기를 귀여겨듣고 있었다.

밤이 깊어서야 혜장이 스스로 지친 듯 입을 다물었다. 소쩍새 울음 사이로 허기 같은 산중의 적막이 채워지곤 했다. 두 사람은 베개를 나란히 하고 누웠다. 달빛은 서창을 대낮처럼 밝히고 있었다. 정약용이 혜장의 옷을 끌어당기며 말했다.

"장 공(藏公), 자오?"

"안 잡니다요."

"내가 하나 묻겠소."

"말씸허시씨요."

정약용은 혜장에게 주역의 이치인 역리를 물었다. 셈하는 산학(算學)으로 치자면 답을 묻는 것이 아니라 답이 나올 수밖에 없는 이치를 캐물었다. 그러나 혜장은 궁리만 할 뿐 대답을 못 했다. 잠시 후에는 벌떡 일어나 말했다.

"산승(山僧)이 이십 년 동안 『주역』을 공부혔지만 이제사 헛일인 줄 알어뿌렀서라우."

"나도 잘 모르기는 마찬가지요."

혜장이 꺼질 듯 한숨을 쉬었다.

"지야말로 시암 속 깨구락지나 술통 속 쉬포리 같은께로 더는 알은체헐 수가 읎어뻔지요."

이번에는 혜장이 정약용을 존경의 눈으로 우러러보았다. 처음에는 정약용이 혜장의 박식한 역학(易學)에 놀랐지만 지금은 혜장이 정약용의 치밀한 역리(易理)에 도리질하고 있는 셈이었다. 일진일퇴의 주고받음이었다.

"유일스님에게서 장 공에 대한 이야기를 많이 들었소."

"은사님을 잘 아신당가요?"

"아버님이 화순현감으로 계실 때 나는 동림사에서 평생 가장 많은 독서를 한 적이 있소. 그때 유일스님을 만나 법문을 듣고 차를 마시었는데 다식(茶食)으로 오이가 어울린다는 것을 알았소."

"소승도 은사님으로부터 선상님 야그를 웽간히 들었지라우."

"아마도 내가 훗날 세상에 조금이라도 이로운 저술을 남긴다면 그것은 다 동림사 시절에 나한산 계곡의 얼음물로 졸음을 쫓으며 중형(仲兄)과 함께했던 독서가 바탕이 됐다고 봐야 옳을 것이오."

혜장은 바랑에서 무언가를 꺼냈다. 떡차 한 뭉치와 백자찻잔이었다.

"선상님 안색을 본께 반다시 건강을 살피셔야 헐 거 같으요. 소승이 만든 차로 건강을 추슬러야 헐 거 같은께 요 떡차와 찻잔을 드려뿔랍니다요."

혜장은 정약용에게 떡차와 자신이 늘 지니고 다닌다는 백자찻잔을 내밀면서 『주역』에 대해 더 많은 것을 가르쳐달라고 청했다. 그러나 정약용은 묵묵히 바로 앉았을 뿐 입을 열지 않았다. 어느새 서창을 밝히던 달빛이 가물가물 희미해지고 있었다. 그제야 두 사람은 베개를 베고 누워 눈을 감았다.

겸상

주막집 봉놋방에서의 강학은 이미 끝난 것이나 다름없었다. 작년 가을 정약용의 큰아들 정학연이 왔을 때 고성암으로 강학 자리를 옮긴 뒤 겨울과 봄을 나고 다시 주막집 봉놋방으로 내려와 잠시 머물고 있을 뿐이었다. 십여 일 뒤, 칠월 초순에 이청 집으로 옮겨 가기로 하고 정약용은 홀가분하게 나날을 보내고 있는 셈이었다. 물론 읍중제자들을 가르치는 일도 쉬고 있었다.

점심때 읍중제자들을 주막집으로 오라고 한 것은 강학과 무관했다. 주막할멈이 정약용과 제자들을 위해서 밥을 한 상 차려준다고 해서 모이는 자리였다. 제자들도 모두 빈손으로는 오지 않을 모양이었다. 주막할멈에게만 밥상을 맡기지 않고 집에서 각자 반찬거리를 하나씩 가져오자고 서로 얘기했던 것이다.

정약용은 아침에 우이봉 중턱까지만 산책을 나갔다가 고성암으로 내려왔다. 우이봉 중턱에서도 강진읍성과 들판, 구강포 바다가 한눈에 들어왔다. 정약용은 읍성만큼이나 초가들이 다닥다닥 들어선 남당포 마을을 내려다보면서 산길을 걸었다.

철쭉꽃이 석문과 소석문 흰 바위를 붉게 물들이는 지난 봄날이었다. 하늘로 치솟아 오르는 송골매처럼 문득 충동이 일어나 느닷없이 나선 길이었다. 백련사 북쪽에 있는 수도암 가는 길에 남당포를 들러 마을의 고샅길까지 두리번거리며 걸었던 일이 생각났다. 여러 편의 시로 남겨 둔 탓인지 그때의 정경이 마치 어제 보았던 것처럼 또렷하게 떠올랐다.

남당포 모래밭에는 생선 파는 난장들이 늘어서 있고, 개울물과 바닷물이 드나드는 나무다리를 건너기 전 초입에는 주막집들이 문을 열고 있었다. 주막집마다 머리를 붉은 띠로 치장한 여인들이 술청마루에 앉아서 손님을 기다리는데 정약용은 그 모습들이 마치 어부들의 그물에 걸린 새우들 같아 발걸음이 무거웠다.

주막집 옆에는 약장수 영감이 약을 파는 초가가 한 채 보였고, 초가 마당에서는 곱상한 여인이 멍석에 놓인 약초를 다듬고 있었다. 여인을 보자 문득 마재에 두고 온 아내가 생각났다. 여인은 다소곳이 고개를 숙인 채 약초만 다듬고 있었다. 약장수 영감이 정약용에게 말했다.

"뉘신게라우? 객고 풀라고 왔으문 술청으로 가야제 으째서 거그서 몬네몬네허고 있소. 이리 와 앙그소. 약 사러 와불었는게라우?"

"지나가는 길이외다."

"객고 푸는 디는 술허고 여자밖에 읎다고 헙디다만 비바람에 꽃이 피고 지는 거멩키로 사람 또한 여자를 통해 나고 자빠져불지라우. 집이는 그 이치를 아요, 모르요."

정약용은 객고(客苦)라는 말에 문득 자신이 가끔 여자를 그리워하는 사내라는 것을 깨달았다. 그뿐만 아니라 정약용은 사내라는 돌연한 자각에 스스로 무안해했다. 약장수 영감이 정약용의 외로운 심사를 의뭉하게 간파하고 있는 것 같았기 때문이었다. 잠시 후, 정약용은 마재에서 고생하고 있는 아내가 떠올라 주막집 술청마루에 오를 생각을 접고 자리를 황망히 뜨고 말았다. 약장수 영감의 초가를 나와 뒤돌아보지 않고 한걸음에 지나쳐 버렸다.

고성암 요사에는 여전히 보은산방(寶恩山房)이라는 편액이 걸려 있었다. 주막집에서 고성암으로 강학 자리를 옮기면서 황상과 이청이 붙인 편액이었다. 느티나무 판자는 이청이 구해 왔고, 서각은 황상이 정약용에게 글자를 받아 했다. 황상이 서각을 해 왔을 때 읍중제자들 모두가 놀랐다. 아무도 황상에게 끌 다루는 재주가 있다는 사실을 몰랐음이었다. 그러나 황상은 정학연이 보은산방에서 겨울을 나고 지난 한식날 마재로 돌아갈 때 해남 황원석(黃原石)을 구해 당호와 호, 이름 등을 새긴 인장 세 개를 파서 정약용은 물론 친구들도 모르게 선물한 일도 있었다.

주막집 할멈이 사립문 밖까지 나와 샘터에 있는 정약용을 향해 소리쳤다.

"으디 갔다가 인자 오신게라우. 제자덜이 다 모여 지달리고 있당께라우."

"고성암에 다녀왔네."

정약용이 손을 씻는 샘터까지 쫓아와 주막할멈이 걱정했다는 말투로 말했다.

"으디 가시면 가신다고 말씸을 허시제. 제자덜 오기로 한 거를 잊어부렀는가 허고 온 아직 내내 걱정했어라우."

"허허. 미안하네. 고성암까지만 갔다 온다 하고는 우이봉 중턱까지 올라갔다가 오느라고 늦었네."

"그라믄 속이 허덜프겄그만이라우."

제자들이 우르르 몰려와 인사했다. 정약용은 상에 놓인 묵은지 냄새가 퀴퀴한 봉놋방으로 바로 들어갔다. 봉놋방에는 두 개의 상이 차려져 있었다. 정약용의 독상과 제자들의 밥상이었다. 정약용이 독상 앞에 양반다리를 하자, 뒤따라 제자들이 강학할 때 순서대로 앉았다. 국거리로 농어를 가져온 황상이 정약용 오른쪽으로 가장 가까운 자리에, 그다음은 숭어회를 가져온 손병조, 낙지를 한 꿰미 들고 온 황상의 사촌동생 황지초, 파와 미나리를 베어 온 김재정, 술과 오이를 가져온 이청, 갯가로 나가 꼬막과 조개를 캐 온 황상의 친동생 황경 등이 자리를 잡았다.

상에는 여름에 나오는 돔과 숭어회와 엄나무 새순무침과 파무침, 미나리무침 등 싱싱한 반찬이 가득했다. 주막할멈이 농어탕과 낙짓국을 나르기 전에 정약용이 한마디 했다.

"이 자리에 오지 못한 오정해, 정사욱, 황봉옥, 황지하 등이 있지만 나에게 글을 배우기를 일찍 그만두었기에 어쩔 수 없구나. 너희들 여섯 명은 나의 읍중제자라 할 만하니 사의재 시절을 잊지 않기를 바란다."

이청에게도 미소를 지으며 한마디 했다.

"너의 순발력을 칭찬한 적이 있지?"

"예. 작년에 큰 칭찬을 받았지라우."

이청이 정약용 앞으로 나아가 큰절을 올렸다. 그러고는 자청해서 빈 잔에 술을 한 잔 따라 올렸다. 술은 붉은 빛깔을 띤 진달래꽃술이었다.

"선상님 지가 가져온 꽃주인디 받으시지라우."

작년, 이청이 열네 살 때였다. 정약용이 운서(韻書) 가운데 대양위달 하위소양(大羊爲羍 何謂小羊)을 손가락으로 짚으면서 "어린 양 달(羍) 자는 큰 대(大)와 양 양(羊)을 합쳐 만든 글자인데 어째서 큰 양이 아니고 어린 양이라고 하겠느냐?"라고 물었다.

그러자 이청이 재치 있게 "범조위봉 고칭신조 (凡鳥爲鳳 故稱神鳥), 선상님! 평범할 범(凡) 자와 새 조(鳥)가 합쳐뿔면 평범한 새가 아닌 봉새 봉(鳳) 자가 된당께요. 그래서 신령한 새라 하여 신조(神鳥)라 부른당께요."라고 망설이지 않고 대구를 맞추었던 일이 진달래꽃술을 마시는 정약용의 머릿속에 어제의 일처럼 다시 떠올랐다.

이청이 뒤로 물러서면서 상다리를 건드린 바람에 상이 흔들렸다. 국

그릇이 놓여 있었다면 국물이 쏟아질 뻔했다. 제자들이 웃음을 참지 못하고 고개를 돌렸다. 이청은 정약용에게 칭찬을 또다시 받은 때문인지 대수롭지 않게 넘겼다. 정약용은 다른 제자들에게도 덕담을 한마디씩 건네고는 황상을 앞으로 불러냈다. 그런 다음 무릎께에 둔 편지를 들더니 황상에게 건넸다.

"편지는 흑산도에 계시는 중형이 내게 보내온 것이다. 네가 이 자리에서 한번 읽어보겠느냐?"

"지가 선상님헌티 온 편지를 읽어뿔라고요?"

"흑산도로 가서 우리 형님을 위해 잔심부름도 하고 가르침을 받겠다고 한 너의 얘기뿐이구나. 그래서 읽어보라고 한 것이다."

황상은 정약용과 눈도 마주치지 못한 채 정약전이 보낸 편지를 기어 들어 가는 소리로 읽기 시작했다.

'황상 나이가 올해 몇 살인가? 월출산 아래서 이와 같은 문장이 나오리라곤 생각지 못했네. 어진 이의 이로움이 어찌 넓다 하지 않으리오. 황상이 내게로 오려는 마음은 나를 상쾌하게 하네만 뭍사람은 섬사람과 달라 크게 긴요한 일이 아니라면 경솔하게 큰 바다를 건너서는 안 되네. 인생에서 소중하기는 서로 마음을 알아줌일세. 어찌 반드시 얼굴을 마주 보아야만 마음을 알겠는가? 옛날 어진 이 같은 경우도 어찌 반드시 얼굴을 본 뒤에야 아꼈겠는가? 이 말을 전해 주어 황상의 마음을 가라앉혀

줌이 좋겠네. 모름지기 더욱 부지런히 가르쳐서 황상으로 하여금 재주를 이루게 함이 어떻겠는가? 인재가 드물어 지금 세상에서는 황상 같은 사람을 만나기가 어려우니, 결단코 천 번 만 번 아끼고 보살펴 주어야 할 것일세.'

"거기까지만 읽어도 내 중형의 뜻이 무엇인지 알 것이다. 월출산 아래서의 문장이라고 칭찬한 말씀을 잊지 말거라."

정약용은 무언가 더 말을 하려다가 밥과 낙짓국이 들어오자 잠시 침묵했다. 그러더니 다시 말을 이었다.

"학래야, 밥과 국을 한 그릇씩 더 가져오너라."

"선상님, 상에는 이미 밥과 낙짓국이 다 놔 있끄만이라우."

"아니다. 주막할멈의 밥과 국이 없구나. 네가 할멈의 것을 가져와 내 상에 놓도록 해라."

제자들 눈이 휘둥그레졌다. 정약용과 주막할멈이 한 상에서 밥을 같이 먹고자 겸상을 하겠다는 것은 있을 수 없는 일이었다.

"왜들 그러고 있느냐. 내 상에서 함께 먹겠다는데 무얼 그리 놀라느냐."

결국 이청은 밥과 낙짓국을 가져와 정약용의 독상에 올렸다. 봉놋방으로 들어온 주막할멈이 쭈뼛거리자 정약용이 말했다.

"할멈, 내 앞에 앉게나."

"뭔 말씸을 고러코롬 한당가요?"

"신분이 뭐 중요한가. 할멈은 흐트러졌던 나를 일으켜 세워 준 공이 크네. 그러니 겸상을 하자는 것일세."

"공이 있다고라우? 제자덜이 지보고 뭐시라고 웃겄습니까요. 지는 못 들은 거로 헐랑께 다시는 고런 말씀 마시씨요."

"허허. 내가 강진에 유배 왔을 때가 생각나네. 그때 할멈은 나를 받아 주고 반년이 지나서는 나를 깨닫게 해준 사람이네."

정약용은 잠시 허공을 응시했다. 싸락눈이 내리는 1801년 11월 28일이었다. 호송을 해온 금오랑(金吾郎)이 정약용을 강진현감 이안묵에게 오만상을 찌푸리며 인계했다. 금오랑은 자신의 어깨에 얹힌 싸락눈을 털듯이 정약용을 넘겨주고는 곧바로 사라졌다. 강진현감도 무덤덤한 얼굴로 정약용에게 죄인이 지켜야 할 수칙들을 말하고는 동헌방으로 들어가 버렸다. 정약용의 유배 생활은 그 순간부터였다. 천주학을 믿는다는 죄로 유배 왔기에 누구 하나 말을 붙이는 사람이 없었다. 이미 중죄인으로 소문이 나 전염병이라도 옮길 것처럼 피했다. 거처의 문을 부수고 담장을 허물 것처럼 손가락질하며 달아났다. 그런데 정약용이 동헌에서 동문 밖까지 걸어갔다가 싸락눈을 피하려고 주막집을 들어섰을 때였다. 주막할멈이 손님인 줄 알고 맞이하였다가 유배 온 죄인인 줄 알고는 술을 마시던 아전 한두 사람과 상의하더니 불쌍하다는 표정을 지었다. 그러더니 임시로 뒷방을 내주었다.

"나는 반년 동안 뒷방 들창문을 걸어 잠그고 밤낮으로 우두커니 앉아 지낼 수밖에 없었지. 억울한 데다 누구 한 사람 이야기할 상대도 없는 내 처지가 참으로 비참했던 게야. 그런데 흔연스럽게 내 마음을 바꾸게 된 순간이 왔던 게지. 고단한 삶이라도 고맙고 기쁘게 여기자고 스스로 위로했던 거지. '내 인생에 있어서 이제야 한가로움을 얻게 되었구나!' 하고 말이야. 생각을 바꾸니까 비록 국문으로 몸은 망가져 있었지만 마음은 한가로워지더구나. 그러던 어느 날 저녁에 할멈이 내게 갑자기 물어왔던 게지."

정약용은 감격스러웠던 그때가 다시 떠올라 말을 잇지 못하고 끊었다. 황상은 이미 주막할멈에게 이런저런 얘기를 들어 알고 있으므로 더 묻지 않았다. 제자들 중에 가장 나이 든 손병조가 눈치 없이 궁금해하면서 물었다.

"선상님, 할멈이 뭔 말을 물었당가요?"

"그래, 내 눈에 낀 비늘을 벗겨 준 얘기니까 너희들도 들어보는 게 좋을 것이야. 할멈이 '영공은 글을 읽었응께 이 뜻을 아시는게라우? 부모 은혜는 다 같다고 허지만 사실은 어메 수고가 더 많당께라우. 그란디 사람을 가르치고 질들이넌 일을 허는 성인덜은 아버니만 소중하게 여기게 하고 어메는 가볍게 여긴당께요. 그라고 성씨는 아버니만 따르게 허고 사람이 죽었을 직에 성근 삼베로 맨들아 입넌 죽음옷도 어메는 물짜지라우. 으디 고것뿐이당가요. 아버니 쪽 친족은 일가를 오불오불 이루게 허면서 어메 쪽 친족은 벌거지 묵은 무수 입싹멩키로 무시헌당께요. 요런 일은 한 편짝으로다 치우친 거 아닌게라우?'라고 묻더구나.

그때 나는 '아버지께서 나를 낳으셨기 때문에 옛날 책에도 아버지는 자기를 낳아준 시초라고 하였네. 어머니 은혜가 비록 깊기는 하지만 하늘이 만물을 내는 것과 같은 큰 은혜를 더 소중하게 여긴 때문이네.'라고 설명해 주었지.

그래도 할멈이 '영공의 대답은 흡족허지 않당께라우. 지가 그 뜻을 생각해 본께 풀허고 나무에 비교허문 아버니는 씨요, 어메는 땅이지라우. 씨를 땅에 막 숭겼을 때는 보잘것읎지만 땅이 질러내는 공은 많이 크지라우. 허지만 밤톨은 밤이 되야뿔고 씨나락은 벼가 되야뿔 듯 몸뗑이를 온전하게 맹글아 내는 거는 모다 땅의 기운이기는 허지만 끝에 가서 각패로 나누어지는 거는 모다 씨에서 생기넌 거 갈당께요. 옛 성인덜이 가르치고 질들이넌 일을 허고 예의를 말허는 끌텅은 아마도 요런 이치에서 온 거 아닐께라우?'라고 반박하는 말을 듣고 나는 뜻밖에 크게 깨달았지. 머리에 불벼락을 맞은 듯했느니라.

하늘과 땅 사이에서 지극히 정밀하고 미묘한 뜻이 장사하면서 세상을 살아온 할멈에 의해 겉으로 드러나게 될 줄 어느 누가 알았겠느냐? 신기하기 이를 데 없었느니라. 그때 내 방 이름을 사의재라고 짓고 나는 낡은 허물을 벗고 거듭 태어났던 게야. 지초가 한번 사의재에 담긴 뜻을 외어보아라."

황지초가 큰 소리로 생각과 용모와 말과 행동에 대한 스스로와의 약속인 사의(四宜)를 외웠다.

생각은 맑게 하되 맑지 않으면 더욱 맑도록 하고
용모는 단정히 하되 단정치 못하면 더욱 단정히 하고
말은 요점만 말하되 말이 많으면 더욱 말을 줄이고
행동은 조심스레 하되 조심스럽지 못하면 더욱 조심히 하라.

어느새 제자들이 숙연해져 하나둘 들었던 숟가락을 놓자 정약용이 말했다.

"나를 크게 깨닫게 해준 할멈이니 나는 할멈을 공경하지 않을 수 없느니라. 할멈, 이제야 겸상을 하자는 내 마음을 알겠는가?"

"아니란께요. 천한 지가 어처케 점상을 받을 수 있당가요?"

그래도 정약용이 주막할멈에게 서너 차례 강권했다. 그러자 할멈이 정약용에게 제의를 했다.

"강진 땅에는 이런 벱이 있당께요. 마주 앙거서 묵되 밥그릇을 들고 묵으면 점상이 아니라고 헌당께요. 들고 묵는 밥은 반찬으로 친께 그란다고 허대요. 긍께 지는 내야 밥그릇을 들고 묵어불라요."

헐멈이 밥그릇을 들고 맨밥을 먹더니 갑자기 어두운 얼굴을 했다.

"인자 선상님께서 거처를 옮그시문 주막에 손님들이 쫄아들꺼그만요. 앞으로 지 근심 걱정은 고것뿐이지라우."

"걱정 말게나. 내 종종 오겠네."

"믿어도 될께라우? 허나 앞일은 아무도 장담 못 한당께라우."

"내 어찌 사의재를 잊을 수 있겠는가."

"오신다고 말씀만 몬즘 해주시문 남당포 판장서 싱싱헌 갯것을 사다가 칼칼히 시쳐 놔둘 팅께요."

주막할멈의 짐작은 옳았다. 정약용은 이청 집으로 거처를 옮긴 뒤부터는 주막으로 오지 못했다. 읍중제자들도 제각각 흩어졌다. 주막집은 차츰 할멈의 걱정대로 손님들의 발길이 뜸해졌다. 아전들도 다른 주막집으로 옮겨 가 술을 마셨다.

남당네

이청의 집은 강진읍성에서 완도로 가는 길목에 있는 팔바우(八岩) 근처의 학림마을에 있었다. 정약용은 이청 집의 사랑방 하나를 얻어 묵재(墨齋)라는 편액을 걸고 살았다. 읍중제자들이 묵재까지 따라오지 않았으므로 정약용은 강진으로 유배 온 이후 가장 한가롭게 시간을 보냈다. 읍중제자들이 이청 집을 꺼린 이유는 다 달랐다. 읍성에서 멀어 공부에 흥미를 잃은 제자도 있었고, 무슨 일이든 나서기를 좋아하는 이청의 꼴이 보기 싫어 돌아선 제자도 있었다. 수제자 황상도 집안에 이런 일 저런 일이 연달아 생겨 묵재를 다니지는 못했지만 실제로 말 못 하는 이유는 따로 있었다.

정약용이 사의재에서 이청 집으로 옮겨 왔을 때였다. 소금기 밴 바닷바람이 제법 쌀랑하게 부는 초가을이었다. 까마귀가 학림마을 들판까지 떼를 지어 날았다. 정약용은 허공에 우뚝 솟은 팔바우에 올라 휘파람을 불다가 내려오기도 했다.

두말할 것도 없이 황상은 날마다 소매를 휘저으며 이청 집을 오가면서 공부를 계속 이어서 하고 싶었다. 지난해 고성암 보은산방에서 공부할 때 정약용이 격려한 짧은 편지를 늘 품속에 넣고 다녔다. 편지는 황상의 마음을 감동시켰다.

'너의 시는 기세가 좋고 우람하여 내 취향에 딱 들어맞는다. 기쁨을 말로 다할 수가 없구나. 축하의 말을 보낸다. 나 혼자 축하하더라도 너는 족하리라. 여러 제자들 중에서 너를 얻었으니 다행이구나.'

황상의 시가 정약용의 기호에 꼭 맞는다는 말은 이심전심하는 스승과 제자가 됐다는 뜻이었다. 황상은 이청 집이 강진읍성에서 아무리 멀더라도 정약용을 따라가 공부하고 싶었다. 황상이 발길을 끊은 이유는 다른 읍중제자들과 달랐다. 황상의 재주에 밀리는 이청은 황상과 공부하는 것은 물론 심부름하는 것조차 원치 않았다.

황상이 정약용의 심부름을 하느라고 이청 집을 찾아갔을 때 이청은 사립문 밖으로 나와 정약용이 없다며 거짓말을 한 적도 있었다.

"학래야, 선상님 집에 기시냐?"

"산석이 성, 선상님 시방 안 기시는디 으째야쓰까?"

"쩌거가 선상님 신발짝멩키로 보인다만."

“아따! 성헌티 내가 그짓말허겄는가. 안 기신께 읎다고 허제.”

“니가 고러코롬 말헌께 느그 집으로 들어갈 생각은 읎다만 선상님께서 내게 부탁헌 요 청어(靑魚)를 전해라. 산석이가 갖다 놓고 갔다 해라잉.”

“전헐 팅께 요담에 오소, 산석이 성.”

청어 반 두름뿐만 아니라, 정약용이 오한과 두통이 심해 약을 지어 오라고 했을 때도 마찬가지였다. 황상은 사립문짝 앞에까지 가서 스승을 만나지 못해 허전한 기분이 들었지만 그렇다고 어린 이청을 붙잡고 하소연하고 싶지는 않았다. 씁쓸한 기분을 말없이 삭이면서 돌아섰다.

황상은 자신의 마음을 전할 수 있는 방편은 가까운 거리에 살면서도 고작 편지밖에 없다고 생각했다. 정약용 역시 황상의 처지를 눈치채지 못한 채 이청 집 머슴 편에 편지를 보내곤 했다. 특히 황상의 아버지 황인담이 술병으로 세상을 떴을 무렵을 전후해서는 부스럼 병으로 몸이 불편했는데도 편지를 더 자주 보냈다.

‘다시 더 무슨 말을 보태겠느냐. 내일 장사를 치른다니 한없이 슬프구나. 만사를 지어 마음으로나마 문상하니, 널 옆에 두어라. 혹시 인부가 있거든 보내줌이 좋겠다. 이만 줄인다.’

‘곡을 하고 돌아왔다는 네 소식 들었다. 애통함이 그지없겠구나. 내 응당 장지로 가서 너를 만나려 했으나 아직도 부스럼 병으로 괴로운지라

그러지 못했다. 그저 안타까울 뿐이다. 비록 임시로 장사를 지냈다 해도 이미 장례를 치른 것이리라. 장례를 치른 뒤 삼우제를 지냈는지 어땠는지 모르겠구나.'

황상이 시묘(侍墓)를 하지 않을뿐더러 양반 법도대로 상례를 지키지 않자 벼락같이 화를 내기도 했다.

'사흘 만에 장사 지냄이 비록 유언을 따른 것이겠지만 정리로 보아서는 집에 편안히 있음은 절대로 예의가 아니다. 내 생각에는 안석(황경)은 집 안에 있게 하더라도, 너는 무덤 곁에 여막을 짓고서 오월 보름까지는 있어야 한다. 석 달간 장사를 지내는 예는 서로 같은 것이다. 집안의 이견이 하나로 모아지지 않더라도 절대로 마음이 흔들려서는 안 된다. 내일 산소 아래로 나가도록 해라. 다만 그믐과 보름에 들어와서 제사에 참여하고, 그 밖에는 늘 산소 아래에 있어야 할 것이다. 아침저녁으로 무덤에 곡을 하고, 한낮에 또 곡을 하는 것을 오월 보름께까지는 해야 한다. 어버이가 돌아가셨는데 사흘 만에 들어다가 산속에 두고, 집안사람이 하나도 가서 모시는 자가 없다면 이는 오랑캐와 가깝지 않겠느냐? 반드시 결단하여 행하도록 해라.'

이는 황상이 양반 상례를 몰라서 시묘를 하지 못한 것이지 불효해서 무례하게 행동한 것은 아니었다. 강진의 아전이나 벼슬이 없는 양인들은 대체로 사흘 동안 장사를 지내고 바로 아무렇지 않게 생업으로 돌아왔음이었다.

'날마다 방 안에 있음이 편안하더냐? 하루 두 끼가 편히 먹어지더냐? 윤리에도 어긋나고 의리도 없이 어버이를 잊고 죽은 이를 저버린 죄는 그 법이 지엄하다. 네가 천지 사이에 진정 사람답게 살고 싶은 것이냐? 나이 스무 살이니 집안일에 응당 네 주장이 있어야 한다. 만약 그러지 못한다면 너는 응당 아침저녁 먹을 자격이 없으므로 죽기만을 구해야 할 것이다. 예를 행하지 않고 편히 배불리 먹는다면 나는 다시 너를 대면하지 않을 것이다. 오늘은 여기까지만 말한다.'

정약용은 이청이 싫어하는 줄도 모르고 눈치 없이 황상에게 소상(小祥)이 끝나는 다음 날 묵재에서 자라는 편지를 보내기도 했다.

'어느덧 소상이 지나갔구나. 애통하여 망극하겠지만 형제 중에 한 사람은 내일부터 묵재로 와서 자는 것이 좋겠다. 잠시 다 적지 않는다.'

그러나 황상이나 동생 황경은 이청 집을 가지 않았다. 이청 집을 드나드는 사람은 오직 수염을 깎지 못해 겉늙어 보이는 혜장뿐이었다. 혜장은 정월 보름날 동안거가 끝나자 다음 날부터 아직 잔설이 희끗희끗한 자드락길을 오르내리곤 했다. 정약용은 혜장이 왔다가 간 날은 꼭 시를 남겼다.

굳건하고 어질며 호탕한 그대
때로는 바람처럼 산을 나서네
눈이 녹아 비탈길 미끄러운데
모래펄 둘러싸여 돌집이 움푹하다
얼굴은 산속의 즐거움 가득하여
몸을 맡겨 세월을 보낸다
사람들 마음 변해 비루하고 야박하나
이처럼 진실하고 솔직하다네.

혜장은 이청 집을 올 때마다 반드시 떡차를 가져왔다. 주막집 봉놋방에 살 때부터 체증(滯症)을 호소하던 정약용이 떡차를 마시고 나서 위장이 튼튼해졌기 때문이었다. 이제 정약용은 또다시 혜장에게 차를 달라는 걸명(乞茗)의 시를 보내는 일은 없었다.

전해 들으니 바위틈에서
예로부터 좋은 차 난다 하네

계절이 보리 말릴 때라
꽃 피고 새 가지 돋았구려
외롭게 지내나니 굶는 게 습관이라
누린내만큼은 너무 싫다네
돼지고기나 닭죽일랑은
호사스러워 함께 먹을 수 없지
오직 근육이 땅기고 아파서
간혹 술 취해 잠들어 보았네
나무 숲 속 여린 잎 뜯어다
차 덖는 솥에다 넣고 덖었다지
보내 준 차로 병이 나으면
물에 빠진 이 건져줌과 다르리오
불에 쪄 말리기를 법대로 하니
물에 담글라치면 빛이 해맑으리.

정약용은 묵재에서 이청만 한나절 가르치면 되었으므로 날마다 한가하게 시간을 보냈다. 그래서 외가 쪽으로 먼 친척인 윤금호와 윤종호를 불러 하룻밤 묵어가게도 했다. 날씨가 포근해져 흙이 보드라워지자 대나무를 옮겨 심어 밤이 되면 사랑방 문에 대 그림자가 어리게 하고, 바닷바람이 불면 대나무 이파리들이 서걱거리는 소리를 들었다. 그런가 하면

화단을 만들어 꽃 중에서 유독 좋아하는 국화도 얻어다 심었다.

이청의 아버지는 술병으로 죽은 황인담 못지않은 술꾼이었다. 강진 사람들은 그를 곡식에 대한 장부를 잘 기록하는 아전이라 하여 이서객(李書客)이라고 불렀다. 실제로 서객의 재질 중에 으뜸은 곡식 장부를 잘 보는 것이고, 그다음은 감옥에 갇힌 자의 시비를 잘 밝히는 것이고, 그다음은 벼슬아치의 편지를 대신 잘 쓰는 것이고, 그다음은 아픈 사람의 병을 잘 고치는 것이었다. 그러니 이청의 아버지는 강진 사람들에게 이서객이라고 불릴 만했다. 병영 아전들이나 현의 아전들이 세금을 속여 어떻게 딴 주머니를 차는지 장부에 밝은 이서객은 훤히 다 알고 있었다.

이서객이 술꾼인 바람에 정약용도 그를 따라 술을 마시는 횟수가 많아졌다. 그는 꼭 집에서 마시지 않고 남당포 술청으로 나아가 목을 축였다. 술청에서 따라주는 술을 마셔야만 술맛이 난다고 고집을 부렸다.

그날도 정약용은 이서객을 따라 남당포로 나갔다.

"나으리, 막걸리는 칠량옹기로 담근 거에다가 바닷바람을 쐰 남당 것이 젤이랑께라우."

"남당포 막걸리를 마시고 싶은 게로구먼."

"지가 술맛 하나는 기차게 본당께요."

약장수 영감이 나무다리를 건너오다 이서객을 보고는 반갑게 알은체했다.

"또 술 마시러 온당가. 황인담이 술병 나 죽은 거 봄시로도 겁이 안 난

갑시야."

"안주 읎이 맨술만 마신께 그랬지라. 술 묵을지 모른께 몬즘 죽지라우. 이녁은 오래 살 거랑께요. 우리 전주 이씨넌 술 체질 몸뗑이라 타고 났어라우."

"황인담이도 이녁이 지어준 약만 멫 첩 묵었어도 고러코롬 몬즘 가지는 안 했을 꺼그만. 멫 푼 에끼다가 귀헌 목심 내놔뿐 것이제."

약장수 영감은 눈이 나쁜 듯 정약용을 가까이 보고 나서야 말을 건넸다.

"그라고 본께 작년에 만난 양반이지라. 맞제라우?"

"그렇소."

약장수 영감은 곧 고샅길로 사라졌다. 그러자 이서객이 주막집 술청 앞으로 나아가 소리를 질렀다.

"한잔헐라고 왔네. 누구 읎는가. 나으리를 모시고 왔는디 아무도 안 나와본가."

술청어멈은 이서객을 보고도 아무런 대꾸를 안 했다. 긴 담뱃대 끝에 불을 붙이면서 연기만 빨아댔다. 불이 붙은 것을 보고 나서야 담뱃대를 입에서 뺐다.

"또 외상술 마실라고 그랴요?"

"외상 장부는 이녁 대가리 속에 다 들어가 있응께 걱정허지 말란 말이시. 이녁이 강진 땅에서 곡석 장부 젤로 잘 보는 서객이 아닌가."

정약용은 이서객을 따라 술청마루에 올라앉았다. 잠시 후 머리를 요란하게 치장한 여인이 술상을 내오더니 이서객 옆에 쪼그려 앉으면서 웃음을 흘렸다.

"지 술을 받을랑게라우?"

이서객이 못마땅한 얼굴로 여인을 나무랐다.

"어허, 무식허기는, 니년은 대부(大夫)께서 을메나 높은 베슬인 줄 시방 모른 것이여? 얼렁 뜨부를 돔박돔박 썰어오고 나으리 잔부텀 따라뿌러라잉!"

"서객님이 술잔 앞에서는 모다 평등허다고 말씸허지 않았는게라우. 술잔 앞에서는 남녀노소가 다 평등허다고 했어라우."

"웜메! 어느 안전이라고 평등 타령이다냐. 이녁이 헌 야그는 우리찌리 술이 취해 간뎅이가 붓어서 헌 말이랑께. 술이 취하문 뭔 야그인덜 못 허겄냔 말이여. 고런 씨알떼기읎는 야그를 가지고 씨부리지 말랑께."

이서객은 손을 크게 저으며 여인의 말을 막았다. 그러자 정약용이 껄껄 웃으며 대수롭지 않게 말했다.

"하하. 술 앞에서 빈부귀천 남녀노소가 어디 있겠는가. 빈부귀천 남녀노소에 따라 술맛이 달라진다는 말을 들어보지 못했네. 그래서 평등하다고 한 말이었던 것 같네."

정약용은 술잔을 들었다가 놓았다. 술청마루 아래서 머리에 수건을 두른 한 젊은 여인이 바구니를 옆구리에 끼고서 오고 있었다. 작년에 약장수 영감 집에서 보았던 바로 그 여인이었다.

"나으리, 아는 처자인게라우?"

"잘 아는 여자는 아니지만 구면이오. 어느 집 처자인가?"

"마실 잔일을 도맡아 허는 과수떡이지라우. 지가 불러올려뿔랍니다."

이서객은 정약용의 허락도 받지 않고 여인을 불렀다.

"여그로 올라와 인사드려뿔소."

여인은 삼십 대 초반으로 보였다. 머리에 수건을 써서 얼굴이 반쯤 가려져 있지만 그 정도만으로도 미모가 드러났다. 술청어멈이 말했다.

"나으리께 술을 한잔 올리소. 서객님이 극진허게 모시는 거 본께 귀헌 분이네."

정약용은 뜻밖에 여인이 따르는 술을 받았다. 여인은 술 따르는 자세가 익숙하지 못했다. 술병과 술잔이 부딪치면서 소리가 났다. 여인은 겁이 나는지 부들부들 떨었다. 정약용은 여인이 가련하여 술자리를 물러나게 했다.

"자, 한 잔 따랐으니 어서 가 하던 일을 보게."

술청어멈이 다시 말했다.

"나으리, 객고를 푸실라문 아모 때라도 술청으로 오시지라우. 타레박시암멩키로 소가지가 짚은 과수떡이그만요."

"저 여인은 어디서 사는가?"

"남당포가 고향인디 독다리마실 정씨 집으로 시집갔다가 냄편이 병

들어 죽어분께 헐 수 읎이 친정으로 쫓겨 온 남당네그만요."

정약용은 이서객과 술청어멈이 주는 대로 마시다가 크게 취하고 말았다. 그날은 묵재로 오지 못하고 주막집 뒷방으로 들어가 큰대자로 누워버렸다. 남당네가 이부자리를 펴고 자리끼를 놓고 갔지만 알지 못했다. 정약용이 갈매기 울음소리를 듣고 눈을 떴을 때는 다음 날 새벽이었다. 갈매기 떼는 구강포 푸른 새벽 바다를 어지럽게 날고 있었다.

유람과 독서

정약용이 화순 땅과 인연을 맺은 시기는 열여섯 살 때였다. 정약용의 아버지 정재원이 화순현감으로 부임하자 정약용 네 형제들도 화순으로 따라와 살았다. 네 형제 모두가 마재 집을 떠난 까닭은 생활이 곤궁했으므로 입이라도 하나 더 덜기 위해서였다. 지난해 초봄 봄비가 오락가락하던 날 승지 홍화보의 딸과 혼인하였던 정약용도 형제들 눈치를 보다가 마재 집을 떠날 수밖에 없었다.

정약용은 아내와 함께 지내지 못하는 아쉬움을 화순의 절경을 유람하는 것으로 달랬다. 정재원도 형제들 중에서 유난히 명석한 정약용만은 공부에 매진하기를 바랐지만 바람 쐬러 다니는 것만은 방관했다. 때로는 시객들과 술을 마시는 것도 묵인했다. 비뚤어져 난봉꾼들과 휩쓸려 다니는 외도보다는 안심이 되었던 것이다. 갓 혼인하여 여자 몸을 알기 시작한 아들을 간섭하기보다는 화순의 높은 산과 맑은 강을 유람하면서 호연지기가 길러지기를 바랐기 때문이었다.

정약용이 화순 땅에 사는 동안 혼자서 첫 번째로 가본 곳은 능주에 있는 조광조가 귀양살이했던 적거지(謫居地)였다. 송시열의 글이 새겨진 비석이 하나 있을 뿐 실제 적거지는 흔적도 없었다. 적거지 앞 들판 너머로는 영산강 지류인 지석천이 흐르고 있었다. 정약용은 지석천에 그림자를 드리운 영벽정에 올라 점심을 한 뒤, 나룻배를 타고 흐르는 물길에 눈을 씻었다. 침수정으로 올라갔다가 현학정이 보이는 된여울을 지나 물길이 활처럼 휘어진 송석정 앞에서 내려 인물역 찰방이 보내준 말을 타고 말구종의 안내를 받아 쌍봉사 동쪽 골짜기에 있는 조대감골을 찾아가 참배했다. 사약을 받고 죽은 조광조가 겨울 동안 임시로 묻혀 있던 곳이 바로 지석천 물줄기가 시작하는 조대감골이었다.

두 번째는 형제들 모두가 적벽을 유람하기로 했다. 적벽까지는 동헌에서 사십 리 길이었다. 화순읍성 동림사에서 나한산 산길을 타고 오르다가 큰재를 넘어 서석산 뒷길을 돌아 야사마을로 내려간 뒤 천하대장군 같은 두 그루 느티나무 사이를 빠져나가면 이서장터가 나오는데, 더 나아가면 적벽을 조망할 수 있는 물염정이 나타났다.

결코 만만치 않은 거리였으므로 형제간에 날을 잡는 것부터 이견이 분분했다. 큰형 정약현이 두 번이나 미루며 보름날 가자고 했다.

"보름날에 가자꾸나. 이왕 한번 가는 걸음이니 보름날 물결에 달이 비치는 것을 보자꾸나."

정약전은 초파일에 가서 노루목적벽에 박힌 한산사 범종 소리를 들으며 밤 불꽃놀이를 구경하자고도 했고, 정약종은 단옷날을 기다렸다가 동복 사람들이 적벽 앞 임시 장터에서 화전놀이 하는 것을 보자고도 했다. 그도 저도 안 되니까 정약현이 보름날 동복천에 어리는 달구경이나 하자고 의견을 내놓았다. 그러나 서너 번이나 이런저런 이유로 유람을 미룬 적이 있었으므로 정약용은 반대했다.

"형님, 무릇 유람하려는 뜻이 있는 사람은 마음먹었을 때 용감하게 가야 합니다. 날짜를 잡아 가기로 해도 우환과 질병이 일을 그르치게 할지 누가 압니까? 구름과 비가 달을 가리지 않는다고 누가 보장합니까?"

"아우 말이 옳다."

정약현이 아우의 손을 들어주었다. 형제들은 모두 동헌에 딸린 금소당(琴嘯堂)에서 기거하고 있었다. 한방에서 생활하는 처지였으므로 의기투합하는 날이 더 많았지만 이견을 보이는 날도 더러 있었다. 맏형 정약현이 대개는 이견을 수습했지만 적벽을 보러 가는 날만은 정약용이 나서서 주장을 굽히지 않았다. 그만큼 정약용은 전라도에 부임해 온 벼슬아치들 모두가 한번 보기를 원한다는 적벽을 유람하고 싶었다. 더구나 귀동냥이 많아 박식한 금소당 종이 정약용에게 적벽팔경을 침이 마르도록 자랑했던 것이다.

"적벽팔경을 말해불게라우? 지 야그보담도 한번 봐부러야 헌디, 이왕 말이 나왔응께 야그해불라요. 볼 만헌 갱치가 야달 가진께 잘 들어보쇼잉.

적벽낙화(赤壁落火)라, 적벽 우게서 벌이는 밤 불꽃놀이에다
한산모종(寒山暮鐘)이라, 한산사 저녁 종소리 듣기 묘하지라우.
선대관사(仙臺觀射)라, 선대서 활쏘기를 보고
부암관어(浮岩觀魚)라, 뜬바우서 괴기덜이 노는 거 보고
고소청풍(姑蘇淸風)이라, 고소대서 맑은 바람 쐬고
금사낙안(金沙落雁)이라, 금모새 우에 나리는 기러기 떼에
학탄귀범(鶴灘歸帆)이라, 학여울에 돌아오는 황포돛배에다가
설당명월(雪堂明月)이라, 눈집 우로 뜬 볼근 달은 한 폭 그림이랑께라우.

들어본께 참말로 괴않치라우. 중종 임금님 쩍에 최산두 선상이 이짝으로 유배를 왔다가 하도 갱치가 좋은께 적벽이라고 이름 지으시고 동복에 주저앉어뿌렀다고 전해지지라우."

그날 적벽이 내려다보이는 물염정에 도착한 정약용은 그림을 한 장 그리려고 먹을 갈았다. 정자 앞으로 솔숲과 대숲이 울울하여 적벽이 보일 듯 말 듯 하였으므로 경치가 더욱 신비롭고 그윽했다. 적벽 아래서 가깝게 보는 또렷한 경치와는 비교할 바가 아니었다. 그런데 실제로 붓을 들어 그릴 때는 솔숲과 대숲을 빼고 물 위에 치솟은 적벽을 중심으로 활쏘기를 하는 언덕과 황포돛배, 기러기 떼와 밝은 달을 넣었다.

높이가 수십 길이고 넓이가 수백 보나 되는 적벽은 일찍이 마재 집 부근의 한강 어디에서도 보지 못했던 장관이었다. 담홍색 적벽은 바위들이 시루떡처럼 켜켜이 쌓여 도끼로 깎아 세운 듯 우뚝했고, 군데군데 뿌리 박은 소나무들이 곡예를 하듯 허공으로 뻗어 나와 있었다. 그러나 정약용 형제들이 본 물염적벽은 서곡에 불과했다. 배를 타고 물길을 따라 오르면 창랑적벽, 한산사가 자리한 가장 장엄한 노루목적벽이 맑고 깊은 동복천에 제 몸을 점잖게 담그고 있었다.

정약용 형제들은 물염정에서 한나절 동안이나 시를 짓고 술을 마시며 놀았다. 동헌 금소당으로 말을 타고 돌아왔을 때는 해가 지고 난 뒤라서 동헌 문에 달린 등롱에 불이 켜져 있었다.

며칠 후.

금소당으로 화순 사람 진사 조익현이 찾아왔다. 정약용은 그에게 물염적벽 풍광을 자랑했다. 그러자 정약용보다 스물여섯 살이나 손위인 조익현이 한탄하듯 말했다.

"적벽 갱치가 빼어났을깝씨 쌀찌기 들여다보문 술청어멈이 화장헌 거 같당께. 볼그족족 푸르딩딩 분 찍은 모냥이 비록 눈을 즐겁게 헐깝씨 가슴속 회포를 열고 기지(氣志)를 펼 수는 읎단 말이시. 자네는 아적 서석산을 보지 못했제? 불뚝 솟은 모습은 마치 거인과 위사(衛士)가 말허지도 웃지도 아니허고 조정에 앙근 거나 갈당께. 일허는 흔적은 볼 수 읎을란지그나 그의 공화(功化)는 세상 사물에 널리 미치는 거와 같당께. 긍께 자네도 서석산을 가보지 않을랑가?"

정약용은 또 형제들과 의논하여 서석산을 산행하기로 하였다. 마침 조 진사가 그의 아우를 보내 산길을 앞서겠다고 약속했다. 조 진사 아우가 길잡이를 하겠다고 나서니 망설일 이유가 없었다. 정약용 형제들은 간단하게 행장을 꾸리고 서석산을 올랐다. 장불재 억새밭을 지나 천왕봉까지 무사히 올랐다가 하산할 때는 홀[圭]처럼 생긴 바위들이 둘러선 규봉암을 지나 이서로 내려왔다. 보름 전에 적벽으로 갔던 길을 되짚어 큰재를 넘어 동림사로 가는 산길로 돌아왔다.

만연사 동쪽에 자리한 동림사에 이르자, 법당에서 설법하는 노승의 목소리가 쩌렁쩌렁하게 들려왔다. 정약용은 형제들을 먼저 보내고 법당 밖에서 가만히 귀를 기울였다. 노승의 설법 중에서 유독 한 구절이 마음에 와 닿았다.

"염불허는 요 주뎅이는 죽어서 불에 들어가문 재로 변해번지지만 염불허는 요 맴은 죽어서도 초연히 홀로 드러나 생사를 따르지 않는 벱이여. 바로 요 염불허는 맴 땜시로 우리가 극락에 갈 수 있는 것이랑께. 모다덜 알겄는가? 염불허는 주뎅이와 맴이 하나가 돼번지문 원허는 것이 머든 다 이롸지는 벱이여. 이것이 염불의 도리여."

동림사에서 설법하고 있는 노승은 혜장의 스승인 유일이었다. 화순에서 태어난 노승 유일은 삼십 년 만에 고향으로 돌아와 만연사에 머물면서 동림사 승려들에게 자신이 깨달은 법을 설하고 있었다. 정약용은 노승에게 강한 인상을 받았다. 노승이 말하는 죽어서도 홀로 드러나는 마음을 맹자는 굳세고 확고한 마음, 즉 부동심(不動心)이라고 했음이었다.

다음 날 정약용은 유일을 찾아가 차를 마셨다. 유일을 시봉하는 시자가 다식으로 싱싱한 오이를 내왔다.

"스님, 가만히 생각해 보니 제가 마재에 있을 때 스님의 높은 이름을 들었던 것도 같습니다. 이번 겨울에 동림사에서 공부할 수 있도록 허락해 주십시오."

"채제공 대감과 수차례 만나번졌지라. 그라고 시안 석 달은 동안거 철인께 절문을 닫아부릴 틴디 불편허지 않을랑가 모르겄소. 우리 중들 법도대로 따라야 헌디 괴않겄소?"

"이미 둘째 형님과 겨울에는 번잡한 동헌을 떠나 어디 조용한 곳에 틀어박혀 책만 보기로 약조했습니다."

"각오했다문 맴대로 허씨요."

정약용은 다음 날뿐만 아니라 대여섯 번을 더 동림사로 올라가 노승 유일과 격의 없이 차담을 나눴다. 유일을 만난 뒤 동헌 금소당으로 내려온 정약용은 마음이 크게 격동되어 시를 지었다.

지나날에 원공과 알고 지내어
스님의 높은 이름 들었는데
학이 돌아온 때를 우연히 만나

구름 위 노니는 정 잠시 멈췄네
흰 눈썹은 도를 머금었고
새론 시는 속된 소리 있지 않아
찻물과 오이 비록 조촐하지만
머물러 있노라니 정성 알겠네
산줄기의 할아버지 손자 바로잡았고
선의 계보 아우 형님 가려놓았지
서글퍼라 초연한 생각이 이니
초야에 영웅호걸 많기도 하다
물아가 사라지면 그게 도인걸
유가 묵가 다툴 게 뭐가 있으랴.

그해 겨울 첫눈이 내리는 날이었다. 갑자기 찾아온 강추위로 계곡물에는 살얼음이 끼려 했고, 상수리나무 마른 잎과 대나무 이파리들이 오그라들어 있었다. 동림사 조실스님 유일의 허락을 받은 정약용은 둘째 형 정약전과 함께 책 보따리를 금소당 종의 지게에 지우고 동림사로 올라가 방을 하나 얻었다.

하루 일과는 동림사 승려들을 따랐다. 새벽에 일어나 계곡으로 내려가서 찬물로 이를 닦고 공양 때를 알리는 목탁 소리가 나면 대중 방으로 들어가 동림사 승려들과 죽 둘러앉아 아침을 먹었다. 낮에는 보따리에 싸 온 서책들 중에서 다시 보고 싶은 책을 펴놓고 읽었다. 그러다가 다리가 저리면 언덕 위로 올라가 휘파람을 불면서 『시경(詩經)』 가운데 즐겨 외웠던 시를 읊조렸다. 별이 돋을 무렵의 저녁에는 게송과 독경하는 승려들의 저녁예불 소리를 귀담아 들었다.

밤이 되면 정약용은 주로 『맹자』를, 정약전은 『서경(書經)』을 외우고 그 이치를 캤다. 졸리면 계곡으로 나가 얼음물에 세수를 했다. 정진하는 동림사 승려들도 불경을 외거나 참선을 하며 밤을 새웠다. 계곡으로 내려가 얼음 조각을 입에 물고 가는 승려도 간간이 보였다.

"형님, 스님들이 왜 고통스럽게 산사에서 수행하는지 이제야 알겠습니다. 세속의 생활과 바꿀 수 없는 즐거움이 있기 때문일 것입니다. 우리 형제가 동림사에서 맛본 것과 같은 독서의 즐거움이 또 어디 있겠습니까?"

"아우 말이 맞네. 불경을 외는 즐거움이 저들을 스님이 되게 한 까닭 중에 하나일 것이네."

"동림사에서 보낸 사십 일 동안의 한겨울 독서가 요순시대의 천도(天道)가 펼쳐지는 데 한 줌이라도 밑거름이 된다면 이보다 더 즐겁고 기쁜 일이 또 어디 있겠습니까?"

"아우 말대로 백성들 모두가 살 만한 태평의 시대가 올까? 그런 세상이 온다면 한겨울 내내 졸음을 물리쳐 가며 독서한 화순 땅에 우리가 남긴 흔적을 뒷사람들은 반드시 기억해 줄 걸세."

요순시대를 꿈꾸던 정약용의 나이는 열일곱 살, 그리고 세상을 조금은 어둡게 보았던 정약전은 스물한 살이었다. 동림사 맞은편의 응달진 산기슭에는 늘 싸락눈이 쌓여 있었고, 얼어붙은 상수리나무 낙엽들이 찬 바람에 달싹달싹 뒹굴던 1778년 겨울의 일이었다.

2장

영춘화

한강 물에 몸을 섞는 소내나루 물은 손을 시리게 했다. 휘파람새가 우는 봄인데도 소내[牛川]로 흐르는 물은 돌돌돌 차갑게 찰락였다. 수위를 높인 강물도 강섶을 한 뼘 두 뼘 기어올라 철썩거렸다. 밤새 흐느끼는 소리를 내던 된여울은 이제 조용했다. 안개가 걷히고 나니 된여울의 강물 소리는 잦아들었다. 된여울의 강물 소리가 짙은 밤안개를 타고 마재 계곡까지 들리곤 했던 것이다. 새로 난 뱃길로 강 건너편에서 사공이 배를 타고 소내나루 물나들로 건너오고 있었다. 물너울이 너울너울 일렁였다. 강물에 비친 정약용의 얼굴도 물너울 따라서 흔들렸다.

정약용은 배를 보는 순간 하담(荷潭) 선영에 계신 부모님이 생각났다. 해배되어 마재 집에 돌아온 이래 아직 산소를 찾아가 인사드리지 못해 마음이 무거웠다. 정식으로 난 뱃길이 아니므로 돛배를 세내야 하는데 아직은 그럴 형편이 아니었다. 정약용은 소내나루에서 두물머리를 향해 하릴없이 걸어갔다. 마음이 답답해지면 머리를 비우고 걸어가는 곳이었다.

두물머리 물녘에는 젊은 시절부터 보았던 보득솔 한 그루가 변함없이 푸르게 살아 있었다. 나뭇단처럼 튀어나온 너럭바위 아래쪽에 뿌리를 내린 보득솔이었다. 작달막한 보득솔인데 성장이 멈춘 듯 귀양 가기 전에 보았던 키 그대로였다. 용트림하듯 구부러진 보득솔과 듬직하게 생긴 너럭바위는 잘 어울렸다.

해배되면 돛배를 한 척 사들여 홍임 모와 홍임이를 데리고 낚시나 하며 여생을 보내려고 했는데 보기 좋게 빗나갔다. 잡은 민물고기로 안주 삼아 술도 한 잔 마시며 시를 읊조리고 싶었는데 마재에 돌아와 보니 그것은 허망한 이상일 뿐이었다. 마재는 사람도 땅도 황폐해져 있었다. 아들들 편지만 보고 강진에서 꿈꾸던 모습과는 아주 딴판이었다. 산비탈 밭은 일구지 않아서 꿩이 둥지를 트는 묵정밭이 되어 있었고, 특히 홍 씨가 석이와 머슴을 데리고 일구었던 뽕나무밭 다랑이들도 밭이라고 부를 수 없을 정도로 가시덩굴이 무성한 채 방치돼 있었다. 멀리서 보면 야산이나 다름없었다. 정약용은 자업자득이라고 자책했다. 큰아들 학연이나 작은아들 학유에게 농사일보다는 오직 독서만이 살아나갈 길이라며 편지로 타이르거나 때로는 꾸짖었음이었다.

정약용은 살팍지게 살아 있는 보득솔을 보면서 혼잣말로 중얼거렸다.

'변치 않은 건 너뿐, 늘그막에 우리 친구로 지내자꾸나.'

잔가지들이 성근 보득솔을 보니 새삼 의기소침해진 자신이 되돌아봐졌다. 보득솔은 솔방울을 주렁주렁 달고 있었다. 강진초당이라면 차 아궁이용 땔감으로 솔방울을 땄겠지만 지금은 그럴 생각이 조금도 나지 않았다. 정약용은 문득 '아부지 손잡고 자고 잪다'며 떼쓰는 홍임이가 떠올라 갑자기 눈물이 나려 했다.

정약용은 길게 한숨을 쉬었다. 아내의 살천스러운 눈초리를 이기지 못한 홍임 모는 마재에 올라온 지 달포 만에 큰형 정약현 집 사립문 옆의 오두막으로 쫓겨 나갔고, 이청을 불러 다시 시작한 『흠흠신서』의 저술은 큰 진전이 없는 데다 한양 관청에서는 공문 한 장도 오지 않았으므로 도무지 흥이 나지 않았다.

홍임 모가 마재에 오고 난 뒤부터 정약용은 아내의 눈치까지 봤다. 집안에 틀어박혀 책장을 넘기는 것조차 마음이 불편하여 집중을 못 했다. 언제 아내가 홍임 모를 불러놓고 남편 들으라는 듯이 닦달할지 모르기 때문이었다. 차라리 오두막으로 쫓겨 나간 것이 다행일지도 몰랐다. 귀어촌에 사는 외손자라도 와 떠들면 집안 분위기가 바꾸어지련만 요즘에는 윤창모에게 시집간 딸도 오지 않았다. 홍임 모가 친정의 식솔이 되자 딸도 아내 편을 드는지 발길을 끊었다.

그뿐만 아니라, 해배된 지 세 달이 지나고 나니 자신을 바라보는 형수네 식구들과 심지어는 종 석이의 눈길도 시들했다. 정약용이 해배되면 마재 정씨 일가에 희소식이 줄을 이을 줄 알았는데 아무런 변화가 없기 때문이었다. 기대가 실망으로 바뀌어가는 중이었다.

정약용은 지팡이를 너럭바위 모서리에 세워놓고 앉았다. 바윗덩어리의 차가운 감촉을 애써 무시하고 주저앉았다. 보득솔 잔가지 하나가 정약용의 목덜미를 찔렀다. 때마침 두미협에서 불어오는 강바람이 서늘했다. 보득솔 잔가지들이 내는 솔바람 소리가 희미하게 들렸다. 이번에는 보득솔이 정약용에게 말하고 있었다.

'돌아온 건 그대뿐, 늘그막에 서로 친구로 지내세.'

보득솔이 정약용을 위로하는 자리는 오래가지 못했다. 누더기를 입은 석이를 보자마자 상념이 저만큼 달아났다. 석이가 다가와 점심상을 차려놓았다고 알렸다. 점심 밥상이라야 뻔했다. 소금엣밥으로 묵은 김치에다 보리밥과 쑥국이 전부일 터였다. 홍임 어미가 차리던 강진초당에서 받았던 밥상과는 비교할 수가 없었다. 강진초당의 밥상에는 잡곡밥이 오를 때가 많긴 했지만 낙짓국에다 젓갈은 늘 밑반찬으로 올랐고 싱싱한 꼬막과 조개 등 갯것들이 풍성했던 것이다.

정약용이 벼슬자리를 얻지 못하니 석이의 몰골도 따라서 볼품없었다. 마재 집 식구들의 모습도 하나같이 궁상맞았다. 늙은 아내는 날마다 식구들 끼니거리를 처량하게 구하러 다녀야 했고, 정약용의 벼슬을 기대했던 두 형수는 하나도 달라진 게 없다면서 불쑥불쑥 푸념했고, 손자 손녀들 얼굴빛은 핏기 없이 핼쑥했다. 정약용의 마재 집은 새해 문턱을 넘어서자마자 끼니를 걱정해야 하는 보릿고개가 뒤바람처럼 몰아쳐 왔다. 그렇다고 강진에서 귀어촌으로 이사와 육조에서 낮은 벼슬을 하고 있는 윤서유에게 또다시 손을 내밀 수도 없었다. 사돈도 되고 친구도 되지만 자존심이 허락하지 않을뿐더러 한때 초당제자였던 사위 얼굴을 보기도 민망했다. 멀리서 휘파람새 소리가 휘이휘이 구슬프게 들려왔다. 딱따구리가 참나무 껍질을 쪼는 소리가 요란하게 들리기도 했다. 굼벵이 같은 먹이를 찾느라고 송곳 같은 부리로 나무껍질을 쪼는 소리였다.

"석아, 요즘 홍임이 어미를 보았느냐?"

"큰댁에서 보았습니다요."

"무엇을 하면서 소일하더냐?"

"밭일도 하시고 허드렛일도 거들고 있습지요."

석이는 홍 씨를 염두에 두고 홍임 모를 작은 마님이라고 부르지는 않았지만 정약용을 예나 지금이나 우러러 따랐으므로 자신보다 나이 어린 홍임 모에게 존댓말을 했다.

"형수님이 좋아하실 것이다. 그 사람이 일 하나만큼은 깔끔하게 잘하더구나."

석이가 앞서 가다 뒤를 돌아보며 걸음을 멈추었다. 그러더니 맨송맨송한 머리 한가운데를 만지작거리면서 말했다.

"영감마님, 드릴 말씀이 있습니다요."

"뭐냐, 말해 보거라."

"홍임 모친이 사시는 오두막은 사람 살 데가 아닙니다요. 이엉은 썩어서 비가 새고 문짝은 달아나고 없습니다요. 거적때기로 겨우 바람을 막고 있습죠."

"아직 가보지 못했구나. 내 불찰이야."

정약용은 석이 얘기를 듣는 동안 입안에 침이 말랐다. 점심을 앞두고 입맛은커녕 소태를 씹은 듯 씁쓸했다.

"영감마님 댁으로 다시 불러들이면 안 될까요? 소인 생각으로는 그것이 제일 좋은 방도입니다요."

"네 생각이 맞다만 어떤 때 학연 모를 보면 바늘 하나 꽂을 자리 없이 속이 좁으니 난들 어찌할 방법이 없구나. 그렇다고 내 하고 싶은 대로 할 수 있어야지. 내가 강진으로 유배 가 있는 동안 학연 모 역시 마재에서 유배를 산 것이나 마찬가지였으니 어찌 가련한 학연 모를 외면할 수 있겠느냐? 남은 생이나마 학연 모가 하자는 대로 따라 사는 것이 못난 사람이 할 도리이지."

정약용은 석이에게 말하고 있었지만 사실은 아내 홍 씨에게 고백하듯 속마음을 털어놓고 있었다. 작년 가을 강진 동헌에서 해배한다는 소식이 왔을 때 처음에는 홍임 모도 데리고 마재로 올라가려고 했다가 아내에게 미안한 마음이 들어 취소했던 것이다. 겨울을 난 뒤 홍임 모를 마재로 불러올린 것은 아내의 마음이 누그러져 이해하기만을 바랐기 때문이었다.

무과 급제 출신인 아버지 홍화보를 닮아 체구가 크고 실수한 종의 종아리를 회초리질할 만큼 성격이 당찬 아내이지만 홍임 모만큼은 너그럽게 받아주지 않았다. 홍임 모가 마재 집에 왔을 때 눈길 한 번 주지 않았음이었다. 홍임 모를 바라보는 홍 씨의 눈초리는 냉랭하기만 했다. 끼니를 준비하는 동안 본채 부엌은커녕 사랑채 부엌도 출입을 금지시켰다. 홍임이가 아침마다 본채 앞마당으로 가서 "큰어메님, 밤새 잘 주무셨능게라우?" 하고 문안 인사를 해도 고개를 한 번 내밀고는 얼른 문을 닫아버리곤 했다.

"장마철이 다가오니 소인도 걱정이 됩니다요."

"무슨 방도가 없겠느냐?"

"영감마님, 큰댁 헛간이 하나 비어 있습니다요. 그래도 비는 새지 않으니까 조금만 손질하면 방으로 쓸 수 있을 것입니다요."

"내가 형님께 부탁해 보겠다만 네가 그 헛간을 방으로 고칠 수 있겠느냐?"

"이래 봬도 제가 큰댁 작은댁 할 것 없이 새로운 마님들이 올 때마다 들인 방의 방구들을 다 놨습죠."

"그렇구나. 네가 우리 집에 들어온 지도 수십 년이 흘렀구나. 네 흰 머리카락을 보니 만감이 교차하는구나."

"제가 마재로 열 살에 와서 막 소 몰고 꼴 베러 다닐 때 영감마님께서 혼인하셨습죠."

"나는 잊어버렸는데 너는 기억하고 있구나."

"잊어버릴 수가 없습죠. 소 몰고 가다가 돌부리에 넘어져 코피를 흘릴 때 영감마님께서 쑥을 뜯어 코피를 멎게 해주셨습니다요. 피가 나는 무릎에는 된장을 발라주셨습죠."

"별걸 다 기억하고 있구나."

마재 집에서 강진을 오고 간 종은 석이뿐이었다. 그만큼 석이는 가족들이 믿고 뭐든지 맡길 수 있는 충직한 하인이었다. 정약용은 석이의 머리카락을 보고 나서 세월이 무상하다는 것을 절감했다. 정수리 쪽은 다 빠지고 꼭뒤에만 허연 머리카락이 달라붙어 있었다. 혜장의 스승 유일이 이 세상에 변하지 않는 것은 하나도 없다며 제행무상(諸行無常)을 설하곤 했는데 하나도 틀린 말이 아니었다. 정약용 자신도 흐르는 세월 앞에서 무력하게 변해 가는 중이며 석이도 늙어가고 있었다.

정약용은 길을 가다가 노랗게 핀 영춘화 한 가지를 꺾었다. 눈 속에서 봄을 부르는 꽃이라 하여 영춘화(迎春花)라고 불리는데, 시골 사람들에게 개나리라고 잘못 알려진 꽃이었다. 영춘화는 응달에서 자란 탓인지 이제야 꽃망울들이 기지개를 켜고 있었다.

"영감마님, 왜 꽃을 꺾습니까요?"

"네 머리가 좋으니 한번 맞혀보아라."

"못 맞히면 바보입죠. 홍임이 주려는 꽃입니다요."

"틀렸다. 묵은 고매(古梅)가 꽃 피우듯 나이 들어 얻은 자식이라 귀하고 사랑스럽다만 홍임이는 아니다."

"홍임이가 아니라면 홍임 모친이란 말입니까?"

"오두막에는 금족령이 내렸는데 내가 왜 거길 가 학연 모와 불화거리를 만들겠느냐?"

"큰형수님한테 드리시려고요? 아마도 홍임 모친을 부탁하려고 그러시는 것도 같다는 생각이 듭니다요."

"영리한 사람은 머리가 좋아서 함정에 빠진다고 하더라만 단순하게만 생각하면 답이 나오느니라. 힘없는 내가 나를 위해 가장 고생한 사람에게 줄 수 있는 게 무엇이겠느냐. 내 마음뿐 더 줄 게 무엇이 있겠느냐. 이래도 모르겠느냐."

"아, 소인 알겠습니다요. 하하."

"허허. 머리 좋은 줄 알았더니 헛발질만 하는 놈이구나."

정약용은 석이와 함께 집 사립문 앞에서 크게 웃었다. 그러자 홍 씨가 석이를 보고 눈을 흘겼다.

"무례하구나. 영감마님 앞에서 소리 내어 웃다니!"

"마님, 모처럼 마음이 환해질 일이 있습니다요."

"한양에서 좋은 소식이라도 있단 말이냐."

"한양 소식은 아닙죠. 허지만 마님께 좋은 소식입죠."

홍 씨는 석이를 나무랄 때도 있었지만 정약용이 유배 가 있는 동안 그에게 의지하고 살아온 처지였으므로 석이의 말을 믿고 은근히 기대했다.

석이가 홍 씨를 속인 적은 지금까지 단 한 번도 없었다.

석이가 외양간으로 가버리고 나자 정약용이 소매 속에서 영춘화를 꺼냈다.

"여보, 꽃 이름이 좋아서 꺾어 왔소. 겨울 끄트머리에서 봄이 오기를 기다리며 꽃 피운다고 하여 영춘화라고 부른다오. 임자 주려고 가지고 왔소."

"어서 점심이나 드시지요."

홍 씨는 나비눈을 뜨고 퉁명스럽게 말했지만 싫은 기색은 보이지 않았다. 남편에게 꽃을 받아보기는 십팔 년 만이었다. 귀양 가기 며칠 전날 밤에 마당가 화단에서 꺾어 온 국화꽃을 받아 본 이후 처음이었다.

"살림이 펴질 때까지는 책을 덮겠소. 임자가 잘하는 누에치기를 돕겠소. 뽕나무밭도 석이를 데리고 손을 볼 작정이오. 한두 해만 고생하면 식솔들 끼니 걱정은 면할 수 있을 것이오. 때가 되면 우리 집에도 봄볕이 들 것이오. 임자야말로 우리 정씨 집안에 영춘화가 아니고 무엇이겠소."

"한양 창동에 살 때도 누에치기를 한 일이 있지 않습니까? 입이 줄어들지 않고 불어나니 나날이 힘은 들지만 누에치기를 늘려 보겠으니 영감께서는 읽던 책을 놓지 마시지요."

정약용은 소처럼 일만 해온 아내의 말을 듣고 있자니 마음이 아팠다. 못에 찔린 것처럼 가슴이 뜨끔했다. 병치레로 야위고 얼굴에 주름이 깊어진 아내가 입이 늘어나 힘들다고 하소연하는 말 속에는 홍임 모와 홍임이가 들어 있을 터였다. 홍 씨는 얼른 정약용이 준 영춘화를 들고 부엌으로 들어갔다. 고맙기도 하고 밉기도 한 남편 정약용 앞에서 눈물을 보이고 싶지 않아서였다.

새벽부터 아침나절 내내 휘파람새가 울더니 이제는 소쩍새 울음소리가 들려왔다. 먼 산에서 깃을 접고 있다가 밤이 되면 불빛을 보고 가깝게 찾아와 우는 소쩍새였다. 한낮인데도 소쩍새가 뒷산 참나무 숲으로 날아와 피를 토하듯 우는 것은 드문 일이었다.

정약용은 낫과 괭이를 챙겼다. 뽕나무밭을 예전과 같이 일궈놓기 전에는 낮 동안에 책을 펴지 않으리라고 다짐했다. 식솔들 끼니를 해결할 때까지는 밤에만 독서하기로 했다. 『흠흠신서』의 저술 작업도 여름 이후로 미루기로 했다. 입 하나 덜 겸 오래된 제자 이청을 다시 강진으로 내려보내기로 작정했다.

나를 지키는 집

마재에 안개가 짙게 낀 날 아침이었다. 한강과 뒷산이 안개 너머로 숨은 듯 그림자 같은 형체만 보였다. 정약용은 얼굴에 젖는 안개를 느끼면서 큰댁에 찾아갔다. 나루터 버드나무 가지 끝에 앉은 까마귀가 까악까악 그악스럽게 울었다. 몸집이 작은데도 우는 소리가 모질어서 잠에서 덜 깬 마재 골짜기를 날카롭게 휘저었다.

큰댁은 정약용 집에서 오십여 보 거리에 있었다. 나루터에서 마재 쪽으로 뚫린 고샅길 끝에 큰형 정약현 집이 자리 잡고 있었다. 정약현 집은 오 칸 초가와 양쪽에 별채와 창고용 헛간이 딸린 ㄷ 자 형태로 정약용 집보다 규모는 컸지만 사람 출입이 드물어 산중의 작은 절처럼 조용했다.

정약용은 해배되어 마재 집에 돌아온 이후 아직 아버지 산소에 인사를 드리지 못해 큰형 정약현을 만나려고 할 때마다 미안하여 발걸음이 망설여졌다. 입춘이 지나고 나서는 더욱 발걸음이 무거웠다. 날이 풀어지면 정약현과 함께 성묘 가기로 했는데 차일피일 약속을 어기고 있었던 것이다.

선영이 있는 하담까지는 소내나루에서 배를 타고 가야 했다. 그런데 끼니도 겨우겨우 해결하는 처지였으므로 아직은 배를 빌릴 형편이 되지 못했다. 혼자라면 석이를 앞세우고 충주 하담까지 걸어 다녀올 수도 있겠지만 늙어 거동이 불편해진 정약현과 함께 가기로 했기 때문에 그럴 수도 없었다. 정약현이 자신은 금생에 마지막 성묘가 될지 모르니 꼭 같이 가자고 부탁했으므로 정약용은 늘 마음이 무거웠다.

"또 성묘 얘기하러 왔는가. 서로 형편이 어려우니 그 얘기라면 꺼내지도 말게. 하지만 사정이 나아지면 반드시 나와 함께 가야 되네. 부모님 성묘를 한 지도 오래됐고 동생들 산소도 돌봐야 하니까 말이네."

동생들이란 1801년 2월 천주교도 탄압 때 서소문 밖에서 억울하게 참수당한 정약종과 1816년에 흑산도 유배지에서 병들어 죽은 정약전을 말했다.

"큰형님, 죄송합니다."

"어허. 부모님께서도 다 이해하실 걸세. 어차피 늙은 나로서는 마지막 성묘가 될 텐데 조금 늦어지면 어떤가. 그러니 너무 미안해하지 말게."

정약용은 마루로 올라가 앉았다. 마루에서는 멀리 두물머리가 큰 방죽만 하게 보였지만 오늘은 안개에 가려 보이지 않았다. 정약현이 서재 겸 사랑방으로 이용하는 방문 위에는 수오재(守吾齋)라고 쓰인 편액이 군불 연기에 그을려 거무레하게 붙어 있었다. 정약용은 수오재라는 편액을 한동안 바라보았다. '나를 지키는 집' 혹은 '내 마음을 다스리는 집'이라는 뜻이었다. 집 이름인 당호(堂號) 속에는 진사시에 합격한 뒤 대과를 포기하고 풍비박산 난 마재 집을 지킨 큰형 정약현의 마음이 담겨 있었다.

정약용은 강진에 앞서 먼저 경상도 장기로 귀양 갔을 때의 기억이 떠올랐다. 어느 날 문득 큰형 정약현이 왜 당호를 수오재라고 하였는지 그제야 깨달았던 것이다. 맹자가 '지킴에 있어서 무엇이 큰가? 자기 몸을 지키는 것이 제일 크다.'라고 한 말이 새삼스럽게 가슴에 사무쳤음이었다.

"무엇을 그리 보고 있는가?"

"큰형님께서는 마치 산중 암자의 도인 같습니다."

"도인이라니 무슨 뜻인가?"

"화순 동림사에서 유일선사를 보고 알았습니다만 불가의 도란 마음을 닦는 공부가 아닙니까? 큰형님께서는 이미 마음을 다잡고 몸을 지키신 분이기 때문입니다."

"나 같은 못난이가 마음을 다잡고 살았다니 무슨 말인가?"

"제가 장기에 귀양 가 있을 때 처음으로 '나는 누구인가?' 하고 승려가 참선하듯 저를 돌아본 일이 있었습니다. 가만히 생각해 보니 저는 마음을 잘못 간직하여 제 마음을 잃은 자였습니다. 어렸을 때 과거가 좋다는 것을 알고 과거 공부에 푹 빠졌던 세월이 십 년이었습니다. 마침내 조정의 반열에 서게 되자, 오사모(烏紗帽)를 쓰고 금포(錦袍)를 입고서 대낮에 큰길을 미친 듯이 활보하였습니다. 눈앞에 거칠 것이 없었던 들뜬 시절이었습니다. 그런데 십이 년 만에 처지가 바뀌어 한강을 건너고 조령을 넘어 동해 바닷가에서 유배살이를 해야 했습니다. 유배살이하던 어느 날 저는 제 마음에 이렇게 물은 적이 있습니다."

"무어라고 물었는가?"

"멍하니 바다를 바라보면서 '자네는 어찌하여 이곳 장기 바닷가에 왔는가? 여우나 도깨비에 홀려서 온 것인가? 아니면 바다귀신에게 불려온 것인가? 자네의 집이 소내에 있는데 어찌 고향으로 돌아가지 않는가?' 하고 물었습니다."

"마음은 소내에 있었는데 몸은 바닷가에 있었다는 뜻이로군."

"그렇습니다. 몸과 마음이 함께하지 못했습니다. 그건 남해로 귀양 간 둘째 형님도 마찬가지였을 터입니다. 그러나 유독 큰형님만은 당호와 같이 이름대로 수오재에 편안하고 난성하게 앉아 계셨습니다. 그것은 저나 둘째 형님과 달리 큰형님께서는 마음을 잘 지켜 마음을 잃지 않았기 때문이었을 것입니다."

정약용은 자기보다 열한 살이나 많은 큰형 정약현을 돌아가신 아버지 대하듯 마음속에 있는 말을 미주알고주알 다 꺼냈다. 지난날 자신의 가벼웠던 처신을 고백하고 나니 가슴이 조금은 후련했다. 세상에 나가 벼슬하지 않고 마재 집을 지켜온 큰형의 존재가 새삼 고마웠다. 아무리

나이가 들어도 형과 동생이라는 혈연의 질서는 벼슬이나 학문의 높낮이와 상관없이 뒤바뀔 수 없는 천륜이었다.

“설마 내 당호를 얘기하려고 온 것은 아닐 테고 오늘은 아우가 무슨 할 말이 따로 있는 것 같구먼.”

“그렇습니다.”

“말해 보게.”

정약용은 아버지와 같은 큰형 앞에서 솔직히 얘기했다.

“홍임 어미 문제로 왔습니다. 큰형님 옆집에 사는 것도 큰형님께서 배려해 주시어 가능했습니다만 석이 얘기로는 비가 새는 오두막인지라 장마철이 걱정됩니다. 그래서 큰형님 댁 헛간이라도 허락해 주신다면 이사를 시키려고 합니다.”

“헛간 창고에서 살 수 있을까?”

“석이가 방구들을 잘 놓는다니까 방으로 들이는 데는 큰 문제가 없을 것 같습니다.”

“비가 새는 오두막에서 살 수는 없지. 그렇게 하게.”

정약현은 선선히 응낙했다.

“큰형수님께서는 어떠실지 모르겠습니다.”

“홍임 어미와 아주 친해졌으니 걱정할 것은 없네.”

정약용으로서는 눈치채지 못한 일이었다. 아내가 모질고 냉랭하게 대하니 다른 일가들도 덩달아 그러려니 했는데 뜻밖이었다.

"물론 아우가 부탁했겠지만 홍임 어미가 외손자 경한이를 만나러 추자도까지 갔다는 얘기를 듣고 나서 크게 달라졌다네. 요즘에는 일거리를 만들어 부른다니까."

정약용이 말하는 큰형수는 실제로 제주도 관노로 가 있는 조카 정난주의 친어머니는 아니었다. 큰형의 두 번째 부인이기 때문이었다. 그러나 첫 번째 부인이자 이벽의 누나인 경주 이씨가 정난주를 낳은 뒤 서른 살의 젊은 나이로 죽는 바람에 그녀를 키우고 시집보낸 사람은 두 번째 부인이었다. 그런 이유로 두 번째 부인은 정난주를 친딸처럼 정성들여 키웠고, 1791년에 정난주와 혼인하여 사위가 된 황사영을 누구보다도 아꼈다. 외손자 황경한을 애지중지함은 두말할 것도 없었다. 정난주가 외손자 황경한을 구 년 만에 어렵게 낳자, 한양으로 딸 집을 찾아가 잔치를 벌이고 돌아왔을 정도였다.

그런데 두 번째 부인의 자식 건사하는 복은 오래가지 못했다. 이른 봄에 시작한 천주교도 탄압으로 시동생이 죽거나 귀양을 갔으며 그해 가을 또 다른 탄압으로 사위 황사영이 서소문 밖에서 능지처참당했고, 사위의 홀어머니는 거제도로 유배를 갔던 것이다. 그뿐만 아니라 황사영의 아내 정난주는 관노가 되어 제주도로 보내졌고, 두 살 난 아들 황경한은 노비를 면케 하려는 그녀의 결단으로 몰래 추자도에 버려졌음이었다.

"큰형님, 정말입니까?"

"살갑게 대해 주어서 그런지 어린것 홍임이는 우리 집에 가끔 와서 혼자서 놀다가 가곤 하네."

정약현의 말은 사실이었다. 홍임 모를 대하는 아내의 태도는 홍 씨와 달랐다. 홍임 모가 추자도까지 가서 외손자를 보고 왔다는 얘기를 남편 정약현에게 전해 듣고는 단번에 태도를 누그러뜨렸다. 허드렛일이 생길 때마다 홍임 모를 불러 일하게 하고는 끼니를 해결해 주기도 했다. 어린 홍임이 손에 들려 보리쌀을 한 됫박씩 보낸 날도 여러 번 있었다.

"큰형수님께서 홍임 어미를 잘 돌봐 주신다고 하니 고마울 뿐입니다."

"세월이 흐르면 제수씨도 홍임 어미를 이해할 것이니 천천히 기다리게나. 사람이 살아 있다는 것만으로도 얼마나 고마운 일인지 알게 될 날이 올 걸세. 아무리 밉고 섭섭한 사람이라도 말이네."

어느 날 날벼락을 맞은 듯 졸지에 사람을 잃어버린 이만이, 그래서 누구보다도 사람의 목숨이 귀하다는 것을 깨달은 이만이 할 수 있는 말이었다. 정약용을 총애하던 정조 왕이 승하하자마자 시작된 천주교도 탄압으로 정약현 형제들과 사돈집 사람들은 천주학쟁이라 하여 어디다 하소연할 길도 없이 비통하게 가족을 잃고 누명을 쓴 채 절해고도로 쫓겨 갔던 것이다.

"별 나기 전에 밭일을 좀 하고 온다더니 지금 들어오는구먼."

"큰형수님, 안녕하십니까?"

"서방님 오실 줄 알았으면 마루라도 훔치고 나갈 걸 그랬구먼요."

"큰형수님, 저야 뭐 한 식구인데 청소 못 한 것이 무슨 허물입니까? 벼슬에 나가지 못한 제가 늘 큰형수님께 미안할 뿐이지요. 고생한 큰형수님 호강은 못 시켜드릴망정 제 앞가림도 못하고 있으니 죄송할 따름입니다."

"마재에 오신 지 고작 서너 달밖에 안 됐는데 그런 말씀 마셔요. 그래도 집안을 일으킬 분은 서방님밖에 없다고 믿으니까 저나 동서가 기대하고 있는 것이지요."

"한양에서 공문 한 장 없으니 저도 답답하기는 마찬가집니다."

"서방님이 오시려고 홍임이가 밭에까지 따라와 서방님 얘기를 했나 봅니다. 졸졸 뒤따라왔는데 지금은 안 보이네요."

"아침에 홍임이를 보았단 말입니까?"

"밭에서 홍임이랑 집 앞까지 같이 왔다니까요. 아마도 우리 집에 손님이 온 줄 알고 오두막으로 갔나 봅니다."

"오두막으로 간 게 아니라 저를 보고 놀랐을 것 같습니다."

과연 사립문 뒤에는 어린아이의 모습이 어른거렸다. 싸리나무 다발로 엮은 사립문짝 뒤에 어린아이가 숨어 있었다. 정약용은 홍임이라고 직감하고는 마루를 내려섰다. 홍임이는 도망치지 못하고 그대로 서 있었다.

정약용은 마당으로 들어서지 않으려는 홍임이를 타일렀다.

"아버지를 봤으면 들어와 인사를 해야지."

"홍임아, 어서 인사를 해라. 어서."

정약현의 아내가 거들자, 그제야 홍임이 고개를 숙인 채 마당을 들어섰다. 정약용을 한 번 원망스럽게 쳐다보더니 눈물을 뚝뚝 떨어뜨렸다. 정약용이 눈물을 닦아주며 안았다.

"울기는 이놈아, 아버지를 봤으니 반가워해야지."

"지도 모르게 눈물이 나왔어라우. 어메는 밤에도 자지 않고 지보다 더 많이 울어라우. 마재에 와서 어메나 지나 울보가 됐어라우."

"내가 오늘 큰댁에 온 까닭은 홍임이를 위해서 왔다. 앞으로 큰댁으로 와서 살 것이니 그때는 나를 자주 볼 수 있을 것이다."

"아부지를 자꼬 뵌다고라우? 어메도 아부지를 지멩케로 만날 수 있당가요?"

"그럼, 강진초당에서 살 때와 같이 될 거야."

정약용은 홍임이를 들어 마루로 올려 앉혔다. 그런 뒤 불쑥 정약현에게 자랑했다.

"큰형님, 홍임이가 작년에 『천자문』을 마쳤습니다."

"고놈 참 영민하게 생겼구나. 한번 외워 보거라."

"갈쳐만 주시면 『소학』도 외와불고 싶당께요. 그란디 아부지 한 번 만나는 것이 요그서는 아조 심이 들어라우."

홍임이가 나타난 덕분에 우울한 분위기가 가셨다. 정약용은 홍임이의 또랑또랑한 눈망울을 바라보더니 힘껏 끌어안았다. 잠시 후에는 홍임이를 무릎 위에 앉혔다. 홍임이는 정약용과 정약현이 얘기를 하는 동안 눈을 또록또록하게 반짝였다. 이해할 수 없는 심각한 얘기 중에도 귀를 쫑긋 기울였다.

꿈

등에 전해지는 햇살이 따사로웠다. 개울물은 차가웠지만 빨래하기 좋은 날씨였다. 물속에서 헤엄치는 피라미 떼도 사금파리처럼 비늘을 반짝거렸다. 개울가 버들강아지는 연둣빛으로 부풀면서 잎이 펴지고 있었다.

"홍임 모친!"

홍임 모는 소내 빨래터에서 정약현 식구들의 옷가지를 빨다 말고 뒤돌아보았다. 이청의 목소리였다. 홍임 모는 소내 개울물에 떠내려가는 저고리 하나를 바위 모서리에 건져놓고 일어섰다. 며칠 만에 보는 이청의 어깨는 힘이 빠져 있었다. 안색이 어두운 데다 바지저고리까지 꾀죄죄하여 궁상맞았다. 멋을 부리며 강진에서 올라올 때와는 판이하게 달랐다.

"학림 아제, 시방 으디 아프요?"

"몸은 괴않은디 맴이 솔찬히 아퍼뻔지요."

"웜메, 뭔 말이당가요?"

"형옥을 다루는 베슬아치 책을 맨드는 작업도 끝나가는갑소. 긍께 선상님이 나보고 강진으로 내려가라고 허그만요. 선상님 말씸대로 가야제 벨 수 읎어라우. 선상님 말씸 듣고난께 정신이 아심아심허그만요."

이청이 홍임 모를 찾아온 까닭은 인사라기보다는 하소연하려고 온 것이 분명했다. 이청은 흐르는 개울물에 눈길을 주더니 오만상을 찌푸리며 입을 씰룩였다. 신세타령 비슷하게 자학의 말을 한 뒤에는 마음속의 불만까지 터뜨렸다.

"난 상멍충이지라우. 읍중제자 시절부텀 오늘까정 과거를 멫 번이나 봤는지 생각허기도 싫그만이라우. 자꼬 떨어진 걸 본께 상멍충이가 맞당께요. 선상님도 산골창 몰세끼 같은 나를 보문 복창이 터질 것이그만이라. 나보고 선상님을 한번 바까불라고 충동질허는 사람도 있는디 이꼬라지로 으디로 간당가요? 선상님이 내 맴을 쬐깐 알고 구실아치라도 좋은께 옛날 친구덜헌티 부탁해 말석에라도 붙여 줘야 허는디 아모 눈치가 읎어라우. 선상님도 참말로 무심헌 분이지라우."

"아제, 그런 소리 마씨요. 아적까정 선상님 옆에 있넌 제자는 학림 아제뿐잉께라우. 뭔 뜻인고 하문 고만치 믿어분께 옆에 둔 거 아닐께라우?"

이청은 자신의 처지를 비관하기까지 했다.

"지천 들을지 모를갑씨 믿기만 하문 뭐 헌다요. 실속 읎는 쭉쟁이 같은 내 인생인디 말이여."

"얼척읎는 소리 말랑께요. 학림 아제는 공부허는 사람인께 은젠가 빛을 볼 거랑께요. 머릿속에 든 거 읎고 모아논 재산도 읎는 나 같은 년이 짜잔헌 사람이지라우."

"차라리 홍임 모친은 초당에 살 때가 낙낙혔던 거 아닌게라우?"

"모르지라우. 홍임이 크다 보문 좋은 시상이 오겄지라우. 홍임이 하나만 믿고 사는그만이라우. 지 아부지가 모른 척허지는 않을 꺼그만요. 꿈 일깝씨 고러코롬 믿어야지라우."

"아따! 선상님도 당신 맴과 상관읎이 으짤 수 읎는 것이 있당께라우. 홍임 모친을 시방 고상시킬라고 마재로 오라고 했당가요? 마재 마님이 에럽게 헐지 누가 알았냔 말이오."

"아제도 심바람만 시킬라고 요기로 오라고 했겄소? 한양 선상님 친구덜헌티 소개시켜 줄라고 했겄지라우. 그란디 뭔 일을 헐라고 시도혀도 심이 딸린께 일덜이 꼬여부렀을 꺼그만요."

"홍임 모친이나 나나 다 꿈을 뀌고 있넌 것은 아닐께라우? 꿀 때넌 좋지만 깨고 나문 사라져뻔지는 허망한 꿈, 그거 말이오. 암만 생각혀도 홍임 모친이나 나나 꿈을 꾸고 있넌 거 같당께요."

홍임 모는 대꾸를 않고 빨래를 다시 시작했다. 빨래를 하고 있는 자신이 꿈을 꾸고 있다니 헷갈렸다. 홍임 모는 꿈이 아니라고 대들듯 방망이질을 세차게 했다. 그제야 이청이 한 발 물러서서 찾아온 용건을 꺼냈다.

"강진으로 내일 모레 사이에 떠날 것인디 남당포 사람덜헌티 전헐 말이 읎소? 이참에 내려가문 다시는 올 일이 읎을 거 같은께 허는 소리요."

"금메 말이요, 생각이 퍼뜩 안 나는디."

실제로 홍임 모는 강진 누구에게도 전할 말이 없었다. 초당도 지금은 아무도 살지 않을 터였다. 귤동 윤씨들이 정약용에게 무료로 임대한 초당이므로 아무라도 가서 살 수 없기 때문이었다. 게다가 남당포는 점점 잊어가고 있는 중이었다.

그래도 홍임 모는 이청의 말끝에 만덕산 차나무를 생각했다. 지금은 초당 뒤 만덕산으로 올라가 찻잎을 따서 차를 만드는 계절이었다. 차를 덖는 날 초당은 구석구석 차향이 배었다. 항상 첫차는 정약용이 먼저 마시고 나서 품평을 했다. 차향과 차 맛에 다신(茶神)이 내린 날은 누구보다도 정약용이 기뻐했다. 아, 누군가가 찻잎을 부쳐준다면 차를 만들어 마재 사당에 올릴 수도 있을 텐데……. 이제 초당에는 찻잎을 딸 만한 이는 아무도 없었다.

홍임 모는 초당 뒤 만덕산에 자생하는 차나무들이 그리웠다. 그러자 문득 강진으로 내려가고 싶다는 생각이 솟구쳤다. 자신이 왜 마재에 와 갇혀 사는지 후회스러웠다. 홍임 모는 초당에 살면서 정약용이 시키는 대로 찻잎을 덖어서 녹차를 만들고, 짓찧어서 떡차를 만들던 때가 떠올라 눈물이 나려고 했다.

"차 철만이라도 강진에서 살고 싶은디 인자 이녁 맴대로 강진을 오갈 수는 읎겠지라우."

"마재에 사는 것이 감옥 같으문 차라리 내려가뻔지는 것이 낫겄지라우. 마재로 왔으문 오신도신 살어야제라우."

"웜메, 선상님 본심을 아적 몰라분당가요?"

"선상님 마음을 안께 붙어 있을라고 허지라우. 모르면 바보멩키로 요렇게 왔다리갔다리 한당가요?"

"그라고 본께 생각나부요."

"뭔 생각이라우?"

"학림 아제, 집으로 따라오씨요."

홍임 모는 빨래를 담은 바구니를 머리에 이고 앞서 걸었다. 홍임 모가 정약현 집으로 들어간 뒤에야 홍임이가 이청을 보더니 달려나왔다.

"학림 아제, 어메 만났능게라우?"

"응, 니 말대로 소내빨래터에서 봤다."

"그란디 어메는 어디로 갔당가요?"

"쩌그서 빨래 널고 있는갑다."

그사이에 홍임 모는 빨래를 다 널고 바지랑대를 세우고 있었다. 홍임이가 입을 비쭉이며 말했다.

"학림 아제, 우리 이사 간당께."

"으디로?"

"큰아부지 집으로. 메칠 전에 아부지랑 큰아부지가 야그허는 거 다

들었어. 아부지도 나보고 장마철 전에 이사헐 거라고 말씸했고."

"홍임 모친, 사실인게라우?"

"나도 홍임이 편에 전해들었지라. 그란디 말이요, 오두막에 비가 샐 것 같다고 헌디도 으째서 마음이 통 안 따라가부요."

"선상님 큰댁으로 가기 싫다는 말인게라우?"

"거그뿐만이겄소. 요 오두막도 정이 안 들기는 마찬가지라우. 홍임이나 나나 가지 틈새를 혼자서 왔다리갔다리 허는 박새 신세가 돼부렀당께요. 그란디 으디를 갈깝씨 을메나 좋아지겄소."

홍임 모는 자신도 모르게 마음속의 말을 꺼내 놓고는 놀랐다. 아무에게도 고백한 적이 없는 말이기 때문이었다. 어느 순간부턴가 자신이 마재에서 살아가기가 힘들 것이라는 불길한 예감이 시나브로 들곤 했는데, 차라리 강진 초당에서 마음 편하게 홍임이와 사는 게 더 행복할 듯했던 것이다.

"아니 그라문, 홍임 모친은 여그를 떠나고 잪은게라우?"

"꼭 떠나불고 잪은 것은 아니지라우. 이녁이 불쌍허다고 생각이 들어불문 고런 맴이 든단 말이지라우."

"요런 말 이상허게 듣지는 마쇼. 참말로 고런 맴이 진심으로 든다문 요번에 나랑 같이 내려가불지라우. 으짜겄소?"

이청은 홍임 모를 동정하여 말했다. 그러나 홍임 모는 볼썽사납게 이청을 따라서 내려가고 싶지는 않았다. 마재로 올 때와는 사정과 경우가 다르기 때문이었다.

"이녁 정신 좀 보란께. 학림 아제를 오라고 헌 것은 다 이것 때문이랑께."

홍임 모가 방으로 들어가더니 찻잔을 하나 들고 나왔다. 이청의 눈에 낯익은 청화백자 찻잔이었다. 이청이 바짝 다가서면서 말했다.

"고거 혜장스님이 선상님께 드린 찻잔이 아닌게라우?"

"황상 아제에게 갔다가 다시 왔그만이라우."

"시방 뭐시라고 혔소. 산석이 성이 가지고 있었다고라우? 산석이 성이 뭔 자격으로 요런 보물을 가지고 있었당가요? 기가 탁 멕혀뿌요."

"아제, 요것이 고냥 귀헌 물건이 아니고 보물이당가요?"

"아따, 그라문 내가 뻘소리헌 줄 아요? 요 귀로 분명허게 선상님헌티 들었당께라우. 대둔사 보물이라고 말이요."

홍임이가 눈을 크게 뜰 정도로 이청이 소리쳤다. 홍임 모도 덩달아 눈이 휘둥그레졌다.

"요것이 대둔사 보물이당가요?"

"초당에서 차를 마시는디 선상님이 요 찻잔을 가리키면서 그랬당께요. 대둔사에는 서산대사 유물덜이 전해 오고 있는디 찻잔 품격으로 봐서 그중에 하나일 것이라고 말이요. 다른 유물덜은 영각에 봉안돼 있지만 찻잔은 당장 고승덜이 사용헐 수 있는 유품이어서 밖으로 나왔을 거라고 말씸했당께요. 그란디 더 놀라운 사실은 선조 임금님이 서산대사에게 하사한 찻잔일 거라고 하셨당께요."

홍임 모는 선조 임금이 하사한 찻잔이라는 말에 갑자기 몸을 떨었다. 강진에서 가져오기를 참으로 잘했다는 생각이 들었다. 정약용이 보관해야 할 보물을 만덕산 석름봉에 묻어둘 뻔했던 것이다.

"학림 아제에게 시방 잘 보여주었그만요. 황상 아제가 가져온 요걸 선상님헌티 전해 주씨요."

"홍임 모친이 직접 전해드리제 그라요."

"뵐 수가 없응께 그라요. 학림 아제가 볼깝씨 마재 살어도 감옥에 산 거나 마찬가지랑께요."

"쬐끔만 지달리지라우. 으짜든지 선상님 큰댁으로 들어가문 달라질 팅께."

"선상님 맴은 알겄지만 여유당 마님만 생각하문 가슴이 퉁개퉁개해라우. 그란디 큰댁으로 갔다가 쫓겨나문 으디로 간당가요?"

이청은 찻잔을 받지 않았다. 정약용의 성품을 잘 알고 있었다. 남에게 한번 준 물건은 아무리 귀하다고 해도 절대로 받지 않았다.

"요 찻잔은 홍임 모친이 직접 전해 드려야 도리인께 나는 안 본 거로 허겄소."

이청은 홍임 모를 다시 보지 못할 것처럼 말했다.

"잘 계시씨요. 지가 또 은제 여그 올란지 모르겄소. 시방 생각으로는 오기가 심들 거 같으요. 마재 땅을 파다가 물이 안 나오면 과천 땅이라도 파야 헐지 모르겄당께요. 홍임 모친, 초당에서 밥해 준 거 잊지 않겄소."

이청의 눈에 물기가 번지고 있었다. 기를 꺾고서는 절대로 살지 못할 것같이 행세하던 이청이었는데 뜻밖이었다. 홍임 모도 이청에게 신세 진 것이 많았으므로 가슴이 아팠다. 홍임 모가 백련사 공양주 보살로 가 있을 때 초당 오솔길을 오고 가며 심부름한 사람이 바로 이청이었다. 홍임 모가 남당포에서 바로 초당으로 간 것은 아니었다. 정약용이 자주 남당포로 내려가서 술을 마시자, 제자들이 홍임 모를 초당으로 오게 하여 스승 정약용의 수발을 들었으면 하고 바랐는데 정작 정약용은 양반을 자처하는 귤동 윤씨들의 눈치를 보았던 것이다. 그래서 제자 가운데 이청이 스승 정약용의 위신을 세워주는 꾀를 하나 냈는데, 홍임 모를 백련사 공양주 보살로 들여 자연스럽게 백련사와 초당을 오가면서 수발하게 했음이었다. 그리고 한 해가 지난 뒤에는 초당의 서재인 동암을 두 칸으로 나누어 홍임 모가 들어와 살도록 했으니 그 모든 공은 이청의 것이라고 할 수 있었다.

그때 이청이 꾀를 내게 된 동기는 정약용의 꿈 얘기 때문이었다. 어느 날 정약용이 이청을 불러놓고 간밤에 꾼 꿈 얘기를 스스럼없이 털어놓았음이었다.

"학래야, 동암에서 재계하고 혼자 자는데 아리따운 여인이 나를 유혹하더구나."

"선상님도 고런 꾀깡시런 꿈을 꾼당가요? 그란디 으쨌습니까요?"

"마음이 동했지만 돌려보내고 말았지."

"선상님도 이쁜 여자를 보문 맴이 움직이넌게라우?"

"하하. 영리한 네가 내 마음을 한번 맞혀 보거라."

그날 이청은 집으로 돌아가자마자 아버지 이서객에게 물어 답을 구했다. 이서객은 크게 웃더니 "선상님이 여인이 그리우신갑다. 아마도 남당네가 보고 잪은 것이다."라고 단정했다. 그러면서 백련사로 올라가 혜장에게 부탁할 터이니 그다음은 이청더러 알아서 하라고 말했는데, 이청은 스승의 끼니 수발이 급하다는 생각부터 먼저 했다. 그도 그럴 것이 정약용이 초당으로 옮겼을 때 혜장의 제자인 백련사 사미승이 부엌일을 보면서 고깃국을 끓이는 둥 파계를 하다가 돌아갔고, 그다음에는 윤규로가 보내준 종이 부엌데기 노릇을 했으나 끼니때를 맞추지 못하는 둥 게을러서 내보냈던 것이다. 그러니 밥상이 변변찮기 일쑤였고 입는 옷가지가 더럽혀져 있거나 허술할 수밖에 없었던 것이 사실이었다.

홍임 모가 들어와 살자 동암을 송풍루라고 이름을 바꾸어 불렀다. 동암 마당가에 심은 소나무 한 그루로부터 솔바람 소리를 들을 수 있는 집이 됐기 때문이었다. 홍임 모가 들어온 이후의 변화는 실제로 컸다. 상큼한 생기가 솔바람처럼 초당에 가득 찼다. 마침내 이청은 정약용에게 더욱 신임을 얻어 동암 서재에 둔 이천 권의 책들을 아무 때나 봤다. 그런 초당제자는 이청뿐이었다.

이청의 공을 홍임 모가 모를 리가 없었다. 홍임 모는 이청이 마재를 떠나면 그다음 차례는 자신이라고 생각했다. 다음 날 이청은 강진으로 떠났다. 소내나루에서 배를 타면서 다시는 마재에 오지 않을 거라며 침을 뱉었다는 얘기가 홍임 모의 귀에도 들어왔다. 그러나 홍임 모는 이상스럽게도 그 말이 오히려 반갑게 들렸다. 정약용 몰래 과거를 볼 때마다 낙방하는 이청이 비로소 꿈을 깨는구나 싶어서였다.

순교의 시

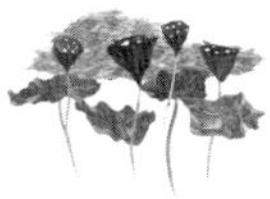

홍임 모는 백련사 공양주로 살 때 처음으로 떡차 만드는 법을 배웠다. 남당포에서 백련사로 막 올라왔을 때부터 차 만드는 일을 익혔다. 그해 곡우 날 백련사 공양간 골방에 보따리를 풀었는데 그날부터 차 덖는 가마솥에 솔방울로 불을 지폈다. 야생 차나무가 자라는 산비탈은 위험했으므로 찻잎 따는 일은 백련사 스님이나 사미가 맡았다.

홍임 모는 만경루 마당에서 스님들이 따 온 찻잎을 솔방울 불로 달군 공양간 가마솥에 넣고 덖거나 햇볕에 말리는 일을 주로 했다. 가마솥에 덖고 햇볕에 말리는 횟수(焙曬法)는 찻잎을 따는 시기에 따라 달랐으므로 반드시 혜장의 지시를 받았다. 덖고 말리는 횟수를 세 번으로 끝내는 날도 있지만 아홉 번까지 늘리는 때도 있었다. 혜장은 말린 찻잎을 만덕산의 솔잎 빛깔에다 견주어 보고는 횟수를 조절했다. 혀로 감별하거나 눈썰미로 결정하는데 누구도 혜장을 따라가지 못했다. 혜장의 제자인 기어나 수룡도 엇비슷하게 흉내만 낼 뿐 완벽하지는 못했다. 그래서인지 정약용은 혜장이 만든 차만 좋아했다.

햇볕에 말린 찻잎은 맷돌에 갈아 가루로 만들었다. 그런 뒤 돌샘물로 반죽이 되게 하여 떡살 같은 나무판에 넣었다가 뽑아내면 바로 떡차가 되었다. 홍임 모는 공양주 살림에다 차 만드는 일까지 했으므로 그해 봄에는 일손이 익지 못하여 절절거렸다. 어떤 날은 몸살이 나 몸져누울 때도 있었다. 그래도 맑은 차향과 차의 풋풋한 기운이 몸과 마음을 구석구석 헹구어주었으므로 잠을 자고 일어났을 때는 여린 찻잎처럼 몸과 마음이 연둣빛으로 새롭게 태어나는 듯했다.

그날도 홍임 모는 말린 찻잎을 바구니에 담아 만경루로 옮기고 있었다. 밤에 이슬을 맞기라도 하면 말린 찻잎이 축축해져 다음 날 누룩처럼 뜰 수도 있기 때문이었다. 찻잎이 뜨게 되면 은은한 향이 사라지고 맛은 시금털털해졌다. 한낮 햇볕이 오진 만경루 마당에 널어놓은 찻잎은 결코 적은 양이 아니었다. 홍임 모가 혼자서 대바구니에 담아 옮기는데 저녁공양을 하고 난 뒤부터 쉬지 않고 날라야만 저녁예불에 겨우 들어갈 수 있었다. 혜장은 백련사 모든 대중에게 반드시 조석예불에 참석하라고 엄명을 내려놓았던 것이다.

홍임 모는 저녁예불이 끝나자마자 또 만경루로 들어갔다. 미처 닫지 못한 만경루 문들을 닫기 위해서였다. 축축한 바닷바람과 밤공기가 말린 찻잎에 배어 눅눅해질 수도 있었다. 그런데 그날 저녁 홍임 모는 만경루로 올라서다 말고 흠칫 놀라 뒤로 물러섰다. 마룻바닥에 병든 산양 한 마리가 웅크리고 있는 것처럼 보였다. 구강포 노을이 어스름과 섞이어 피딱지처럼 검붉은 빛깔로 변해 가고 있는 중이었다.

다시 들여다보니 몸집이 작달막한 소년이 쓰러져 있었다. 저녁예불 시간에 백련사로 온 것이 분명했다. 겁이 난 홍임 모는 좀 더 다가가지 못하고 만경루를 내려왔다. 홍임 모는 바로 주지채로 가 혜장에게 알렸다.

"스님, 만경루에 쬐깐헌 사람이 쓰러져 있당께라우."

"뭐시라고? 쬐깐헌 사람이 시방 만경루에 있다고?"

"지는 첨 본 사람이랑께요. 행색을 본께 으른은 아니그만이라우."

"저녁에 우리 절까정 올라와서 쓰러졌다문 아마도 무신 말 못 헐 사연이 있능갑다."

혜장은 등을 들고 바로 만경루로 올라갔다. 홍임 모도 손으로 가슴을 누르며 종종걸음으로 뒤따라 올라갔다. 소년은 금세 잠이 든 것처럼 꿈쩍을 안 했다. 혜장이 소년의 손목의 맥을 확인한 뒤 흔들어 깨웠다.

"목심은 지장 읎겄는디 심이 다 떨어져뿌렀어야. 그란디 뭔 일로 절에 와서 요로코롬 있는 것이여?"

"지가 뭐 안당가요. 첨 봤을 때는 가심이 벌렁벌렁했어라우."

"절에 와부렀으문 법당 부처님을 참배허거나 스님을 얼렁 찾어야제 밥이라도 한술 얻어묵는 벱인디 고것도 몰라뻔지는 뻥아리 장똘뱅인갑다."

"스님……."

그제야 소년이 꿈에서 깨어난 듯 꾸무럭거리며 힘겹게 일어났다. 그러더니 다시 무너지듯 주저앉았다. 등불에 드러난 소년의 얼굴은 누렇게 부어 있었다. 혜장을 시봉하는 시자가 뒤늦게 올라와서 말했다.

"큰스님, 뭔 변이라도 난 게라우?"

"난리는 무신 난리겄냐. 우리 절로 온 거 본께 필시 사연이 있능갑다. 그란디 니도 가차이서 자세허게 봐라만 몇 날 메칠 동안 암것도 묵지 못헌 얼굴 같아야."

"으째야쓰까요?"

"으짜기는 이놈아, 몬즘 기운을 내게 해야제. 공양주는 얼렁 내려가서 죽을 끓여야 쓰겄네. 요리저리 딜다보고만 있으문 뭐하겄냐 말이여."

"깡밥이 있는디 죽 맹글어 고거라도 가져올께라우?"

"기운 낼 때는 깡밥 죽이 젤이제. 긍께 얼른 갖고 와 멕여."

홍임 모가 공양간으로 내려와 누룽지 죽을 준비하는 동안 혜장은 소년에게 마실 물을 시자더러 가져오도록 시켰다.

"고향은 으디고 성씨는 뭐여?"

"성은 이가고요, 고향은 한양입니다."

"한양서 여그까정 걸어서 와부렀다는 말이여?"

"네."

"어허, 칼바람 부는 날이 많았는디 여그까정 걸어서 왔다는 것이 당최 믿어지지 않다만 을메나 걸렸쓰까?"

"집을 떠난 지 보름이 넘은 것 같습니다."

혜장은 도리질을 했다. 소년의 얼굴은 부어 있는 데다 땟국이 흘렀으나 눈은 말똥말똥 살아 있었다. 소년의 눈을 보니 강진 땅에 반드시 무슨 목적이 있어서 내려온 것 같았다. 곡우 전에 사나흘 동안 진눈깨비가 흩뿌리던 꽃샘추위를 뚫고 온 데는 분명 무슨 곡절이 있을 터였다.

"중 될라고 온 놈은 아닌갑씨야. 경기도도 절덜이 많은디 고상고상허면서 백련사까정 올 이유가 읎지 않느냐. 도대체 뭔 사연이 있는지 나는 모르겄다."

"저는 중이 될 수 없습니다."

"중이 먼 자격이 있다더냐. 집 울타리를 벗어날 용기만 내뿔면 중 되는 것이제."

소년은 시자가 떠 온 물을 한두 모금 더 마시더니 기운을 냈다. 혜장이 묻는 말에 겨우겨우 우물거리더니 차츰 대답이 또박또박해졌다.

"한양이 무섭고 두려워서 삼촌을 찾아 내려왔습니다."

혜장은 순간 입을 다물었다. 무언가 머릿속에 집히는 게 있었다. 한양이 무섭다고 하는 것을 보니 무슨 역모에 연루된 자의 아들이 분명했다. 혜장은 시자에게 새 법복을 가져오도록 시켰다. 그러나 소년은 법복을 입지 않겠다고 말했다.

"고맙지만 저는 법복을 입을 수 없는 사람입니다."

"허허, 뻘닥지기는. 중만 법복을 입으란 법이 있는가. 꼬질꼬질헌 니 옷에서 고약한 찌린내가 나 고런 것인께 상관허지 말고 입으란께."

"비록 거지꼴로 뵙고 있지만 법복을 입을 수 없습니다."

"어허, 고집은 멤셍이 고집인갑씨야."

소년은 홍임 모가 가져온 누룽지 한 그릇을 허둥지둥 단숨에 먹어치우더니 이내 허리를 곧추세운 자세로 앉았다. 나이가 어려선지 금세 정신을 차렸다.

"삼춘 찾어왔다고 혔제. 고 삼춘은 머시기 허는 사람이여?"

"책 읽고 사람 가르치는 선비입니다."

"강진에 고런 선비가 으디 있다는 것이여?"

"귀양 온 선비입니다."

그제야 혜장은 소년의 신분을 눈치챘다. 귀양 온 선비라면 초당에 와 있는 정약용이었다. 혜장은 망설이지 않고 시자에게 초당으로 달려가 정약용을 불러오도록 했다.

"나가 존경하는 정 대부 선상님을 찾아온 거구나."

"그렇습니다. 우리 어머니가 그분의 누님입니다."

소년은 천주교도를 탄압하는 옥사가 있었을 때 서소문 밖에서 정약종과 함께 참수당한 이승훈의 큰아들 이택규였다. 비로소 혜장은 소년을 군불로 데운 주지채 방으로 데리고 갔다.

"참말로 다행이랑께. 천주학쟁이 탄압할 쩍에 앞잽이 노릇을 헌 이안

묵이 시방 강진에 있으문 호랭이 굴로 걸어 들어온 겍인디 그 호랭이는 멫 년 전에 숟가락 놔뿌렀응께 말이여."

시자를 앞세우고 온 정약용은 방문 밖에서 소년을 보더니 말을 잇지 못한 채 부르르 떨기만 했다.

"네가 무사히 이곳까지 왔구나."

"삼촌, 절 받으십시오."

"네가 정녕 택규란 말이냐."

정약용은 소년이 절하려고 일어서자 그제야 방 안으로 들어와 다리를 접개고 앉았다. 순간 정약용은 회한이 덮쳐오는 듯 한숨을 길게 쉬었다. 혜장은 소년이 입고 있는 낡고 더러운 옷을 차마 더 보지 못하고 홍임모에게 말했다.

"공양주는 얼렁 법복을 가져와뿔소."

"스님, 제 옷은 빨아 입겠습니다. 저는 법복을 입어서는 안 되는 사람입니다."

"아까부텀 우리 중덜이 입넌 법복을 무신 벌거지 대하듯 허는디 먼 일이당가?"

"저는 천주교도입니다. 천주님을 의지하고 사는 사람이 어찌 부처를 믿는 스님들이 입는 법복을 입겠습니까?"

"고 말에 겸양의 덕이 있는 거 같으지만 옷은 옷일 뿐인 것이여. 입으문 그만이제 무신 천주가 있고 부처가 있겄능가 말이여."

정약용이 당돌한 소년을 타박했다.

"택규야, 앞으로 여기 강진 땅에서는 천주교도라는 말을 입 밖에 내어서는 안 된다. 누가 너를 밀고라도 하면 어찌 할 테냐. 나는 물론이거니와 너를 받아준 혜장스님도 다친다. 알겠느냐?"

혜장은 소년을 객승이 사용하는 요사로 보냈다. 그런 다음 정약용과 오랜만에 긴 얘기를 나누었다. 정약용은 이택규의 아버지 이승훈에 대해서 많은 얘기를 했다.

"매형은 큰형수님의 동생인 광암(이벽) 권유로 북경을 가려 하던 중에 때마침 동지사 서장관으로 임명된 부친을 따라갈 기회가 생겼지요. 매형은 북경에 가 있는 동안 북당을 찾아가 예수회 선교사들에게 교리를 배웠고 이듬해 그라몽 신부에게 세례를 받았지요. 조선 최초로 영세자가 된 셈이지요. 귀국할 때 천주학 서적과 십자가 및 예수 고상(苦像) 등을 가지고 와 우리 형제들을 비롯하여 여러 사람에게 세례를 주었지요. 명례방 김범우 집에서 집회를 갖기도 했지만 관헌에게 적발되어 매형 집안이 한동안 시끄러웠어요. 매형 부친이 천주 서적들을 마당에 꺼내놓고 모두 불태워 버렸으니까요. 그래서 매형은 천주학과 유도(儒道) 사이에서 많은 갈등을 했어요. 제사를 지내니 못 지내니 해서 배교를 한 것도 다 그런 이유 때문이었지요. 허지만 끝내는 서소문 형장에서 매형의 진심을 보이며 순교를 했지요. 매형은 일찍이 자신의 운명을 예감했던지 큰아들 택규와 셋째아들 신규를 불러 앉혀 놓고 천주학 서적을 읽혔지요. 첫째와 셋째에게 천주학의 씨앗을 뿌렸던 거지요. 모르긴 해도 매형의 깊은 뜻이 있었을 것이오."

정약용은 차를 들다 말고 방문을 열었다. 달빛이 차가운 밤공기와 함께 흘러들었다. 정약용은 달이 뜬 중천을 우러러보면서 말했다.

"장 공, 매형이 남긴 절명시가 생각나는구려."

정약용은 혜장이 청하지 않았는데도 이승훈이 참수당하기 전에 남겼다는 시를 나직하게 읊조렸다.

月落在天 水上池盡
달은 지더라도 하늘에 있을 뿐이고
물은 치솟아도 못 속에서 온전하네.

중천에 뜬 달은 구강포 바다를 금빛으로 물들이고 있었다. 달은 지더라도 하늘을 떠나지 못하고, 물 또한 높이 파도치더라도 못을 떠나지 않는 것처럼 자신의 마음 또한 한두 번 흔들렸을망정 천주 안에 있었다고 고백하는, 그래서 기꺼이 목숨을 버린다는 순교(殉敎)의 시였다.

"정 대부 선상님, 이차돈 성사가 순교함서 허연 피를 뿌리어 신라 왕이 불교를 국교로 받아들인 거 알고 기시지라우? 고런 이치 같은디 이승훈 선생은 조선에 천주학을 숭그는 디 머릿돌이 되실 분 갈그만이라우."

"장 공의 평이 옳소. 사람들은 매형의 믿음을 두고두고 칭송할 것이오."

"정 대부 선상님, 한 가지 물어보고 잪은 것이 있어라우. 조선은 땅에 백힌 돌멩이멩키로 주자학 천지인디 굴러온 돌멩이 같은 천주학이 으째서 필요허당가요?"

"아직도 잠에서 깨어나지 못하고 있는 세상이 주자학 세상이오. 백성을 위해 지치(至治)를 이루려면 천주학이 됐든 무엇이 됐든 새로운 마중물이 필요하고 낯선 서학의 질서를 두려워해서는 안 된다고 생각하오. 장 공 생각은 어떻소?"

"맞어뿔그만이라우. 불도(佛道)도 마찬가지란께요. 자기가 으디서 왔는지를 도통 몰라뿔고 복을 비는 푸닥거리나 잠꼬대만 있당께요."

그날 밤 정약용과 혜장은 밤새 얘기를 나눴다. 오 년 전 고성암에서 정담을 나눈 이후 처음으로 회포를 풀었다. 두 사람은 창호가 바다 빛깔로 변한 새벽이 되어서야 헤어졌다. 정약용이 초당으로 돌아가면서 혜장에게 불쑥 부탁했다.

"조카를 어디다 살게 했으면 좋겠소?"

"고건 걱정 마씨요. 백련사에 살게 허면 되지라우."

"장 공의 호의는 고맙소만 조카가 이미 천주교도라서 절에서 살고 싶어 하지는 않을 것 같아 부탁하는 것이오."

"고렇다문 민가로 보내야지라우. 마침 고사굴에 빈집이 하나 있그만이라우. 집이라고 허기에는 짜잔하지만 초당이 가차운께 좋을 꺼그만요."

"장 공 말이 맞소. 그곳에 살게 하면서 초당제자로 삼으면 조카의 끼니는 저절로 해결이 될 것 같소."

이렇게 이승훈의 큰아들 이택규는 정약용의 초당제자가 되었다. 이택규의 나이 열여섯 살 때의 일이었다. 강진의 초당제자들 중에서 이택규가 이승훈의 큰아들이라는 사실을 아는 사람은 혜장과 홍임 모 말고는 아무도 없었다. 더욱이 그가 늘 십자가를 몸에 지니고 다니는 천주교도라는 사실을 안 사람은 더더욱 없었다. 유랑민이 아무데나 눌어붙어 연명하는 것처럼 이택규도 고사굴의 빈집에서 천애고아처럼 있는 듯 없는 듯 살았다. 정약용이 해배되자 이택규 역시 강진 땅을 바로 떠나버렸기에 나중에는 그를 기억하는 사람조차도 없게 되었다. 고사굴 농사꾼들은 세월이 흐르면서 그를 까맣게 잊어버렸다.

다산화사

정약용은 초당으로 옮겨 온 지 두 해가 지나도록 마음의 안정을 얻지 못했다. 밤에 잠을 이루지 못하거나 잠을 잔다고 해도 악몽에 시달렸다. 식은땀에 이부자리가 젖었다. 낮도 마찬가지였다. 강학이 끝나고 방 안에 홀로 앉아 있으면 가슴이 답답하게 조여 왔다. 체기가 다시 나타났다. 심한 날은 얼굴이 상기되고 손발에 붉은 발진이 생겼다. 백련사가 지척인 데다 마음에 드는 초당을 얻어 귀양살이에 적응하는가 싶었는데 그게 아니었다. 차라리 주거가 안정되지 않았던 동문 밖 주막집이나 고성암 보은산방, 이청 집에서 살았던 때가 마음이 더 편했던 것도 같았다.

그날도 정약용은 책을 보다가 속이 메스꺼워 밖으로 나와 작년에 일군 채마밭을 손질했다. 축대에서 빠져나온 돌멩이를 다시 제자리에 넣거나 미처 채우지 못한 돌멩이를 주워 와 끼웠다. 제자들과 돌멩이를 쌓으면서 깨달은 사실이 하나 문득 떠올랐다. 돌멩이를 반듯한 것만 골라 쌓아 올렸더니 맥없이 무너지곤 했는데, 겉모양은 삐뚤삐뚤해도 모난 것과 동그란 것과 작고 큰 것을 맞물리게 하니까 서로 버티는 힘이 돼 축대가 튼실하게 완성됐던 것이다. 사람 사는 세상도 마찬가지였다. 육조에 생각의 방향과 사상이 각기 다른 사람이 모여야 백성을 잘 다스릴 수 있는 넓고 깊은 힘이 생길 것 같았다. 사상과 생각이 다른 사람이라고 하여 모함하고 배척하기 때문에 나라의 기반이 허약해지고 무너지는 성싶었다.

정약용은 채마밭 두둑에 주저앉아 땀을 훔쳤다. 작년 이른 봄에 가장 먼저 한 농사일이 바로 채마밭을 만드는 것이었다. 초당 주변은 협곡의 산세였으므로 산비탈이 가팔라 크고 넓은 밭을 일굴 수 없었다. 그래서 계단 같은 다랑이들을 만들었다. 물론 혼자 힘으로는 할 수 없었으므로 윤규로와 힘센 윤규은을 불렀다. 그들 형제는 이력이 난 농사꾼으로서 산자락 개간하는 일을 요령 있게 잘했다. 그 바람에 정약용은 돌멩이를 삼태기에 담아 한쪽으로 치우거나 밭의 넓이를 측량하는 정도의 일만 거들었다. 모두가 나서서 한 달쯤 일을 하고 나니 계단식 다랑이가 아홉 뙈기나 만들어져 있었다.

정약용은 올해도 작년과 같이 다랑이들마다 채소 씨앗을 다르게 뿌릴 계획을 가지고 있었다. 작년에는 무와 배추, 상추와 파, 아욱과 쑥갓, 토란과 부추, 가지와 오이 등을 심었던 것이다. 산길에 붙은 밭뙈기 가에는 말이 밟을까 봐 담장도 둘렀고, 무와 배추 그리고 아욱과 쑥갓을 심은 밭은 산토끼나 고라니가 뜯어 먹지 못하게 울을 쳤다.

역시 작년에 채마밭 다음으로 손을 댄 곳은 초당 오른편의 못이었다. 방아확처럼 좁은 못을 산자락 밑까지 넓혀서 팠다. 그리고 도토리나무 같은 잡목과 가시덩굴을 걷어내고 그 자리에 붉게 물드는 단풍나무와 노랗게 단풍이 드는 느릅나무를 옮겨 심었다. 가을이 되어 붉고 노란 단풍을 감상하기 위해서였다. 산자락에 축대를 쌓아 못 가장자리를 산보할 수 있도록 하고 초당 위 계곡물을 대나무로 대어 못으로 흘러들게 했다.

마지막으로 산자락 축대 밑에 바닷가에서 제자들이 주워 온 기암괴석으로 돌산(石假山)을 쌓았다. 돌산 옆에는 파초 잎에 떨어지는 빗방울 소리를 듣기 위해 파초 뿌리를 덩이째 묻었다.

올해는 땀을 덜 흘리고 있지만 작년에는 답답한 심사를 달래기 위해 강학이 끝나는 오후가 되면 잠시도 쉬지 않고 일을 했다. 마음이 약해지면 행동이 게을러지는 법이었다. 못 둘레에 모란, 작약, 부양(膚癢), 수구(繡毬), 동청(冬青), 유초(乳蕉), 당귀 등을 촘촘하게 심었고 담장이 허물어진 곳에는 담장 대신에 대나무를, 언덕이 보이는 쪽에는 버드나무를 제자들에게 구해오게 하여 이식했다.

초당의 제자들 중에 묵묵히 일을 잘 도와주는 사람은 윤서유의 아들 윤창모였다. 바닷가에서 기암괴석을 주워 올 때도 다른 제자들이 작은 돌만 들려고 꾀를 낼 때도 윤창모는 지게에 큰 돌을 지고 끙끙대며 초당으로 올랐다. 그때부터 정약용은 차분하고 성실한 윤창모를 눈여겨보았고 윤서유를 만나면 칭찬을 아끼지 않았는데, 윤서유는 기분이 좋아져

여종 편에 매실과 죽순을 보낸 해도 있었다. 제자들 중에 유난히 몸이 허약한 윤규로의 막내아들 윤종진은 일하지 못하고 늘 그늘에 앉아 있었지만 그를 탓하는 사람은 아무도 없었다. 정약용도 몸이 젓가락 같은 그가 일을 하려고 들면 나서서 만류했다.

정약용이 채마밭 두둑을 다시 돋우고 있는데, 백련사 연뿌리를 가지고 와 못에 심었던 혜장이 두 팔을 휘휘 저으며 나타났다. 계곡물이 차가워 연이 실하게 자라지 못한 데다 그나마 지난겨울에 연근들이 동사해버렸음이었다. 이번에는 홍임 모가 수련 뿌리를 바구니에 담아 들고 왔다. 혜장이 소리쳤다.

"정 대부 선상님! 수련 뿌렝이를 갖고 와뿌렀그만요. 찬 또랑물에서도 잘 자란당께 갖고 왔어라우. 대둔사 연지 수련 뿌렝이그만이라우."

"장 공, 마루에서 잠깐 기다리시오."

정약용은 혜장에게 동암 마루에 앉도록 권했다. 못 둘레에는 작약의 붉은 순이 송곳 끝처럼 삐죽삐죽 솟아 있었다. 모란 눈도 마른 가지마다 여린 잎을 부스스 펴고 있었다. 홍임 모는 산자락으로 다가가 생강나무 노란 꽃에 콧구멍을 대고 벌름거렸다. 초당에서 맨 먼저 봄을 알리는 꽃이었다. 뒷간 곁의 매화나무와 서로 다투며 꽃을 피우는 나무가 생강나무였다.

정약용이 마루에 앉아 홍임 모를 불렀다.

"수련 뿌리는 내가 심을 터이니 이리 와서 쉬게."

"선상님도 꽃 욕심이 솔찬히 있어라우잉."

"장 공도 남당네같이 생각하시오?"

"정 대부 선상님께서 주인 되시더니 초당은 극락이 돼뻔졌어라우. 극락이 서방정토에만 있넌 것이 아니라 요기가 바로 극락이란께요."

혜장은 기암괴석과 꽃나무들로 단장한 초당을 찬탄했다. 강진 땅 어느 초당의 정원보다도 품격과 아취가 있었다. 윤서유가 가꾼 농산별장과 비교해도 규모가 작을 뿐이지 오히려 아기자기한 멋은 더했다. 그러나 정약용은 풍류를 즐기려고 초당을 가꾸고 있다기보다는 문득문득 솟구치는 울화증을 달래고자 조성한 것이기에 대꾸하지 않았다. 그러자 홍임모가 다시 말했다.

"선상님은 작약꽃이나 모란꽃을 더 가차이허신 거 같아라우."

"젊은 시절 한양에서 벼슬할 때는 꽃을 참 좋아했네. 꽃이 피는 날 마음에 맞는 친구들끼리 시 짓는 모임도 만들기도 했지. 죽란시사(竹欄詩社)라고 했어. 살구꽃이 처음 피는 날, 복숭아꽃이 처음 피는 날, 한여름에 꽃 같은 참외가 처음 열리는 날, 서대문 밖 연못에 연꽃이 처음 피는 날, 국화가 처음 피는 날, 겨울에 꽃 같은 눈이 처음 내리는 날, 연말에는 화분에 심은 매화가 처음 피는 날 모였다네. 주로 우리 집에서 만났는데 몸도 마음도 꿈도 다 꽃다운 시절이었지."

혜장이 정약용의 말을 받았다.

"시방은 꽃이 꾸적시럽게 보인다는 말씸인게라우?"

"철없이 꽃을 감상하던 젊은 시절과는 다르오. 척박한 박토 속에 사는 뿌리의 고통까지 헤아리게 됐으니 깊어졌다는 것이오. 꽃을 보고 있으면 눈물이 날 때가 있소. 그러니 내가 쓴 다산화사(茶山花史)는 그냥 꽃구경하는 찬가(讚歌)가 아니라 처량한 쓰르라미 울음 같은 비가(悲歌)라고 뒤집어보는 것이 옳아요."

"뿌렝이의 고통으로 꽃을 피웠다는 찰방진 말씸이그만요."

"이 세상에 뿌리의 수고가 없다면 어찌 향기로운 꽃이 피어날 수 있겠소?"

혜장이 손뼉을 치며 맞장구를 쳤다.

"정 대부 선상님, 번뇌가 보리라는 불가의 도리가 선상님 말씸 속에도 있그만이라우. 선상님께서 말씸허시는 것이 바로 진흙이 연꽃을 피워뻔지는 이치란께요."

정약용은 더 차분한 목소리로 말했다.

"이제 내가 초당을 가꾸는 이유를 알겠소? 내가 쉬지 않고 책 읽고 글 쓰는 이유를 알겠소? 밭뙈기에서 이익이 있기는 하지만 그보다는 답답한 심사를 잊고자 함이 내 속마음이지요. 어찌 형제 친지를 잃고 동료들과 이별한 내가 초당에서 음풍농월로 세월을 보내겠소?"

"송구허구만요. 지는 초당을 껍닥만 보고 극락이라고 헛보았당께요. 허나 일체유심조라 했응께 맴을 잘 다스리기를 바랄께라우."

"어젯밤 꿈에도 돌아가신 작은형님이 나타나 나를 뚫어지게 보시더니 어디론가 바쁘게 휑하니 가셨소. 작은형님을 뵌 날은 비통해져 견딜 수가 없어요. 그래서 채마밭으로 나가는 것이오. 일을 하면서 머릿속이 비워지니까 마음이 잠시라도 편해진다오. 귀양살이하는 내 신세가 잠깐 잊히고 그 자리에 막연한 꿈이 생기기도 하지요."

정약용이 말하는 작은형이란 천주교도 탄압 때 조카사위 황사영과 함께 서소문 밖 형장에서 참수당해 죽은 정약종이었다. 네 형제 중에서 성정이 외골수인 데다 관직을 얻어 출세하려는 의지보다 현실 저편의 꿈에 빠져 사색하기를 좋아하여 아버지 정재원에게 자주 꾸중을 들었던 바로 위 형이었다. 몸이 깃털처럼 가벼워져 신선이 된다는 우화등선(羽化登仙) 사상을 믿는 도교에 한때 심취했던 것도 그의 타고난 성품 탓이 컸다. 그러니 신선이 되기보다는 관직에 나아가기를 원하는 정약전이나 정약용과는 어린 시절부터 소원하게 지낼 수밖에 없었다.

1784년 한양 수표교 언저리에 있는 이벽 집에서 정약전과 정약용이 세례를 받고 나서 이 년 후 정약전이 동생 정약종에게 천주학 교리를 설명해 주었는데, 받아들이는 믿음의 강도가 정약전과는 전혀 달랐다. 어린 시절부터 찾았던 신선이 바로 영생하는 천주였다. 단번에 천주가 나라의 임금이 되고 아버지(大父)가 되었다. 전라도 진산에 사는 외사촌 윤지충이 조상 제사를 폐한 죄로 1791년에 참형을 당하자, 정약전과 정약용은 천주교를 의식적으로 멀리하며 문과에 급제해 벼슬길로 들어섰으나 정약종은 달랐다. 그는 도교가 격식으로 숨통을 죄는 유교와 다르다고는 하지만 이룰 수 없는 공허한 사상이라는 것을 깨닫고 난 뒤 더욱더 천주학 교리에 빠져들었다.

어버지 정재원이 누운 산소 앞에서 큰형 정약현과 다투기까지 했다. 삼 년 시묘살이를 끝내는 날이었다. 정약종이 '천주는 대군(大君) 대부이시니 천주학를 섬기겠다'라며 앞으로는 '아버지 제사를 모실 수 없다'라고 하자 정약현이 아버지가 생전에 '천주학을 멀리 하라'고 유언했다며 크게 꾸짖었다. 결국 정약종은 마재에서 살지 못하고 양근으로 이사가 그곳 사람들에게 천주학 교리를 전하다가 한양으로 들어가서 활동하던 중에 천주학 금지령을 맞았는데, 포천 홍교만 집에 숨겨 두었던 그의 책롱을 한양 황사영 집으로 옮기려다 발각되어 의금부로 압송되고 말았다. 그의 책롱 속에 들어 있던 천주학 서적과 성물, 주문모 신부 서한, 황사영 서한 등이 심문하는 추국(推鞫)의 증거물이 되어 천주교도 탄압이 시작되었던 것이다.

"추국 때 작은형님은 온몸이 피투성이가 되어서도 중형한테서 천주학 교리를 배웠다는 얘기를 하지 않았지요. 추관에게 '저는 본래 문자를 조금 알기 때문에 배운 스승이 없으며 또한 저는 두문불출해서 혼자 지냈기 때문에 동료도 없습니다.' 하고 끝내 밝히지 않았지요. 그래서 나나 중형이 극형을 면했던 것이오."

정약용은 정약종이 참수당한 서소문 밖 형장이 떠올라 눈을 질끈 감았다. 형리들이 정약종의 목덜미를 잡고 형틀에 대라고 하자 정약종이

'땅을 내려다보며 죽는 것보다 하늘을 우러러 보면서 죽는 것이 더 낫다.' 하고는 두 눈을 부릅뜨고 머리를 돌렸다. 그러자 망나니가 두려워 마지못해 칼을 휘둘렀다. 칼이 목을 쳤지만 빗나갔다. 그때 정약종이 벌떡 일어나 손을 크게 벌려 십자성호를 크게 긋고는 다시 처음의 자세로 누웠다. 이미 생사를 초월해 버린 순교자의 자세였다.

"장 공, 작은형님이 꿈에 자주 나타나는데 어찌하면 좋겠소."

"정 대부 선상님, 절에서는 억울하게 죽은 망자를 위해 정성을 다해 천도재를 지내지라우. 허지만 작은성님께서는 천주를 믿으셨던 분인께 천도재 지내넌 것을 원치 않을 것이 분명허그만이라우. 그라도 선상님 맴이 심란헌께 유가의 법도대로 지사 지내주넌 것이 으쩔께라우?"

"천도재나 제사나 그게 그거 아니오?"

"망자는 지사를 원치 않을깝씨라도 선상님은 선비의 도리를 따르넌 분인께 선상님 입장으로는 유가의 법도를 따르는 게 옳은 일이지라우."

"장 공의 얘기를 들으니 그럴 법도 하오."

"산 사람 맴이 편해지는 일인디 허지 못헐 일이 뭐 있겄습니까요?"

그제야 정약용이 홍임 모를 돌아보며 말했다.

"때가 되면 남당네에게 부탁을 하겠네. 아무래도 그때 가서 제수용품은 남당네가 준비해 주게."

"아따, 정 대부 선상님, 지가 천도재라도 올려드려야 도린디 그라지 못헌께 지수품은 지가 마련혀야 당연허지라우. 결심이 스문 은제든지 말씸만 허씨요. 만약 지사를 지내신다문 억울허게 망자가 되야뿐 성제 친지 모든 영가덜을 모시고 지내시는 것이 좋을 꺼그만요."

"장 공, 고맙소."

정약용은 당장 결정하지는 못했지만 마음이 조금은 편해짐을 느꼈다. 천주교 탄압으로 죽은 외사촌 윤지충, 매형 이승훈, 작은형 정약종, 조카사위 황사영, 조카 정철상 등 형제 친지들의 외로운 혼이 한동안 초당을 찾아오지 않을 것 같았다. 정약용은 혜장과 홍임 모가 백련사로 돌아가고 난 뒤 다시 가래를 들고 채마밭으로 내려갔다. 입안에 침이 마르도록 고랑을 판 흙으로 두둑을 올렸다. 다람쥐가 축대의 돌 틈으로 짹짹짹 소리를 내며 들락거렸다. 겨울잠에서 깨어난 다람쥐들이 짝짓기 하는 소리를 내고 있었다. 올해 들어 처음으로 정약용과 눈을 맞춘 다람쥐들이었다. 홍임 모가 동암으로 와 살려면 서재로 이용하고 있는 동암을 두 칸 방으로 만들어야 하는데, 아직 손을 못 대고 있었다. 아무래도 여름부터나 이청이 서두르고 제자들이 나설 일이었다. 정약용은 지나가는 산바람도 없는데 옆구리가 허허로워짐을 느꼈다.

원족

백련사 공양주인 홍임 모는 자연스럽게 초당을 오갔다. 초당의 정약용 제자들도 홍임 모가 초당으로 와 일하는 것을 아무렇지 않게 받아들였다. 홍임 모는 초당에 오면 바로 정약용이 벗어놓은 땀내 나는 옷가지를 빨거나 부엌에서 반찬거리나 끼니를 준비했다. 점심을 하고 가는 제자들이 많아졌으므로 끼니를 준비하는 일도 만만찮았다. 다행히 백련사 점심공양이 초당보다 두어 식경 빨랐으므로 백련사와 초당의 점심시간이 겹치지는 않았다.

빨래는 초당 못에서 흘러넘치는 물을 계곡으로 흘려보내지 않고 가두어놓은 통바위 밑에서 했다. 통바위 위에는 버드나무와 소나무가 양산처럼 늘 그늘을 만들어주어 빨래터로서는 안성맞춤이었다. 정약용은 강학할 때는 절대로 흙 묻은 옷이나 땀에 전 옷을 입지 않았다. 홍임 모가 빳빳하게 풀을 먹인 옷을 입고 꼿꼿한 자세로 제자들을 맞이했다.

다랑이에서 일하고 난 옷에서는 시큼한 땀내가 났다. 홍임 모가 코를 돌릴 만큼 곰삭은 홍어 냄새가 났다. 그런데 홍임 모는 어느새 그 냄새에 끌리고 있는 자신을 발견하고는 스스로 얼굴이 붉어졌다. 땀내 속에는 가슴을 두근거리게 하는 중년의 사내 냄새가 배어 있었다.

홍임 모는 자신도 모르게 코를 끌어당기는 사내의 냄새를 맡고는 바지저고리를 개울물에 풍덩 내팽개치듯 담그기도 했다. 결코 오래 맡고 있을 만큼 향기로운 냄새는 아니었다. 그런데도 그 묵은 냄새만 맡고 있으면 가슴이 콩닥거리고 아랫배가 찌릿찌릿했다. 어느 날인가는 그런 자신의 신세가 처량하여 한숨이 터져 나왔다. 어찌 보면 자신은 백련사 식구도 아니고 초당의 식구도 아니었다. 한곳에 마음을 붙이고 살았으면 좋겠는데 홀아비 신세 같은 사내들의 냄새나 몰래 맡고 있는 자신이 한심스러웠다.

"무슨 고민이 깊은가. 한숨 소리가 내 귀에까지 들리네."

홍임 모는 잘못을 들킨 듯 화들짝 놀랐다. 정약용이 통바위에 앉아서 웃고 있었다. 홍임 모의 얼굴은 앵두처럼 붉어졌다.

"영감마님, 간 떨어지겄어라우. 이녁이 빨래허는 디까지 와갖고 으째서 놀래게 헌당가요."

"남당네 한숨 소리가 예사롭지 않아서 왔네. 고민이 있으면 나한테 말해 보게. 초당을 위해 고생하는 사람인데 들어줘야 하지 않겠는가."

"참말로 들어줄께라우?"

"어허, 나를 가벼운 사람으로 만들지 말게. 약속하겠네."

홍임 모는 정약용의 저고리를 헹구며 말했다.

"답답허그만요. 이녁도 으째서 그란지 잘 모르겄당께요. 백련사 공양주도 아니고 초당 부석지기도 아니고 이짝저짝 막수 신세가 처량도 허그만요."

"두 군데 오가며 일하는 처지가 고달파서 그런 것인가."

"으디 한 군데 정을 붙이고 살고 잪그만이라우. 오늘은 백련사 내일은 초당, 마치 눈젱이 까박진 인생 갈당께요."

"미처 남당네 심정을 헤아리지 못한 것을 사과하네. 허지만 내가 늘 고맙게 생각하고 있다는 것은 알아주어야 하네."

"영감마님, 차라리 지가 초당으로 들어가번지문 으쩔께라우."

"그렇잖아도 동암을 이번 여름에 두 칸 방으로 늘리기로 했네. 그러니 가을이면 동암으로 들어와 살 수 있을 것이네."

실제로 백중이 지나고 나면 이청이 동암에 방을 하나 더 늘리는 작업을 하기로 돼 있었다. 정약용이 이청에게 이미 지시해 놓았던 것이다.

"백련사에 새 공양주가 왔그만이라우. 절에서 살던 비구니 스님이라고 허대요. 지보다 나이가 아래고 법당 일을 잘헌께 스님덜이 좋아허지라우. 원래 지는 때가 되야불문 나가기로 했응께요."

"나도 혜장스님한테 이야기는 들었네. 원래는 비구니가 아니라 강진읍에서 살던 아낙이라 하네."

사흘 전에 혜장에게 들었던 얘기였다. 혜장이 고성암을 가다가 갈림길에서 울며 끌려가고 있는 비구니를 만나 그녀의 어미로부터 딱한 하소연을 듣고는 백련사로 데리고 왔다는 사연이었다. 돈 많은 소경의 첩으로 들어갔는데 구박이 심해 보림사 부근의 암자로 도망쳐 비구니가 되었다가 소경의 종들에게 잡히어 관가로 끌려가던 중에 마침 혜장이 소경을 잘 알고 있는 터여서 종들을 타일러 백련사로 데리고 왔다는 얘기였다. 관가로 가면 현감은 남편을 등진 여인의 행실만 탓하며 소경의 편을 들어줄 것이 뻔했다. 소경이 첩을 가랫자루로 두들겨 패는 등 못살게 굴었던 악행은 따지지 않고 무조건 집으로 다시 들어가 머리를 기르라고 할 것이 분명했다. 그래서 혜장은 남편의 구박이 두려워 비구니가 된 여인을 가엽게 여겨 백련사로 데려 왔다고 말했다.

"남당네 심사가 답답한 것 같으니 내일 내가 바람을 쐬어주겠네. 백련사에 새 공양주도 왔으니 하루쯤 비워도 상관없지 않겠나."

"새 공양주가 와서 지도 몸이 쪼깐 한가허그만요."

"농산에 있는 개보(皆甫: 윤서유) 별장에 가기로 했네. 그러니 남당네도 초당 식구로 데리고 가겠네."

홍임 모는 초당 식구라는 말에 걱정이 앞섰다.

"윤씨 양반덜이 지가 가불문 요상허게 행그라보지 않을께라우?"

"남당네가 초당에 드나들며 내 수발드는 것을 귤동 윤씨들도 다 알고 있네. 이제 쉬쉬할 것이 아니라 아예 드러내도 될 때가 된 것 같네."

비로소 홍임 모는 동암을 두 칸 방으로 늘린다는 정약용의 진심을 느꼈다. 남당포에서 백련사로 올라와 정약용 주변을 빙빙 맴돌았지만 머잖아 초당으로 들어가 산다고 하니 꿈만 같았다.

"남당네는 내일 혜장스님을 따라서 먼저 개보 별장으로 가 있게."

"혜장스님은 내일 일을 알고 기신게라우?"

"사흘 전에 약속했네. 그때 억울한 비구니 얘기를 들었네. 어찌 비구니와 같은 불행한 여인이 강진 땅에만 있겠는가. 여인이 눈물을 흘리는 세상은 다스림이 지극한 세상이라고 할 수 없지."

"영감마님, 저녁에 다시 올게라우."

홍임 모는 동암 마당에 빨래를 널어놓고 콧노래를 흥얼거리며 백련사로 돌아왔다. 빨래가 마르면 풀을 먹여야 했으므로 다시 초당으로 와야 했다. 홍임 모가 초당에 있지 않고 잠시라도 백련사로 간 까닭은 새 공양주에게 알려 줄 것이 많아서였다. 새로 온 비구니 스님이 공양간 장독대 옹기에 무엇 무엇이 들어 있는지 모르므로 알려 주어야 했다. 그뿐만 아니라 자신도 내일 바람을 쐬러 시오 리 밖까지 원족(遠足)을 가려면 치마저고리를 꺼내 다리미질해야 했다.

다음 날.

홍임 모는 혜장의 뒤를 따랐다. 혜장은 초당을 거치지 않고 만덕산을 돌아 마티재로 갔다. 홍임 모가 잰걸음으로 달려야 혜장의 걸음을 따라잡을 수 있을 만큼 혜장은 날렵하게 걸었다.

"영감마님이 으디로 오시넌지 알고 가신당가요?"

"정 대부 선상께서는 초당에 오신 해부터서 봄이 되문 용혈암 터를 찾아 갔다가 개보 선상의 농산 별장에서 하룻밤을 묵고 오시곤 했당께. 그해 진달래꽃이 아조 이삐게 피어뿌렀제. 그라고 본께 두째 아들 학포도 함께 갔었어야."

"올해는 늦었그만요. 시방은 쑤꿈새가 쑤꿈쑤꿈 우는 초여름 아닌게라우."

"초당 농사일 땜시로 늦어분 거여. 올해도 봄에 갈라고 했는디 괴안찮은 날을 지달리다 요로코롬 늦어분 것이제."

정약용이 용혈암을 찾아가는 까닭은 고려 시대 시문에 뛰어났던 천책국사를 흠모해서였다. 정약용은 천책국사를 생각하면 애석한 마음에 한탄이 절로 난다고 혜장에게 말하곤 했다. 어느 속유(俗儒)보다도 현명하고 재주가 뛰어난 사람이 어째서 불도에 빠져들었을까 하고 아쉬워했다. 용혈암은 천책국사가 말년을 보내다가 열반에 든 암자였는데 정약용은 해마다 거르지 않고 찾아가서 존경하는 마음으로 차를 올리고 참배했다.

마티재를 내려와 개울을 건너 소석문을 지나니 덕룡산 산길이 나타났다. 새벽에 번개 치며 내리던 소나기가 그친 탓인지 덕룡산 산자락 숲은 물안개가 끼어 있었다. 숲속의 서늘한 공기는 벌써 가을날 같고 한 자락 비구름은 덕룡산 정상에 얹혀 있었다.

"요 잔등은 진달래꽃이 피어 있을 때가 젤이여. 덕룡산 흰 바우덜허고 불근 진달래꽃이 기가 멕히게 잘 어울린당께."

홍임 모는 모처럼의 원족에 들떴다. 골짜기 사이에 걸쳐놓은 외나무 다리를 건너면서는 간이 콩알만 해졌다. 머리가 쭈뼛거릴 만큼 두려움이 들어 그동안의 온갖 잡사가 머릿속에서 달아났다.

산등성이 하나를 넘어가니 동쪽에서 구강포 바닷바람이 제법 불어왔다. 드디어 용혈암 터와 동굴이 보였다. 오래되어 축대와 계단은 무너져 있고 암자 터 마당가에는 차나무가 무성했다. 암자 터로 올라서자 장흥의 천관산이 눈에 들어왔다. 홍임 모는 처음 와본 용혈암 터였으므로 이곳저곳을 두리번거렸다. 암자 터 건너편 동백나무 울창한 청라곡 츠렁바위 절벽은 병풍을 펴놓은 듯했고, 절벽 한가운데로 흘러내리는 폭포의 푸른 물줄기들은 선녀의 옷자락처럼 보였다.

혜장이 빈 암자 터에서 합장을 했다. 홍임 모도 따라했다. 천책국사가 좌선했다는 동굴은 박쥐가 산다고 하니 들어갈 마음이 나지 않았다. 잠시 후 두 사람은 용혈암 터를 참배만 하고 돌아서 바로 농산으로 갔다. 좁은 산길을 더듬다가 월하마을로 내려가니 농산 언덕 너머로 흰 연기가 보였다. 홍임 모는 흰 연기가 밥 짓는 연기임을 알고 스스로 미안해했다.

"스님, 핑 서둘러 백련사를 나섰으문 지가 영감마님 점심을 준비헐 것인디 쬐끔 해찰해부렀그만요."

"개보 선상의 종들이 정 대부 선상님이 온다고 음석 장만 허니라고 그란 거 같응께 미안헐 것은 읎제. 우리넌 손님인께 저범만 들어불문 되야뻔지는 것이여."

과연 늙은 잣나무 뒤로 연못을 두 군데나 지나 윤서유의 별장에 도착해 보니 조석루(朝夕樓) 아래서 종들이 점심을 마련하느라고 분주했다. 종들이 주인보다 먼저 와 농엇국을 끓이고 전복을 까서 회를 만들고 있었다. 홍임 모도 소매를 걷어 붙이고 다가가 우물물에 미나리를 씻은 뒤 파를 앞에 놓고 다졌다.

혜장은 조석루로 올라가 서서 윤서유와 정약용이 오기를 기다렸다. 이윽고 혜장이 조석루에서 소리치며 내려왔다. 윤서유와 정약용이 약속이나 한 듯 솔숲 사이로 난 산길로 말을 타고 오고 있었다. 혜장은 벌써 술 생각이 나 목 안이 간질간질했다. 그러고 보니 하안거 중이라 술을 입에 대지 않은 지 오래된 것 같았다.

그날 혜장은 대취했다. 혜장뿐만 아니라 윤서유와 정약용도 별장에 지어진 누각과 정자에서 농산의 산 그림자가 연못으로 내려와 어릴 때까지 술을 마셨다. 윤서유의 서루(書樓)인 조석루에서 정담으로 회포를 푼 다음 농산 동쪽 언덕 아래에 자리한 한옥관(寒玉館)에서 한잔하고, 열 아름쯤 되는 노거수 그늘 아래서 한잔하고, 또 연잎 사이로 빨간 잉어가 노니는 금고지(琴高池) 가에서 한잔했다. 이어서 금고지 옆에 선 척연정(滌硯亭)에서 한잔하고, 늙은 잣나무인 국단(掬壇) 아래서 한잔한 뒤, 얼음처럼 차가운 샘인 녹음정(鹿飮井)에서 입안의 술 냄새를 씻었다.

해가 지고 나서야 서로들 돌아갈 채비를 했다. 술병이 빈 데다 윤서유가 혜장에게 눈치를 했다.

"정 대부는 일 년에 한 번 찾아오는 걸음인께 내 별장에 카만 앙거서 보름달이나 구경하고 가라고 권유하는 것이 으쩌겄소. 한옥관 뒤로 뜨는 달을 보문 절창이 젤로 나올 팅께."

정약용이 손을 크게 휘저으며 말했다.

"나 혼자만 두고 가겠다는 것이오?"

"헤어지문 섭섭허겄지만 술벵이 모다 비어 뿌렀는디 으짤 것이요. 아숩더라도 술 대신 김칫국 마시고 인자 처소로 거멍거멍 돌아가야지라."

이번에는 혜장이 한마디 했다.

"정 대부 선상님, 절에 새 공양주가 왔응께 요번에는 밍기적거리지 마시고 남당네 보살을 초당에서 받어뿌러야 허겄그만이라우."

결국 혜장은 간다는 말 없이 바람처럼 휑하니 사라졌고 윤서유는 말을 타고 항리로 돌아가 버렸다. 정약용이 마티재부터 타고 온 말까지 종이 끌고 가 별장에는 정약용과 홍임 모만 남았다. 그날 밤 홍임 모는 정약용의 품에 처음으로 안겼다. 그러나 정약용은 대취한 탓인지 홍임 모의 몸을 조금 건드리다 말고는 금세 잠에 떨어졌다. 홍임 모는 밖으로 나가 달을 보면서 들뜬 몸과 마음을 식혔다.

초의

초당에 출입하는 제자들이 차츰 줄어들었다. 재작년부터 작년까지 이어진 가뭄과 흉작 때문에 공부를 계속하기가 힘든 제자도 있었고 승려들이 초당을 드나들자 반발심으로 그만둔 제자들도 있었다. 초당을 가끔 찾아오는 승려 중에는 혜장의 제자들과 대둔사에서 오는 초의가 있었다.

초의가 초당에 처음 온 때는 작년 여름이었다. 백중이 지난 뒤였다. 혜장이 미리 소개한 터라 정약용은 초의를 스스럼없이 맞이했다. 정약용이 보기에 초의의 첫인상은 몸가짐이 진중했다. 말투가 느리고 행동이 굼떠 마치 지난날의 황상을 보고 있는 듯했다. 정약용은 초당에 오지 않는 황상이 그리웠으므로 초의가 더욱 반가웠다.

"대둔사 중 의순인디요, 쩌참에 혜장선사께서 공부를 더 짚이 해번질라문 선상님을 꼭 뵈라고 해싸서 왔어라우."

"작년이었던가? 혜장스님이 재주 많은 젊은 스님이 대둔사로 왔다고 해서 나도 기다리고 있었네."

초의는 정약용보다 스물네 살이나 아래인 젊은 이십 대 중반의 풋풋한 승려였다. 정약용이 볼 때는 아들 같은 기분이 들어 무엇이라도 가르쳐주고 싶은 생각이 절로 우러났다. 정약용은 낮 동안에만 초당으로 와 수발을 드는 홍임 모에게 찻물을 끓이도록 했다.

"시를 지어본 적이 있는가?"

"절에 들어오기 전에는 읊었어라우. 머리 깎고 나서부텀 이 절 저 절 돌아댕김서 선사님 조사님덜 시를 쬐끔 외와본 적은 있어라우."

"아직 시를 한 번도 써보지 않았다는 말인가."

"아니라우. 이태 전 능주 쌍봉사에서 금담선사 가르침을 받아 참선 공부허는 동안 망상을 피워보았어라우. 시 지어보기는 태어나서 첨이었그만요."

"능주 쌍봉사에서 첫 시를 썼다는 얘기군."

"한가우 새복에 좌선허는디 시가 제절로 떠올라불드랑께요."

"어디 한번 볼 수 없겠는가?"

"딜다보고 있으문 쌘찬헌 시지라우."

초의는 바랑에서 그때(1807년) 써둔 시를 꺼냈다. 한가위 새벽에 앉아서(八月十五日曉坐)란 제목의 시였다. 정약용은 담담하게 읽더니 마지막에는 흡족한 듯 미소를 지었다. 첫 시라고 하지만 시 짓는 재주가 제법 번득였다.

북창 아래서 졸다가 깨어나니
은하수는 기울고 먼동이 터온다
에워싼 산은 가파르고도 깊은데
외딴 암자는 적막하고 한가하구나
밝은 달빛은 누대에 들어서고
바람은 산들산들 난간에서 인다
침침한 기운은 나무들을 감쌌고
찬 이슬은 대나무 마디에 흐르네
평소 조심했으나 끝내 어긋났으니
이런 때 맞으니 도리어 괴로워라
남들이야 이 심사를 알 리 없으니
싫어하고 의심함 사이 피할 길 없네
어찌 미연에 막지를 못했던가
서리 밟는 지금 오한이 이는구나
보나니 동녘은 점차 밝아오고
새벽 놀이 앞산에서 피어난다.
惺起北窓眠 河傾遙夜闌
四山峭且深 孤菴寂而閒
皎皎月入樓 嫋嫋風生欄
沈沈氣冪樹 零露流竹竿

儉素終違己 對此還苦顔
人不解意表 難超嫌疑間
胡不妨未然 履霜方惡寒
漸看東頭明 曉霞起前山

한가윗날 새벽에 좌선하는 동안 절 안팎의 풍경을 바라보면서 느낀 심정을 솔직하게 고백한 오언고시(五言古詩)였다. 시에는 출가 전의 복잡한 심사를 아직도 떨쳐내지 못한 것에 대한 참회와 수행자로서 앞날을 맞이하는 의연한 태도가 새벽 풍경에 투영되어 있었다.

정약용은 차를 마시면서 초의에게 시대별로 사숙해야 할 시인들을 뽑아주었다. 『시경』을 교본으로 삼되 당나라는 두보와 왕유, 송나라는 소식과 육우, 원나라는 원유산과 살천석, 명나라는 고계와 이서애 등등을 지목해서 알려 주었다.

헤어질 무렵에는 시를 짓는 마음가짐을 절대로 잊지 말라며 당부했다.

"두 가지 마음가짐을 지녀야 한다. 첫 번째가 아주 중요하지. 시란 뜻을 말하는 것임을 명심해야 돼. 뜻이 본래 낮고 지저분하면 비록 억지로 청고(淸高)의 말을 빌려와 짓는다 해도 이치를 드러내지 못하는 법이지."

"두 번째 마음가짐은 뭐신게라우?"

"시를 배우면서 뜻을 쌓지 않음은 똥 덩어리를 맑은 샘물로 거르는 것과 같고 냄새나는 가죽나무에서 향기를 구하는 것과 같다."

"선상님, 영님해서 존 시를 쓸께라우."

"마땅히 두보의 시를 스승으로 삼아야 한다. 『시경』의 시 정신을 이어받았기 때문이다. 내 자식에게도 늘 귀가 아프게 했던 말이지만 임금을 사랑하고 나를 근심하지 않는 시는 시가 아니다. 시대를 아파하고 세속을 분개하지 않는 시는 시가 아니다. 아름다운 것을 아름답다고 하고 미운 것을 밉다고 하며, 선을 권장하고 악을 징계하는 뜻이 담겨 있지 않은 시는 시가 아닌 것이다."

정약용은 자신이 강진으로 유배 와 이 년 만에 동문 밖 주막집에서 쓴 「애절양(哀絶陽)」을 예로 들었다. 갈밭마을에 사는 한 백성이 아이를 낳은 지 사흘 만에 군보(軍保)에 등록되고 아전이 소를 빼앗아 가니 그 사람이 칼을 뽑아 자기의 생식기를 자르면서 "내 자지 땜시로 곤액을 당해 뻔지네."라고 분통을 터뜨리며 억울해했고, 그 아내가 아직 피가 뚝뚝 떨어지는 생식기를 관가에 가지고 가서 울며 하소연했지만 문지기가 내쫓아 버렸다는 얘기를 황상에게 듣고 썼던 시였다.

초의는 정약용의 당부를 마음에 깊이 새겼다. 초당을 나와 대둔사로 돌아오면서 두 가지의 마음가짐과 좋은 시가 무엇인지를 곱씹었다. 그러고 보니 쌍봉사에서 지었던 첫 시는 혈기만 왕성할 뿐 고상한 뜻이 빈약하다는 것이 느껴져 몹시 부끄러웠다. 또한 초당을 떠나면서 칭찬과 격려의 말을 듣고 우쭐한 마음으로 급히 써 정약용에게 바친 시가 마음에 걸렸다.

부자는 남에게 재물을 주고
어진 이는 남에게 말을 주시네.
이제 곧 선생님을 떠나려는데
어이 올리는 예물이 없을까.
비루한 마음 공경스럽게 펼치어
선생님 책상 앞에 올리나이다.
富送人以財 仁送人以言
今將辭夫子 可無攸贈旃
先敬舒陋腹 請陳隱幾前
(하략)

초의는 대둔사로 가는 오심재를 넘어가면서 몇 번이나 달아오르는 얼굴을 감쌌다. 그런 이유로 초의는 대둔사에서 은사 완호를 시봉하는 동안 여름이 다가도록 한 편의 시도 짓지 못했다. 사물을 대하면 타고난 감각은 바로 꿈틀거렸으나 아직 눈이 밝지 못하여 사물의 본질까지는 보이지 않았다. 습작시를 보내라는 정약용의 채근에도 시를 지어 보내주지 못했다. 물론 시작에만 몰두할 만큼 한가한 일과도 아니었다. 은사 시봉하랴, 참선하고 경 배우랴, 지게 지고 나무하랴, 논밭일 울력하다 보면 어느새 땅거미가 졌다. 그러나 초의를 제자로 맞아들인 정약용은 편지로써 그를 나무랐다.

'세상은 몹시 바쁜데 네 행동은 느리고 무겁다. 그래서는 네가 일 년 내내 경서와 사기(史記)를 본다 해도 거두는 보람이 매우 적을 것이다. 이제 내가 너에게 『논어』를 가르쳐주려 한다. 너는 지금 시작하되 임금의 엄한 분부를 받들 듯 날을 아껴 급박하게 독책(督責)을 하라. 장수는 뒤에 있는데 깃발은 앞서 휘날려 가듯 황급하게 해야 된다. 호랑이나 이무기가 핍박하는 듯 감히 늦추지 말아야 할 것이다. 오직 의리만 찾아 헤매고 반드시 지극정성으로 치밀하게 공부해야 참된 맛을 얻을 것이다.'

그래도 정약용은 황상 같은 초의가 믿음직하며 마음에 들었다. 혜장과 달랐다. 혜장은 누구보다도 박식하고 명민하지만 제자로 삼아 가르치기에는 성정이 거칠어 부담스러웠다. 상대가 실수를 하면 참지 못하고 대뜸 쏘아붙이는 그였기에 그를 다루는 방법은 다독거리는 것밖에 없었다. 정약용은 그런 혜장에게 '아이와 같이 유순해질 수는 없는가?' 하고 권유한 적이 있는데, 그제야 혜장은 자신의 별호를 어린이 아(兒) 자를 넣어 아암(兒庵)이라고 지었던 것이다.

완호의 허락을 받고 초당에 온 초의는 자리에 앉자마자 정약용의 가르침을 받았다. 어떤 날의 정약용은 차 마실 것도 잊고 마음에 두었던 애기를 서둘러 꺼내곤 했다.

"공부하는 사람은 반드시 혜(慧)와 근(勤)과 적(寂), 세 가지를 갖추어야만 성취가 있는 법이야. 알겠는가?"

"긍께, 배우는 디 시 가지 요긴헌 거시기가 있그만요."

"그렇지. 지혜가 없으면 난관을 넘지 못하고, 부지런하지 않으면 힘을 쌓지 못하고, 고요한 가운데서만 온전하게 정밀해지는 것이니, 이 세 가지가 학문하는 요체니라."

"은사님도 늘 가르침서 시 가지가 필요허다고 위학삼요(爲學三要)를 말씀했어라우."

"『주역』을 보면 '아름다운 바탕을 간직하여 곧게 하되 때에 맞추어 발휘한다.'라는 구절이 나오니라. 꽃봉오리는 함부로 꽃잎을 열지 않지. 아름다운 바탕이 꽉 찰 때까지 오므리고 있다가 활짝 피어나지. 이를 일러 함장(含章)이라고 하느니라."

"선상님, 지도 만개한 꽃보다는 오므린 꽃봉오리가 좋아라우. 고런 꽃봉오리를 보고 있응께 꽃의 혼이 다가오던란께요."

"똑같은 이치이니라. 자기를 자랑하지 않더라도 혼백이 느껴지는 사람이 돼야지. 식견이 보잘것없고 공부가 적은 사람이 겨우 몇 구절의 그럴듯한 뜻을 익히고는 말로 자랑하려 드는 거야. 그런 소인배가 돼서는 안 되지."

그러면서 정약용은 시에 능한 사람은 시로 자신을 피곤하게 하고, 그림에 능한 사람은 그림으로 자신을 피곤하게 하고, 돈 많은 사람은 돈으로 자신을 괴롭히고, 쌀을 쌓아놓은 사람은 쌀로 자신을 괴롭히니 이런 도리로 안다면 벙어리 거지 선비가 되어 덕을 갖추고자 노력하며 사는 것이 가장 좋은 삶의 방편이라고 경책했다.

하루는 초의가 평소에 좋아하는 중국의 은둔 수행자 한산(寒山)의 시를 정약용 앞에서 읊조린 일도 있었다.

옥당에 구슬발이 걸려 있는데
그 안에 어여쁜 사람이 있네.
모습은 신선보다 훨씬 낫고
얼굴은 도리(桃李) 꽃과 다름없네.
동쪽 집은 봄안개에 잠겨 있는데
서쪽 집은 가을바람 일어나는구나.
다시 삼십 년이 지나고 보니
마침내 사탕수수 찌꺼기가 됐구나.

초의가 물었다.

"어뜬 거가 봄안개고 가을바람일께라우?"

"동쪽엔 피리와 북에 붉은 얼굴 어여쁘고, 서쪽엔 여곽(藜藿)이 흰 터럭을 가렸구나."

정약용은 이미 혜장과 선문답을 주고받은 적이 많았으므로 초의는 상대가 되지 못했다. 한산이 보인 봄안개와 가을바람을 정약용은 붉은 얼굴과 흰 터럭으로 바꾸어 세월의 무상함을 드러내 보였다.

"어뜬 거가 사탕수수 찌끄레기일께라우?"

"단물이 다 빠지면 쓴물이 나오지."

사탕수수를 찾지, 누가 그 찌꺼기를 구하려 하겠는가? 세상 사람들은 단물을 마시려 하지, 누가 쓴물을 맛보려 하겠는가? 한산이 숨어 사는 자신을 사탕수수 찌꺼기라고 자족하는 것에 정약용은 자신의 처지를 쓴물로 바꾸어 말했다.

"어처케 방편을 낸당가요?"

"분귀(粉鬼)를 매질하고 홍마(紅魔)를 야단치리."

매질하고 야단친다는 것은 밖을 경계하여 마음을 지킨다는 뜻이었다. 정약용은 초의가 더 묻지 못하게 했다. 초의의 질문에 대답하되, 자신의 대답이 초의에게 또 다른 질문이 되도록 되받아쳤다. 이처럼 스스로 자신을 되돌아보게 하는 것이 바로 선문답이었다.

어느 날인가는 선문답의 자리에 혜장의 법제자 법훈과 초당제자 중 막내 격인 윤종진도 끼어 있었다. 그날은 윤종진이 먼저 쭈뼛거렸다.

"어처케 해부러야 시상일에 쇄탈한당가요?"

"가을구름 사이에 한 조각 달빛이다."

정약용의 가르침은 번개처럼 빨랐다. 가을구름처럼 하늘을 흐리게 하는 마음속의 욕심만 버리면 세상일에 초연할 수 있다는 대답이었다.

그러자 초의가 물었다.

"어처케 해부러야 실지를 실천할께라우?"

"날리는 꽃이 제성(帝城)에 가득하구나."

궁리만 하지 말고 실제로 제성으로 들어가 봐야 꽃을 볼 수 있다는 말로써 초의의 느린 행동을 나무라는 대답도 되었다. 한참 만에 법훈이 말했다.

"어떠크롬 해부러야 깨달음의 관문을 투득한당가요?"

"새 그림자 찬 방죽을 건너가는구나."

방죽을 건너가는 새 그림자가 눈 깜짝할 사이에 사라지는 것처럼 깨달음도 몰록 다가온다는 대답이었지만 왜 그럴까 하고 돌이켜보는 것은 법훈의 몫이었다. 선문답이기 때문이었다.

초의는 정약용을 만난 지 일 년이 지나면서부터는 거리낌이 없어져 아무 때나 초당을 드나들었다. 정약용은 한두 달만 초의를 보지 못해도 그리운 마음이 생겨나 견디지 못했다. 동암을 수리하고 난 직후였다. 정약용은 초의가 초당을 향해 오는 모습을 시로 남기기도 했다.

소나무겨우살이 드리워진 돌길은
돌고 돌아 서대와 가까이 있네.
이따금 짙은 나무 그늘 속으로

중 하나 고요히 찾아오는구나.

垂蘿細石徑 紆曲近西臺

時於綠陰裡 寂寞一僧來

초의는 틈틈이 지은 시를 한 뭉치 내놓는 것으로써 정약용을 기쁘게 했다. 정약용은 초의의 빼어난 시를 한 줄 한 줄 음미하며 그동안 쌓였던 그리움을 달랬다. 그것이 제자 초의에게서 얻는 정복(淨福)이자 풍류였다.

어느 때인가는 그림에도 다산도(茶山圖)를 그리게 했고, 봄에는 홍임모 대신 대둔사에 전해지는 방법으로 차를 만들게도 했다. 초의가 만든 차는 초당의 차보다 맑고 깊은 기운에 있어서 결코 뒤지지 않았다.

정약용을 만난 지 두 달 만에 시 세계 대의를 깨달았던 초의는 훗날 추사와 깊이 교우하면서 비로소 시서화에 뛰어난 불세출의 삼절(三絶)이 되고, 우리나라 차의 중흥조가 되어 한양의 사대부 명망가들이 다투어 찾는 눈 밝은 고승이 되었다.

누비옷

정약용의 건강은 1810년 연초가 최악이었다. 갑자기 풍증이 심해져 오른쪽 팔다리가 마비됐다. 붓을 들지 못할 정도였다. 풍기가 있는 상태에서 겨우내 웃바람이 센 방에서 『시경강의』 12권을 완성한 데다 미처 다루지 못한 문제들을 이청에게 구술, 받아 적게 하여 『시경강의보유』까지 무리하게 끝냈던 것이다. 몸의 반쪽은 이미 감각이 무디어졌고 정신은 몽롱했다. 나머지 반쪽마저 마비가 온다면 죽은 목숨이나 다름없을 터였다.

정약용은 이른 봄이 되어 마재로 돌아가는 학유 편에 장남 학연에게 마비된 오른손으로 당부의 말을 한 자 한 자 힘들게 썼다. 장례를 미리 언급하는 유언인 셈이었다.

'풍증으로 지금 내게 마비가 온 것을 보니 오래 살지는 못할 듯하다.

다만 바르게 지내고 섭양하여 몸을 더 해치지 않는다면 시간을 조금은 늦출 수 있을 것 같다. 그래도 천하의 일이란 미리 정해 둠보다 좋은 것이 없느니라. 내 이제 말해 두겠다. 옛 예법에 병란에 죽은 자는 선산에 들이지 않는다고 했으니 몸을 삼가지 못했기 때문이다. 순자는 죄인에게 적용하는 상례를 따로 마련했느니라. 욕됨을 보이는 것을 경계하고자 그랬다. 만약 내가 이곳에서 목숨을 마친다면 마땅히 이곳에다 매장해야 한다. 나라에서 내 죄명을 씻어주기를 기다렸다가 그때 반장(返葬)하면 된다.(하략)'

그러나 정약용은 초여름이 돼서 홍임 모의 수발 덕분에 기적과 같이 건강을 되찾았다. 좋아하던 술도 기분에 따라 거뜬히 마셨다. 물론 기운은 예전 같지 못했지만 뒤늦게나마 윤서유의 농산별장을 다녀올 수 있었고 오른손은 붓을 들고 움직일 수 있을 만큼 마비가 풀렸다. 날이 따뜻해지고 홍임 모가 부엌살림을 맡아 끼니를 거르지 않았기 때문이었다.

때마침 동암은 방을 두 칸으로 늘리는 공사가 끝난 뒤부터 당호를 송풍루(松風樓)로 바꾸어 불렀다. 동암 마당가에 소나무 한 그루를 이식했는데 이따금 솔바람이 동암 마루를 스치고 지나갔다. 방 하나는 서재로 쓰고, 또 다른 방은 홍임 모가 거처했다. 홍임 모가 백련사에서 초당으로 오는 데는 실로 일 년이 걸렸다.

동암으로 들어온 홍임 모는 정약용의 건강부터 챙겼다. 기운을 북돋

우는 데는 푸른 채소와 싱싱한 생선회가 최고였다. 홍임 모는 끼니마다 상추를 뜯어다 씻고 된장과 참기름으로 쌈장을 만들어 농어회나 전어회를 구해 와 밥상에 올렸다. 홍임 모는 정약용의 둘째 아들 학유가 떠남으로 해서 생긴 정약용의 허전한 마음을 달래주었다. 홍임 모의 체온은 정약용의 허허로운 마음을 가시게 했다. 그래서인지 정약용은 무서리가 내리는 가을부터는 재작년 봄에 초당 둘레에 화초를 심고 밭뙈기를 일굴 때만큼이나 활력을 되찾았다.

정약용이 동암 마룻바닥을 반들반들하게 걸레로 훔치고 있는 홍임 모에게 말했다.

"남당네, 옷을 만들어봤는가."

"남당포에 살 때는 여러 벌 지서봤지라우. 영감마님 새 옷이 입고 잪은께 그런게라우?"

"내 옷이 아니네. 열두 살 아이 바지저고리가 한 벌 필요해서 그러네."

"아그 옷이라문 쬐깐헌께 바느질을 덜 하제라우."

"잘됐네."

정약용이 방으로 들어가 무명 옷감을 가져왔다. 옷감에 가을햇살이 비치자 더 하얗고 따뜻하게 보였다.

"내 옷을 해 입으라고 제자들이 선물한 옷감이네. 그러니 아이 옷감으로는 충분할 것이네. 솜도 준비해 두었네. 겨울 누비옷을 만들어주게."

"마재에 에린 아그가 있능게라우?"

"아닐세. 일단 옷을 짓고 나면 말해 주겠네. 이왕 지을 옷이니 겨울이 되기 전에 몇 해는 더 입을 수 있도록 넉넉하게 만들게."

물론 정약용에게도 열두 살 된 아들이 있었다. 이름은 농장(農牂)이었다. 그러나 그 아들은 태어난 지 삼 년 만에 병으로 죽어 정약용의 가슴속에 묻힌 아이였다. 정약용이 유배 온 지 이 년 만에 당한 슬픈 일이었다. 정약용은 큰아들 학연 편에 농장의 묘비명을 써 보냈다. 실제로는 정약용의 가슴속에 쓴 묘비명이었다.

나는 죽는 것이
사는 것보다 나은데 살아 있고
너는 사는 것이
죽는 것보다 나은데 죽었으니
이는 내가
어찌 할 수 없는 일이다.

"마재에 있는 아들은 벌써 죽었지. 내가 동천여사(東泉旅舍)에 든 다음 해에 학연이 소식을 가지고 왔으니까."

동천여사란 동문 밖 주막집을 말했다. 그곳을 정약용은 꼭 동천여사라고 부르곤 했다.

"웜메, 그라믄 아그 옷은 누구 껀게라우?"

"곧 알 터이니 옷이나 빨리 만들어주게."

"솜을 깔고 짓넌 누비옷인께 너댓 날 밤은 새부러야지라우."

"낮에도 가능하면 다른 일 하지 말고 만들어보게."

"시 끄니 설거지허고 나문 금시 해가 떨어져불갑씨라도 아그 옷인께 어른 것보담 빠르겄그만이라우."

나흘 후.

홍임 모는 정약용과 한 약속을 지켰다. 바느질을 촘촘히 한 아이 누비옷 한 벌을 지어 정약용에게 가져왔다. 열두 살짜리 누비옷을 넉넉하게 만들어서인지 청년 옷만큼이나 컸다.

"보리차두멩키로 헐렁해불지 않을랑가 걱정이그만요."

"몇 년은 더 입어야 할 옷이니 커도 괜찮을 것이네."

"옷감을 남기기가 아까와서 낭낭허게 지섰그만이라우."

"솜씨가 그만이네. 수고했네."

그날 밤 정약용은 이청이 초당을 내려간 뒤 달빛이 못에 떨어질 무렵에 홍임 모를 불러냈다. 달빛은 금분을 입히듯 초당 둘레에 쏟아지고 있었지만 만덕산 산자락 위로 뜬 달은 아직 보이지 않았다.

"쬐끔 쌀쌀헌디 병 나문 큰일 낭께 들어가 쉬시지라우."

"보름달이라도 함께 보고 싶어 나오라고 했네. 이리 앉게나. 월광보살이 오시는 날인데 방 안에 있어서야 되겠는가."

정약용은 웃으며 말하면서 홍임 모 옆에 누웠다. 연초에 마비가 왔던 팔다리를 주물러달라는 자세였다.

"으짜실라고 또 찬 마룻바닥에 누운당가요? 또 한 번 풍이 와불문 큰 일 난당께요."

홍임 모가 얼른 방으로 들어가 얇은 이불을 가져와 그 위에 정약용을 눕게 했다. 그러고 나서는 팔다리를 주무르기 시작했다.

"남당네가 이렇게 간병하니 병이 왔다가도 도망가겠네. 이제는 팔다리가 예전과 같이 맥이 뛰고 힘이 생긴 것 같아. 정말로 고맙네."

"영감마님, 그란디 누비옷을 누구헌티 줄 꺼당가요?"

"옷을 만든 사람이니까 당연히 궁금하겠지."

"옷을 지섰응께 그라지라우."

"내 말하겠네. 남당네 혼자만 알고 있어야 하네."

"소문나면 큰일 날 일인게라우? 그라믄 지 혼자만 알고 있을께라우."

"추자도에 손자뻘 되는 아이가 있네."

"뭐시라고라우?"

"이해가 되지 않겠지. 내 얘기를 들어보겠는가?"

정약용은 조카사위인 황사영이 왜 죽게 되었는지부터 얘기를 꺼냈다. 황사영은 처숙인 정약종에게 천주교 교리를 배운 뒤 입교하였는데, 천주교도 첫 탄압이 시작되자마자 충청도 제천의 배론으로 피신하여 국내의 참상을 중국 북경주교에게 알리는 편지를 썼다가 발각되어 서소문 밖 형장에서 능지처참되었던 것이다. 그리하여 정약현 딸이자 황사영의 아내인 난주는 제주도 관노로 가게 됐고, 두 살 난 아들 황경한은 난주에 의해 추자도 갯바위에 버려졌다가 어부 오 씨 집으로 들어가 살게 되었다는 얘기였다.

"그러니까 오 씨 집에 사는 아이가 바로 제주도로 간 조카딸 아들 경한이라네. 열 살쯤 됐을 거네."

그제야 홍임 모는 누비옷을 입을 아이가 누구인지 알았다.

"그라믄 추자도는 누가 간당가요? 누가 몰래 가서 옷을 전해 준당가요?"

"내가 가야 하는데 위험한 길이네."

"영감마님이 가시면 안 되지라우. 큰일 난당께요. 아전들이 알문 현감 귓구녁에도 화살멩키로 빨리 들어갈 꺼그만이라우."

"그렇겠지."

"혜장스님은 안 되야불지라우?"

"병들어 누워 있는 사람에게 부탁하는 것은 도리가 아니네."

혜장은 병이 나 꼼짝을 못 했다. 초당에도 발걸음을 한 지 오래됐다. 여름에도 방 안에만 누워 있어 등에 등창이 날 정도였다. 임신한 여자처럼 배가 점점 부풀어 오르는 병인데 이제는 남당포 한약방 영감의 약도 듣지 않았다. 막술로 간이 망가져 배에 물이 차는 병이란 것만 알지 이미 손을 쓸 수 없는 상태였다. 그런 혜장이 추자도를 다녀온다는 것은 불가능한 일이었다.

"고사굴 아제는 으짤까라우?"

고사굴 아제란 집안이 풍비박산 나자 강진으로 피신해 온 이승훈의 장남 이택규를 말했다. 정약용은 이택규란 말이 나오자 벌떡 일어나 앉았다.

"얘기도 꺼내지 말게. 그건 섶을 지고 불속으로 뛰어 들어가는 것과 마찬가지네."

관헌에 붙잡혀 발각이 되는 날이면 또 한 번 더 정씨 일가에 천주교도 탄압이 일어날 수 있는 위험한 일이었다.

"학림 아제라면 요리조리 잘 댕겨올 수 있을 것인디요잉."

"학래를 시키면 잘하겠지. 허나 학래는 입이 가볍네. 심부름하고 나서 무용담 자랑하듯 말하고 다닐 텐데 그게 더 문제지. 윤가 제자들도 마찬가지고. 이런 때는 산석이가 적격인데 녀석은 내게 무엇이 섭섭한지 코빼기도 비치지 않으니 부탁할 수도 없네."

보름달이 초당 위 중천으로 떠올라 달빛이 동암 마루를 환하게 비추었다. 홍임 모는 길게 한숨을 쉬었다. 나흘 동안 잠을 자지 않고 만든 누비옷을 전해 줄 사람이 없으니 답답할 만도 했다.

"남당포 술청을 드나드는 추자 멸젓 장사꾼에게 들었지. 경한이가 하추자도 오 씨 집에 살고 있다는 사실을 말이네. 내가 남당포를 자주 간 것은 그 얘기를 듣고 난 뒤부터였지."

정약용은 다시 누웠고 홍임 모 역시 정약용의 팔을 손목부터 맥을 짚

듯 주물렀다.

"지도 술 마시러 오시는 분은 이서객 님이지 영감마님은 술 마시러 오는 분이 아니라고 생각했그만이라우."

"나를 보니 그런 생각이 들던가?"

"지야 자세히는 모르지라우. 그냥 외로운께 객고를 풀라고 오시는갑다 허고 생각했지라우."

"귀양살이 하는 나에게 객고가 없다면 허튼 말이겠지. 허나 객고보다 더한 것이 있어 남당포를 자주 갔네. 추자도 경한이 소식을 들을까 하고 말이네."

정약용은 홍임 모에게 고백하듯 얘기했다. 남당포에 가면 술청만 들르지 않았던 이유를 비로소 말했다. 추자도 가는 선착장 옆으로 길게 뻗은 갈대밭을 하릴없이 서성거렸는데, 바람에 울부짖는 갈대밭을 쉬이 빠져나오지 못하고 한참을 주저앉아 있곤 했던 것이다. 갯바위에 버려진 어린 황경한의 울음소리가 들리는 듯하여 차마 발걸음을 돌리지 못했음이었다.

어느새 정약용은 홍임 모의 무릎에 머리를 얹고 있었다. 그만 주물러도 좋으니 잠을 자자는 무언의 신호였다. 홍임 모가 일어나면서 말했다.

"영감마님, 좋은 수가 있응께 걱정 마씨요."

"좋은 수가 있다니 무슨 말인가."

"지가 다녀와불랍니다요. 으째서 요 생각을 못 허고 뱅뱅 돌기만 했는지 모르겄당께라우."

정약용은 지금 떠 있는 보름달도 월광보살이요, 동암의 달 같은 홍임 모도 또 하나의 월광보살이라고 생각했다.

"그러고 보니 남당네가 바로 월광보살이네."

"영감마님은요?"

"나야 일광여래라고나 할까? 남당네가 달이라면 나는 해라는 말이네. 하하하."

그날 밤 동암 방은 해와 달이 뜬 환한 세상이 되었다. 해와 달이 한 몸으로 뒤엉키는 꿈결 같은 시간이 흘렀다. 두 달 뒤 홍임 모는 제주도를 오가는 장삿배를 타고 추자도로 가 황경한에게 누비옷을 주고 돌아왔다. 정약용은 홍임 모가 임신한 사실까지 알고는 가슴이 설레어 술을 자작으로 마셨다. 자신을 오래된 매화나무로 여겼는데, 그 가지에 꽃망울이 맺힌 듯하여 흥분을 감출 수 없었다.

하피첩

정약용의 부인 홍 씨는 마재 고갯마루까지 올라갔다. 약 처방에 조예가 깊은 장남 학연이 알려 준 대로 찔레나무 뿌리를 캐기 위해서였다. 허리와 무릎이 아플 때마다 찔레나무 뿌리에다 감초를 넣고 삶은 물을 한두 달 장복하면 통증이 씻은 듯이 가셨다. 허리와 무릎에 병이 온 까닭은 엎드리거나 쭈그리고 앉아서 하는 밭일을 너무 오랫동안 해왔기 때문이었다. 다행히 찔레나무는 마재 산자락에 산지사방으로 흔했으므로 한나절만 괭이질을 해도 약으로 쓸 만한 뿌리를 한 아름이나 캘 수 있었다.

홍씨 부인은 찔레나무 질긴 뿌리를 잡아당기다가 한 손으로 허리를 잡고 일어났다. 누군가가 소내나루 쪽에서 고갯마루로 달려오고 있었다. 헐떡거리는 숨소리가 났다. 종 석이였다. 소리치며 달려오는 것을 보니 급한 일인 모양이었다.

"마님!"

홍씨 부인은 무슨 일인가 싶어 귀를 기울였다.

"마님! 학포 도련님 오셨습니다요!"

"학포가 왔다고?"

홍씨 부인은 귀가 의심스러운 듯 되물었다. 학포(學圃)는 둘째 아들 학유의 아명이었다. 강진초당으로 공부하러 내려간 학유가 갑자기 올라왔다는 말이 믿어지지 않았다. 강진으로 봇짐을 싸들고 집을 나설 때는 사오 년 각오하고 떠났는데, 이 년 만에 돌아온 것을 보니 필시 무슨 곡절이 있는 것 같았다.

"방금 집에 도착했습니다요. 학가(學稼: 학연의 아명) 도련님이 마님을 찾아 뫼시고 오라 해서 달려왔습니다요."

"알았다."

홍씨 부인은 찔레나무 뿌리를 캐 담은 바구니를 석이에게 주고는 절룩거리며 걸었다. 걷다가 허리에 통증이 심해지면 멈추곤 했다. 강진초당에 있는 정약용에게 무슨 큰일이 생겼는가 싶어 가슴이 쿵쿵 뛰고 눈앞이 어질어질하기도 했다. 아버지 밑에서 사오 년은 공부하겠다고 이를 악물고 떠난 학유가 이 년 만에 돌아온 것은 정약용 신변에 좋지 않은 일이 생겼음이 분명했다. 홍씨 부인은 불길한 생각이 들어 자신도 모르게 무릎이 쑤시는 통증을 잊고 잰걸음으로 마을로 내려갔다.

'무슨 변고란 말인가!'

집 밖으로 나와 기다리고 있던 학유가 달려왔다. 홍씨 부인은 학유의 얼굴부터 눈치로 살폈다. 입을 꾹 다문 학유의 얼굴은 어두웠다. 홍씨 부인이 묻는 말에만 짧게 대답했다.

"학포야, 올라오는 데 고생은 안 했느냐?"

"네."

홍씨 부인은 방으로 들어가 학유에게 큰절을 받고 나서야 남편 정약용의 안부를 물었다.

"아버님은 잘 지내고 계시느냐?"

"그래서 올라왔습니다."

"무슨 변고가 있느냐?"

"갑자기 오른쪽 팔다리가 마비돼 거동이 불편하십니다."

정약용이 보낸 편지를 미리 받은 학연이 눈물을 흘리며 말했다.

"아버님께서 보낸 편집니다."

홍씨 부인은 편지를 읽어 내려가더니 '만약 내가 이곳에서 목숨을 마친다면 마땅히 이곳에다 매장해야 한다. 나라에서 내 죄명을 씻어주기를 기다렸다가 그때 반장(返葬)하면 된다.'라는 구절에서 눈을 감았다. 학유도 고개를 돌린 채 소리 내어 흐느꼈다. 그러나 홍씨 부인은 학연에게 편지를 돌려주며 담담하게 말했다.

"아버지가 돌아가신 것도 아닌데 다 큰 자식들이 왜들 못난이같이 구느냐. 아버지는 나라에서 죄명을 씻어줄 때까지는 억울한 까닭에 절대로 돌아가시지 않을 것이다."

"어머님, 올해는 강진에서 귀양살이하는 아버님을 풀어달라는 상소를 반드시 올리겠습니다."

"김 대감은 만나보았느냐?"

"김 대감의 병을 물어 약초를 구해서 주고 왔습니다. 대감의 병이 나으면 아버님께도 좋은 소식이 생길 것입니다."

"아버님 건강도 살피어 보거라."

"그렇지 않아도 때를 보아 강진에 한번 다녀오려고 합니다."

학연이 말하는 김 대감이란 강릉 출신인 형조판서 김계락(金啓洛)이었다. 시문에 능하고 성품이 온후한 김계락은 정약용이 생원일 때 증광문과에 급제하여 순탄하게 벼슬을 한 문인이었다. 김계락은 정약용의 재주를 아끼고 늘 호감을 가지고 있던 터였으므로 학연이 찾아갈 때마다 따뜻하게 맞아주곤 했다. 학연은 김계락이 언질을 주면 상소를 올리고자 준비하고 있었다.

그뿐만 아니라 학연은 아버지 정약용의 해배를 위해서 약초 봉지를 들고 안동 김씨 세도가들을 찾아가 식객처럼 행랑채 사랑방에 묵고 오기도 했다. 그런 학연의 모습을 보고 신현(申絢) 같은 벼슬아치들은 자기 집으로 데리고 가 종에게 술과 고기를 내어 오도록 하여 후하게 대접하면서 효성이 지극하다고 칭찬했다.

한참 만에 학유가 홍씨 부인의 건강을 물었다.

"어머님, 편찮으신 데는 없으십니까?"

"나는 네 형이 돌봐주어 허리와 무릎에 난 병을 잊고 산다. 올라오느라 고생했다. 어서 가 몸을 씻고 쉬거라."

그날 저녁 홍씨 부인은 초당의 정약용이 걱정되어 다시 학유를 불렀다. 학유는 큰집 정약현 집에 인사차 들렀다가 저녁을 먹고 돌아왔다. 정약현이 학유의 인사를 받더니 이런저런 얘기를 묻느라고 놓아주지 않았던 것이다.

홍씨 부인은 초당을 한 번도 가보지 못하고 늘 얘기를 전해들은 탓에 그곳이 궁금하기만 했다.

"학포야, 뭐니뭐니해도 남향받이 집이 최곤데 초당은 어디를 보고 있더냐?"

"구강포 바다가 보이는 남향입니다."

"볕이 잘 들겠구나. 네 아버지가 주무시는 방에 군불은 잘 들더냐?"

"협곡에 지은 초당이라 겨울에는 윗바람이 센 방입니다."

"풍증이 있는 사람한테는 윗바람이 상극이라는데 그게 화근이었구나."

"한겨울에는 방 안의 자리끼가 얼 정도였습니다."

"끼니마다 따뜻한 국물은 늘 자시는 형편이더냐?"

"작년부터 백련사 공양주 보살이 와서 끼니를 잘 챙기고 있습니다."

홍씨 부인이 다시 물었다.

"공양주 보살이라고 했느냐?"

"남당네라고 부릅니다. 백련사 주지스님이 아버님 건강을 위해 보낸 과수댁입니다."

"남의 손이 오죽하겠느냐. 내 손으로 네 아버지 밥상을 해 올렸던 한양 창동(倉洞)에서 살았던 때가 그립구나."

남대문 안에 큰 창고가 있는 남산 산자락의 마을을 창동이라고 불렀다. 그때 스물한 살의 정약용은 과거 준비에 몰두해 있었고, 홍씨 부인은 전해에 첫딸을 나은 지 닷새 만에 잃은 슬픔도 컸지만 처음으로 집을 마련하여 반닫이와 찬장 등 가재도구도 사들이고 누에를 칠 요량으로 밭뙈기에 뽕나무를 심는 등 신혼 때처럼 달콤한 시간을 보냈던 것이다.

"남당네 음식 솜씨는 괜찮더냐?"

"아버님도 만족하시고 초당제자들도 모두 좋아합니다."

"다행이구나."

홍씨 부인의 목소리가 힘없이 작아졌다. 등골이 찌릿찌릿하다면서 두 손으로 허리를 잡았다. 통증이 하체로 내려가면 두 다리까지 결린다고 했다. 잠시 후 홍씨 부인은 속에서 쓴물이 넘어오는지 마른침을 삼키기도 했고 목덜미가 굳어지는 것 같다며 도리질을 했다.

"어머님, 피곤하시면 쉬십시오. 내일 다시 오겠습니다."

"너도 쉬거라."

홍씨 부인은 학유가 나간 뒤 부엌으로 나가 찬물을 들이켰다. 그러자 속에서 넘어 오르던 쓴물이 잠시 가라앉았다. 그러나 방으로 들어온 홍씨 부인은 다시 답답해했다. 탁한 기운이 기도를 막는 것도 같았다. 급체한 것처럼 이마에서는 진땀이 나고 현기증이 났다. 홍씨 부인은 머리에 수건을 질끈 동여매고는 숨을 크게 들이쉬면서 자리에 누웠다.

'영감은 영감 자신만 사랑할 줄 알지 나는 생각하지 않는구려.'

그날 밤 홍씨 부인은 창동 시절에 사들였던 반닫이를 열고 옷을 꺼냈다. 시집올 때 입었던 연두색 저고리와 붉은 치마였다. 다섯 폭으로 지은 붉은 치마는 색이 바래 노을빛으로 변해 있었다. 홍씨 부인은 치마만 따로 보자기에 싸서 다시 반닫이에 넣었다.

'다섯 폭 치마를 늘 저인 듯 안쓰럽게 보시고 한시라도 딴생각 품지 말고 사시구려.'

홍씨 부인은 치마를 강진으로 보내야겠다는 생각이 미치자 그제야 숨 쉬기가 편안해졌다. 현기증도 멈추고 눈앞의 것들이 또렷하게 보였다. 머릿속을 들쑤셨던 열도 차츰 내렸다. 그래도 새벽의 꿈자리는 여전히 불편했다. 젊은 여인이 정약용 앞에서 춤을 추다가 사라지기도 하고, 또 정약용이 젊은 여인에게 술을 따라주며 웃고 있기도 했다. 그런가 하면 정약용이 홍씨 부인이 보낸 다섯 폭 치마를 펴놓고 아무런 말도 없이 가위로 싹둑싹둑 잘라 마재로 돌려보냈다.

그런데 홍씨 부인의 꿈이 아주 틀린 것은 아니었다. 실제로 정약용은 홍씨 부인이 치마를 보냈을 때 야속하게 가위로 잘라 두 개의 서첩을 만든 다음 학연과 학유에게 경계하는 글을 지어 보냈는데 그 시작은 다음과 같았다.

‘내 너희들에게 물려줄 논뙈기 밭뙈기 하나 없지만 이보다 더 나은 오직 두 글자를 물려줄 것이니라. 이를 정신의 부적으로 마음에 지니어 가난에서 벗어나 잘살 수 있도록 하여라. 한 글자는 근면할 근(勤)이요, 또 한 글자는 검박할 검(儉)이니 이는 좋은 밭이나 기름진 땅보다도 나은 것이다. 아무리 써도 줄어들지 않으니 일생 동안 다 쓰지 못할 것이다. 또한 사물을 대하고 말함에 있어서 그 결과를 깊이 살피도록 하여라.’

그리고 정약용은 『하피첩(霞帔帖)』이라는 시를 지어 남겼다. 하피란 원래 궁중에서 비빈(妃嬪)이 입는 붉은 치마를 뜻했다.

병든 아내가 낡은 치마 보내며
천 리 먼 길 마음 담아 보냈네
오랜 세월에 붉은빛 다 바랬으니
나이 듦의 슬픈 마음 달랠 길 없네
정성껏 펴고 잘라 서첩 만들어
자식들이 지켜야 할 글 적으니
부디 부모 마음 잘 헤아려
목숨 다하도록 가슴에 새기려무나.

病妻寄敝裙 千里托心素
歲久紅已褪 悵然念衰暮
裁成小書帖 聊寫戒子句
庶幾念二親 終身鐫肺腑

정약용이 병든 홍씨 부인의 치마를 바르게 펴고 잘라서 서책을 만들었다는 것과, 서책에 자식들을 일깨우는 글을 지어 밝혔으니 부모 은혜를 잊지 말라는 내용의 시였다. 그러나 정약용의 시는 자기를 잊지 말라는 홍씨 부인의 마음과 겉돌았다. 정약용은 병들고 나이 드는 것이 슬프다고 하지만 홍씨 부인은 정약용의 사랑을 받지 못한 자신이 서글플 뿐이었다. 정약용은 자식들이 서첩의 글을 읽게 된다면 부모에 대한 은혜가 저절로 우러날 것이라고 흐뭇해하지만 치마를 보낸 홍씨 부인의 마음은 그게 아니었다.

끝내 정약용은 홍씨 부인이 치마를 보낸 이유를 알지 못했다. 조금도 눈치채지 못하고 임신한 홍임 모의 볼록한 배를 보면서 서첩을 만들고 남은 붉은 치마 조각은 쳐다보지도 않았다. 자기 대신 가끔 치마를 보면서 늘 자기를 생각해 달라는, 창동에 살던 때처럼 신혼 같은 마음으로 지금의 어려운 세월을 보내자는 홍씨 부인의 마음을 정약용은 끝내 살피지 못했다.

노을빛 치마를 보고 홍씨 부인의 마음을 헤아린 사람은 홍임 모뿐이었다. 홍임 모는 치마를 잘라 서첩 만드는 것을 보는 순간 홍씨 부인의 외로운 마음이 잘리는 것 같은 아픔을 본능적으로 느꼈다. 그것은 신분과 상관없는 일이었다. 여자가 아니라면 이해할 수 없는 일이었다. 홍씨 부인도 여자였고 홍임 모도 여자였다.

믿음과 배교 사이

검푸른 구강포 하늘에 초승달이 떴다. 초승달은 금가락지처럼 선명했다. 동암 마루에 나와 솔바람을 쐬던 정약용이 홍임 모를 불렀다. 홍임 모는 동암 방 안에서 풀 먹인 정약용의 바지저고리들을 개고 있었다. 햇볕에 바싹 마른 정약용의 빳빳한 옷들은 반듯하게 개어질 때마다 구강포 갈대처럼 서걱댔다. 초승달이 뜰 무렵부터 굴뚝 쪽에서는 귀뚜라미 소리가 흐느끼듯 귀뚤귀뚤 들려왔다.

"영감마님, 무신 일로 부르셨는게라우?"

"꼭 일이 있어 부르겠는가. 저기 초승달이 남당네 눈썹 같아서 불렀네."

"일허다 나왔그만이라우."

홍임 모가 방 안으로 다시 들어가려 하자 정약용이 홍임 모의 손을 잡아당겼다. 홍임 모가 못이기는 척하고 앉았다. 그때 귀뚜라미가 마루까지 슬금슬금 기어와 울었다.

"귀똘에 귀또리가 무자게 살어라우."

홍임 모는 굴뚝을 귀똘이라고 했다. 강진 말이었다.

"귀또리는 뭔가?"

"광양 사람덜은 귀뚜라미를 귀또리라고 해라우."

사실이었다. 남당포 술청을 들르는 광양 뱃사람들은 귀뚜라미를 귀또리라고 불렀다. 정약용은 홍임 모가 사용하는 강진 말을 그냥 넘기는 법이 없었다. 흥미로운지 꼭 짚고 넘어갔다. 실제로 정약용은 강진 말이 한양 말보다 정겨운 사람 향기가 은근하게 배어 있다고 생각했다.

초승달이 어두운 밤하늘 저편으로 슬그머니 지자, 귀뚜라미들이 더 자지러지게 귀뚤귀뚤 울었다. 정약용이 혼잣말을 하듯 중얼거렸다.

"추자도 아기는 잘 있는지 몰라. 택규는 다 컸고 내 옆에 있으니 걱정이 덜 되네만."

추자도 아기란 조카사위인 황사영의 아들 황경한이었다. 이승훈의 장남 이택규는 초당에서 가까운 고사굴에 살고 있으므로 그래도 마음이 놓인다는 정약용의 말이었다.

"두 사람을 챙기시는 영감마님 맘은 참말로 따땃해라우."

"그런가?"

정약용은 홍임 모의 말에 도리질을 했다.

"아니시란 말씸인게라우?"

"맘이 따뜻한 것이 아니라 나는 후회가 많은 사람이네. 생각이 많고 마음이 여리어서 늘 후회할 일을 만들고 사는 사람이네."

홍임 모가 정약용의 고백에 깜짝 놀랐다. 정약용이 컴컴한 구강포를 내려다보면서 후회란 말을 두 번이나 하고 있기 때문이었다. 홍임 모는 정약용의 그런 고백을 처음으로 들었던 것이다.

"오메!"

"뭘 놀라는가. 제자들을 가르칠 때는 엄하고 강할지 모르나 실제로 나는 눈물이 많은 사람이네."

"추자도 애기헌테 누비옷을 보내고 고사굴 아제를 제자로 맞아들인 것도 후회헐 일인게라우?"

"속죄하는 것이네. 그렇게라도 해야 마음이 편해지거든. 허나 아무리 그러한들 딴 세상으로 가버린 사람들이 다시 돌아오겠는가."

홍임 모는 정약용의 말을 이해하지 못한 채 멀뚱멀뚱 정약용의 입만 바라보았다. 귀뚜라미 두 마리가 정약용의 무릎까지 올라와 울었다. 정약용은 귀뚜라미가 자신의 무릎에 올라온 줄 알면서도 내버려두었다. 홍임 모가 귀뚜라미를 쫓으려고 다가오자 오히려 만류했다.

"내버려두게. 이놈들의 삶이라고 해봐야 고작 한철이네."

귀뚜라미들은 정약용의 마음을 아는지 도망가지 않고 마룻바닥과 그의 무릎을 오르락내리락했다. 홍임 모가 "버르장머리읎는 귀또리덜!" 하고 한마디 했지만 정약용은 못 들은 채 귓등으로 흘리며 검푸른 빛깔로 일색이 돼버린 구강포 바다와 하늘만 바라볼 뿐이었다.

순조 1년(1801) 2월 9일.

어제 의금부로 끌려온 정약용은 첫 심문을 받았다. 국청의 위관들은 영의정 심환지와 좌의정 이시수, 우의정 서용보, 영중추부사 이병모 등이었다. 특히 서용보는 정약용에게 원한을 품고 있던 인물이었다. 정약용이 암행어사 시절 그의 비위를 적발한 뒤 정조에게 보고하여 곤욕을 치렀던 것이다.

정약용은 서용보의 눈빛에서 살기를 느꼈다. 서용보는 희미하게 미소를 지으며 정약용을 노려보고 있었다. 정약용은 국청에서 살아나가지 못할 것 같은 예감이 들었다. 몇 달 전에 죽은 정조를 또 다른 세상에서 만난다고 생각하니 마음 한 구석에서는 들끓었던 불안감이 순간 사라지기도 했다. 정약용은 재판장인 영의정 심환지를 한 번 쳐다보고 난 뒤 자분자분 진술했다.

"저도 백성입니다. 어느 누가 임금님의 은혜를 입지 않았겠습니까만 저는 생사(生死)와 골육(骨肉)의 은혜를 입었다고 할 수 있습니다. 저의 이목구비가 다른 사람과 같을진대 어찌 제가 사람이라면 해서는 안 될 일을 하겠습니까? 제가 선조(先朝 : 정조)께 올린 상소는 꾸며낸 거짓이 아니라 절절한 간절함이었습니다. 선왕께서는 '착한 마음의 싹이 봄에 솟아나는 새싹처럼 무궁하다'고 격려하셨습니다.

이와 같은 임금님의 은혜가 깃든 대답을 받은 후에도 한 점의 사묵(邪墨 : 천주교 문서)이라도 창자 속에 남겨두었다면 저의 죄는 천 번이나 제 살을 발라내고, 만 번이나 쪼갠다 해도 아까울 것이 없습니다."

그러나 위관들은 정약용을 의심했다. 비록 정약용이 정조에게 올린 상소에서 천주교도를 비난했을망정 마음으로는 여전히 천주학을 신봉할 것이라고 단정했다. 그의 친척과 지인들이 대부분 천주교도라는 사실이 밝혀지고 있기 때문이었다.

"이제 참과 거짓이 다 드러났다. 허다한 문서가 네 집에서 나와 엄중히 추문하고 있는데 '나도 다른 사람과 같이 마음을 가지고 있다'는 따위로 핑계를 대는가? 지금 감추어 봤자 아무런 소용이 없으니 사실대로 고하라."

위관은 정약종과 엮으려고 엄히 추궁했다. 그래도 정약용은 인륜을 들이대며 항변했다.

"어찌 감히 위로 임금을 속일 수 있으며, 아래로 형을 증거 삼아 말할 수 있겠습니까?"

정약용은 자신만 살고자 형의 믿음을 사실대로 진술할 수는 없었다. 그럴 바에야 차라리 함께 죽기를 원했다.

"형제 사이는 천륜이거늘 어찌 감히 혼자만 진실한 척하겠습니까? 오직 같이 죽기만을 원합니다."

"남들은 너의 부형을 사학(邪學)의 소굴이라고 말하는데도 너는 처음부터 끝까지 형제를 비호하며 말하지 않는구나."

"국청은 죽음의 땅입니다. 어찌 눈으로 보지 않은 것을 꾸며서 말하겠습니까?"

"이 글은 누가 쓴 것인가?"

"황사영이 쓴 것입니다. 정사년 11월은 제가 곡산부사로 있을 때이니 제가 쓴 것이 아닙니다."

형인 정약종과 달리 황사영의 글을 들이대며 추문할 때는 선선히 진술했다. 천주학을 위해 벼슬을 단념한 황사영은 제사를 폐하고 산다는 소문이 이미 관원들 사이에 자자했다.

이틀 후에도 정약용은 위관의 추궁에 황사영을 비난했다. 황사영에게 원한이 있어서가 아니라 그가 끝내 순교할 것이라는 판단이 들어서였다. 자신이 황사영을 비호한다고 해서 그의 믿음을 속일 사람이 아니었던 것이다. 정약종을 통해서 천주학에 입문했지만 그의 믿음은 배교자들과 달리 조금도 흔들리지 않았다.

"다른 사람은 몰라도 황사영은 사학(邪學 : 천주학)밖에 모릅니다. 그가 저의 조카사위이기 때문에 차마 바로 고하지 못했습니다. 그는 죽어도 변하지 않을 것이니 조카사위라고 하더라도 저의 원수입니다."

정약용은 국청에 끌려나올 때마다 인정사정없이 곤장을 맞았다. 엉덩이가 찢어지고 피가 흘러 바지가 붉게 변했다. 그래도 2차 추국에서는

1차 추국 때 황사영을 비난했던 이유에선지 곤장을 30대만 맞았다. 이에 정약용은 3차 추국 때는 황사영을 또 들먹이며 사학의 소굴까지 찾는 방법을 위관에게 말했다.

"예배장소를 알아내는 방법이 있습니다. 최창현이나 황사영 같은 무리는 계속해서 형벌을 가해도 실토하지 않을 것입니다. 그러니 그 노비나 어린아이 가운데서 사학에 그리 심하게 물들지 않은 자를 잡아서 물으면 그 단서를 찾아낼지도 모르겠습니다."

이후 정약용은 매형 이승훈도 황사영처럼 버려야 할 사람으로 판단했다. 그래서 이승훈을 두고 다음과 같이 진술했다.

"이 백다록(李 伯多祿 : 베드로)은 이승훈입니다. 그는 베드로라는 이름으로 불리는 것을 즐거워했습니다. 저의 원수입니다."

그뿐만 아니라 정약용은 정약종이 체포되어 울면서 실토했다는 말을 전해 듣고는 형마저 비난했다. 이제는 형 정약종도 돌아올 수 없는 다리를 건넜다고 생각했던 것이다. 속마음과 달리 후회할 일을 하나 더 추가했지만 엉덩이가 으스러지는 고문 앞에서 별 도리가 없었다. 인륜이나 도리보다는 본능적으로 자신의 생존이 더 급했다. 그제야 위관들이 정약용까지 천주학의 무리에 엮는 것은 무리라고 정리했다. 위관들이 다음과 같은 결론을 내렸다.

"약용도 처음에는 사학(邪學)에 감염되었고, 약종이 그의 형이니 죽여도 아까울 것이 없소. 그러나 지금 다시 추고할 때 그가 가문이 장차 망하려는 것을 아프게 여기고 있고, 약종까지 원수처럼 생각하며 그 이름을 지명해 고하니 더 얻어낼 정황은 없어진 것 같소. 게다가 약용의 말은 진정에서 우러나온 듯하오."

그러나 무혐의 쪽으로 기운 위관 이병모와 달리 서용보는 무죄석방을 적극 반대했다. 극형이 아니라면 유배형이라도 내려야 한다고 주장했다. 일찍이 암행어사 정약용에게 당했던 원한을 깊이 품고 있었던 것이다.

초승달이 진 뒤의 하늘은 더욱 캄캄해졌다. 비구름까지 몰려오고 있었다. 밤하늘은 숫제 먹물을 뿌려놓은 듯했다. 축축한 바닷바람이 동암 마루 깊숙이 불어왔다. 귀뚜라미는 여전히 정약용의 무릎 위를 오르내리며 울었다. 귀뚜라미 두세 마리가 마치 장님이 지팡이를 짚고 가듯 길고 가느다란 더듬이를 앞세우고 기웃기웃 움직였다. 홍임 모는 중풍이 와서 반신마비로 고생했던 정약용을 떠올리며 말했다.

"영감마님, 갯바람이 축축허그만요. 몸에 안 좋은께 방으로 얼릉 들어가시지라우."

"내 삶은 온통 후회투성이네. 그중에서도 단 두 가지만은 꼭 지우고 싶어. 용서를 구하고 싶다는 말이네."

"고것이 먼디라우?"

"위관들 앞에서 매형과 조카사위를 원수라고 부른 일이네."

매형은 이승훈이었고 조카사위는 황사영이었다.

"맘에도 읎는 말씸을 허셨겄지라우."

"차라리 그때 곤장을 맞고 죽어버렸으면 그런 말을 안 했을지도 모르지."

정약용이 쓸쓸하게 말했다. 그의 눈가에 물기 같은 것이 흘렀다. 방안에서 흘러나온 호롱불 빛에 반사되어 번득였다. 그런데 잠시 후 정약용이 갑자기 크게 웃으며 말했다.

"허허허. 그래도 내가 중국에서 온 한 신부를 살렸지. 조선의 천주학을 살린 셈이었지."

"영감마님, 천주학이란 말씸 함부로 허지 마시랑께요. 누가 들으면 쥐도 새도 모르게 잡아간당께요."

"남당네가 날 고발하겠나. 내 얘기를 들어보게."

정약용은 황사영과 이승훈을 얘기할 때와는 다르게 가끔씩 마루를 손가락으로 탁탁 튕기면서 말했다. 손가락으로 마루를 두드리는 이유는 당시의 긴박한 감정을 누그러뜨리기 위한 것 같기도 했다.

"영감마님, 차를 내올까요?"

"그래그래, 차를 마시면 상기된 기운이 아랫배 쪽으로 내려가지. 차향은 마음을 편안하게 해주고."

홍임 모는 부엌으로 갔다. 부엌 아궁이 속의 숯불에는 늘 찻주전자가 놓여 있었다. 정약용이 수시로 차를 찾기 때문이었다. 정약용은 조석으로는 햇볕에 발효시킨 누런 차를, 한낮에는 솥에서 여러 번 덖어낸 솔잎 빛깔 작설차를 마셨다.

정조 19년(1795) 7월 초.

한영익은 진사시에 급제한 진사로서 천주학 신앙을 받아들였다가 배교한 인물이었다. 어느 날 그는 천주교도인 그의 누이동생으로부터 밀입국한 중국신부 주문모가 북촌 계산동 최인길의 집 으슥한 곳에 천주당을 마련해 예배보고 있다는 이야기를 전해 들었다. 그는 바로 최인길 집으로 달려가 그에게 지난 잘못을 회개하는 척하면서 주문모 신부를 만난 뒤 대궐로 들어가서 이석과 정약용에게 고발했다. 중국 북경성당 구베아 주교의 명을 받은 중국인 주문모 신부는 1794년 11월에 의주에서 조선옷으로 갈아입고 천주교도 윤유일과 지황, 최인길을 길잡이 삼아 꼬박 12일을 걸어 한양으로 몰래 잠입했던 것이다.

이벽의 동생으로 천주학을 혐오하던 이석은 임금의 친위조직인 별군직(別軍職) 무관이었고, 정약용은 우부승지로 있다가 체직되어 오위(五衛)의 무관인 부사직(副司直)의 신분이었다. 이석은 지체하지 않고 영의정 채제공에게 보고했고, 채제공은 정조에게 알렸다. 그때 무관복장을 한 정약용은 역관 최인길 집으로 달려가 급박한 사정을 이야기하고는 주문모 신부를 남대문 안쪽 강완숙 집에 피신시켰다. 주문모 신부는 정약용의 믿음을 조금도 의심하지 않았으므로 선선히 응했던 것이다. 다행히 정약용을 본 사람은 최인길 외에 아무도 없었다. 따라서 주문모 신부의 행선지를 아는 사람은 정약용, 강완숙과 그녀의 여종뿐이었다.

강완숙은 독실한 천주교도였다. 충청도 덕산에 살았던 그녀는 예산의 공(孔)씨 노파에게서 처음 천주학을 받아들였고, 1791년 진산사건 때 관아에 붙잡혀 갔다가 풀려났지만 집안에서 쫓겨났다. 그녀는 시어머니와 전처 소생의 아들과 노비를 데리고 한양으로 올라와 몰래 천주학을 섬기던 여장부였다. 이른바 진산사건이란 북교성당 구베아 주교의 요구에 따라 진산의 선비 권상윤이 아버지와 할아버지의 신주를 불태우고 같은 마을에 사는, 정약용의 외사촌 윤지충도 신주는 태우지 못했지만 제사를 폐하여 숭유(崇儒)의 조정에 큰 충격을 주었던 초유의 불상사였다.

채제공의 지시를 받은 포도대장 조규진이 체포조를 보냈을 때 주문모 신부는 간발의 차이로 감쪽같이 사라지고 없었다. 집주인 최인길이 중국말로 주문모 신부 행세를 하면서 시간을 끌고 있을 뿐이었다. 그러나 최인길의 주문모 신부 행세는 곧 들통나고 말았다. 한영익이 밀고할 때 주문모 신부의 인상착의를 말했던바, 수염을 기른 주문모 신부와 그렇지 않은 최인길의 모습이 달랐던 것이다.

아무튼 정약용의 도움으로 주문모 신부는 6년 동안 천주교도 강완숙 집 사랑채 다락방에서 숨어 지낼 수 있었다. 이후 주문모 신부는 강완숙 집을 나와 전주까지 내려가 전교 활동을 하다가 천주교도들에 대한 박해가 심해지자 중국으로 돌아가려다가 여의치 않았으므로 순조 1년 3월에 자수했지만 나라에서는 4월에 새남터에서 주문모 신부를 참수형으로 다스렸다.

"그때 신부님이 잡혀갔다면 조선 천주학의 운명이 어찌됐겠나. 피바람이 또 불었겠지. 상감마마와 채제공 어른은 아마도 내가 신부님을 피신시킨 줄 아셨을 거네, 한영익의 밀고를 받은 사람이 이 진사와 나뿐이었으니까."

"그란디도 신부님을 구해주셨그만요."

"사람들은 나를 배교자라고 불렀지. 허나 내가 신부님을 피신시켰다는 것을 알게 된다면 나를 그렇게만 부를 수는 없을 거네."

"지가 볼 때는 영감마님의 맘속에는 천주님이 겨신 것 같그만요. 그란께 천주학쟁이지라우."

"외배내신(外背內信)이란 말도 있네. 겉으로는 배교했지만 속으로는 믿고 있다는 말이네. 어쨌든 참 얄궂은 운명이지 뭔가. 한영익 진사가 나와 사돈이 될 줄 누가 알았겠는가. 서제(庶弟) 약횡이 한 진사 누이동생하고 혼인을 했으니 말이네."

한영익이 주문모 신부를 밀고한 지 몇 년이 지나서 정약용의 이복동생 정약횡은 천주교도인 그의 누이동생과 혼인을 하였던 것이다. 이 또한 복잡하게 얽힌 운명이라고 여길 수밖에 없는 일이었다.

정약용은 찻주전자의 미지근한 차를 다 마시고 나서야 동암 방으로 들었다. 이윽고 소나기가 우박처럼 쏟아졌다. 동암 앞 소나무를 때리는 굵은 빗방울 소리가 후드득 후드득 들려왔다. 정약용은 호롱불을 입바람으로 훅 껐다. 그런 뒤 홍임 모를 품 안으로 끌어들였다. 정약용의 몸은 해묵은 매화 등걸처럼 까끌하고 차가웠지만 홍임 모의 작고 매끈한 몸은 금세 뜨거워졌다.

무담씨

대둔사 북암에 혜장의 제자들이 하나둘 모여들었다. 수룡 색성, 기어 자굉, 철경 응언, 침교 법훈, 일교 요운 등이었다. 하늘은 잿빛이었다. 한낮인데도 북암 방은 어두침침했다. 비구름이 두륜산 산자락을 덮고 있었다. 바람이 불 때마다 낙엽이 북암 마당으로 떨어져 뒹굴었다. 이따금 차가운 빗방울이 낙엽을 적시기도 했다.

혜장은 초가을에 백련사에서 대둔사 북암으로 옮겨 왔는데 술병이 더욱 심해져 혼자서는 일어서지도 못했다. 엉덩한 사미승이 부축해야만 앉을 수 있었다. 배는 만삭한 여인처럼 불렀고 야윈 다리는 몸을 지탱하지 못했다. 그런데도 혜장은 생사를 초월한 사람처럼 제자들이 찾아오면 너털웃음을 웃곤 했다. 입안에 침이 마를 때까지 얘기를 했다. 식욕도 어느 정도 남아 있어 스스로 미음 정도는 목구멍으로 맛있게 넘겼다. 어떤 날은 사미승에게 팥죽을 쒀서 가져오게 했다.

혜장은 몸이 망가진 상태에서도 제자들을 경책했다. 또한 예전에 보았던 책들의 내용도 또렷하게 기억했다. 애제자인 자굉이 방에 들자 한나절 동안이나 그를 붙들고 도담(道談)을 나누었다. 자굉은 도반들이 자홍이라고도 불렀다.

“날이 멩고롬허구나. 니도 들어봤는지 모르겄다만 소요부(邵堯夫)의 시에 요런 구절이 있어야.

사는 동안 바람과 파도를 없애면
저절로 마음의 위험도 없으리.
莫作風波於世上
自無氷炭到胸中

자굉아, 니는 요 대목을 어치케 생각허냐? 한번 말해뿌러라.”

자굉이 대답하지 않고 자신의 코를 가만히 잡고만 있자 혜장이 크게 만족한 표정을 지었다. 혜장은 부처가 연꽃을 들었을 때 가섭이 미소를 지었던 정경을 떠올렸다. 마음을 말로 표현한다는 것은 불가능한 일이었다. 그런데 자굉이 자신의 코를 잡은 까닭은 혜장이 짐작하는 것과 달랐다. 혜장의 입에서 나는 구린내와 술 냄새 때문이었다. 혜장은 그런 줄도 모르고 말라가는 입술에 젖은 수건을 꾹꾹 눌러가며 말했다.

“통쇠 같은 니는 내 말이 떨어진 자리를 보고 있다잉. 그라제. 니가 답을 해불문 거울에다가 티끄락을 한 개 보태부리는 것이제. 시상은 본래부텀 바람과 파도가 읎었는디 하물며 수행헌다는 니가 일으켜서야 쓰겄냐?"

이는 혜장이 자굉을 경책하는 말이기도 했지만 자신의 삶에 대한 참회이기도 했다. 지나간 자신의 언행이 맑은 거울에 티끌을 얹은 것과 다름없다는 자책이었다. 혜장은 사미승에게 술을 가져오게 하여 한 잔을 또 마시더니 마저 얘기를 계속했다.

"우리가 시상을 살아갈 쩍에 한 발짝 놈에게 양보허면, 자신이 높아져불고 한 발짝 물러설 줄 알문 고것이 앞으로 나아가는 시작이 된당께. 놈을 대헐 쩍에 한 푼만 너그럽게 혀도 고것이 복이 되고, 놈을 이롭게 해번지문 실지로는 자신을 이롭게 해주는 바탕이 되는 것이랑께. 알겄지야?"

"인과(因果)를 무섭게 받아들이라는 말씀으로 들어뿔라요."

"그라제. 아그 쩍에 머리 깎고 감잎 물들인 옷 입고 마늘 냄새 괴기 비린내 입에 묻히지 않넌 중이 객쩍은 용기나 혈기로 잘난 체허믄 쓰겄냐? 중은 늘 자기 맴을 상대방 발바닥 밑에 놓고 살어야 허는 것이여."

떡차를 잘 만드는 색성도 앞에 불러놓고 말했다.

"수많은 도치로 나무를 찍어불문 겔국 자빠져불고, 수많은 발짝을 보태게 되문 겔국 한양에 도착해번진다는 말이 있어야. 뭔 말인지 알겄지야?"

"늘 맴에 새겨두고 부처님 가르침에 도달해뿔겄습니다요."

"젊은 의사는 유방을 도려낼라고 달라들지만 나이 든 의사는 도리어 젓이 나오게 헌다는 말의 뜻도 알겠지야?"

"옛 질로 통허는 걸음을 잊어뿔지 않도록 할라요."

"정 대부 선상이 니헌티 준 화두가 멋이라고 했제?"

"선상님께서 봄에 드는 화두, 가실에 드는 화두를 주셨지라우."

"봄에 들 화두는 뭐시라고 혔냐?"

"꽃은 만발해도 봄 절은 고요허고 대는 가늘어도 들 방죽은 그윽허다(花濃春寺靜 竹細野塘幽)였지라우."

"가실에 드는 화두는?"

"가실 물 밑도 끝도 읎이 맑아서 나그네 맴 숙연하게 시쳐주네(秋水淸無底 肅然淨客心)"

"하하하. 바로 답이 나와분께 화두라고 헐 것이 읎구나. 의심을 나도록 허는 것이 화두지 그라지 못한 것은 화두가 아니어야."

이번에는 법훈이 물었다.

"정 대부 선상님을 초당으로 찾어가 만났을 쩍에 스님께서 보내준 시라 허며 보여 줬어라우."

"아따, 주고받은 시가 을메나 많은디 그라시드냐?"

"지가 본 시는 스님의 경지를 오해헐 만한 시였어라우. 고런 생각이 들어분께 반다시 묻고 잪었지라우."

"정 대부 선상이 니헌티 보여 줬다는 시를 한번 읊조려부러라."

"참선 공부로 그 누가 깨달았나
연화세계는 이름만 들었을 뿐이네
미치광이 노래는 수심 중에 튀어나오고
맑은 눈물 으레 취한 뒤에 쏟아지네.
柏樹工夫誰得力 蓮花世界但聞名
狂歌每向愁中發 淸淚多因醉後零"

"웜메, 정 대부 선상에게 보낸 『장춘동잡시(長春洞雜詩)』 스무 편 중에 두 번째 시다잉. 정 대부 선상은 뭐시라고 평하시디야?"

"사람덜이 자신의 허물을 되돌아볼 때는 고만치 죽음이 가까워졌기 때문이라고 했어라우. 그람서 시를 볼 쩍마다 맴이 착잡허다고 했어라우."

"하하하. 니도 시방 고러크롬 생각허는 것이냐?"

"스님이 미친 노래를 부르고 술에 취해 운다께 놀랬지라우."

"미친 노래에서 미칠 광(狂)에는 으뜸이라는 임금 왕(王) 자가 들어 있어야. 수심 중에도 고런 시가 나오고, 또 술이 말간 눈물로 바꾸어지는 것도 법열(法悅)이랑께. 으째서 고러코롬 둔한 것이냐."

"지가 스님의 고런 경지를 어처케 안다요."

"성 대부 선상은 하나만 알고 둘은 알지 못허시는갑다. 요 시는 내 죽음을 예고허는 시가 아니여. 첫째 줄 두째 줄은 선방 안에 갇힌 답답헌 중들을 가리킨 것이고 시째 줄 니째 줄은 선방 밖에서 유유자적허는 나를 노래한 것이란께. 맴이 한가해져부는 유유자적도 견성인 것이여."

"실지로는 스님께서 유유자적허는 경지를 노래허셨다는 말씸이지라우?"

"니가 시방 알아들었으문 됐제 내가 꼭 내 주뎅이로 말해부러야 쓰겄냐?"

"유유자적허는 것도 견성이란 말씸이 가심에 콱 벡혀뿐 거 같으요."

"아따, 부처님께서도 그물에 걸리지 않는 바람처럼 살라고 말씸하셨어야. 고것이 뭔 뜻이냐 허면 내가 말헌 유유자적이여."

법훈은 새삼스럽게 누워 있는 혜장에게 삼배를 올렸다. 그날 혜장은 죽음을 눈앞에 둔 사람답지 않게 유쾌한 시간을 보냈다. 제자들이 모인 이유는 따로 있었지만 정작 혜장은 딴청을 피우듯 도담을 나누었다. 제자들이 모인 것은 두말할 것도 없이 혜장의 입적을 준비하기 위해서였다. 북암의 사미승들이 백련사와 미황사로 달려와 '혜장 큰스님께서 곧 돌아가실 것 같다'라며 울면서 말했던 것이다.

"큰스님께서 참말로 위중허시다는 것이여?"

"죽 공양을 올려도 '무담씨, 무담씨' 허시고 약 공양을 올려도 '무담씨, 무담씨' 허신당께요. 정신이 왔다 갔다 헌께 달려왔지라우."

"니가 뭐를 안다고 시방 무식허게 야그헌다냐. 『금강경』에서 부처님도 말씸허셨어야. 중생이 허는 일이란 꿈과 같고 환상 같고 그림자 같으며 이슬과 같고 또한 번개 같으니 마땅히 이와 같이 보아야 헌다고 말이여. 큰스님의 무담씨는 바로 고것을 말씀허신 것이여. 거기에는 큰스님의 살림살이가 다 들어 있당께."

응언이 백련사로 달려온 사미승에게 지적한 말이었다. 응언이 사미승에게 길게 말한 까닭은 스승의 말씀을 곡해하지 말라는 경고도 담겨 있었다. 무담씨가 세속의 말처럼 '무단히'로 해석되어 중노릇을 후회한다고 오해할 수도 있기 때문이었다.

혜장은 마지막으로 숨을 헐떡거리는 순간에도 무담씨를 중얼거렸다. 색성이 다급하게 나서서 물었을 때도 마찬가지였다.

"스님, 으디로 가실랑게라우?"

"무담씨, 무담씨."

바람이 방문을 흔들었다. 누군가가 문고리를 잡아당기고 있는 듯했다. 자물쇠처럼 입을 꾹 다물고 있던 자굉이 물어도 대답은 같았다.

"스님, 지가 으디로 가문 또 뵐 수 있을께라우?"

"무담씨, 무담씨."

마침내 혜장은 할 말을 다했다는 듯 희미하게 미소를 지었다. 북암 고개를 넘어가는 바람이 끝내 방문을 열었다. 열어젖힌 방문 너머로 두륜산의 단풍이 차갑게 보였다. 허공에는 낙엽이 혜장의 혼백처럼 점점이 날리고 있었나.

'무담씨'가 혜장의 유언인 셈이었다. 그제야 상좌들 모두가 스승의 뜻을 알아듣고 묵묵히 다비를 준비했다. 어린 사미승들은 눈물을 흘리고 다녔다. 장막 안에는 소리 내어 우는 사미승도 있었다. 대둔사 대중들이 북암에서 치는 범종 소리를 듣고 삼삼오오 올라왔다. 1811년 9월 보름의 일이었다.

그런데 다비가 끝나기도 전에 바람이 불고 비가 내렸다. 빗물에 잉걸불이 꺼지고 재가 씻기자 타다 만 유골이 드러났다. 살아생전의 혜장이 그러했듯 유골도 고집스러웠다. 임시로 친 장막이 울부짖듯 펄럭였다. 초당에서 부음을 듣고 온 정약용은 혜장의 유골을 보고 오만한 뼈 같은 느낌이 들어 오골(傲骨)이란 말을 떠올렸다. 불 속에 들어가서도 쉽게 물러서지 않는 혜장의 모습이었다. 정약용은 눈물을 흘리며 곡(哭)을 한 뒤 곧 만시(輓詩)를 지었다.

이름은 중 행동은 선비라 세상이 모두 놀랐거니
슬프다, 화엄의 옛 맹주여
『논어』 책 자주 읽었고
구가의 『주역』 상세히 연구했네
찢긴 가사 청량히 바람에 날리고
남은 재 비에 씻겨 흩어져버리네

장막 아래 몇몇 사미승
선생이라 부르며 통곡하네
푸른 산 붉은 나무 싸늘한 가을
희미한 낙조 곁에 까마귀 몇 마리
가련타 떡갈나무숯 그대를 녹였는데
종이돈 몇 닢으로 저승길 편히 가겠는가
관어각(觀魚閣) 위에 책이 천 권이요
말 기르는 상방(廂房)에는 술이 백 병이네
지기(知己)는 일생에 오직 두 늙은이
다시는 우화도(藕花圖) 그릴 사람 없겠네.

'술이 백 병'이란 구절은 정약용과 혜장, 그리고 해남 화원의 목장 감독관으로 온 이대승(李台升)이 마신 술의 양을 뜻했다. 그들은 술을 마시며 그 양만큼 시를 짓곤 했던 것이다. 그런데 이대승은 한양으로 올라가서 지인들에게 혜장의 시를 소개했고, 그리하여 혜장의 시는 중국 서도의 대가이자 김정희의 스승인 옹방강(翁方綱)에게까지 알려졌다. 옹방강은 아들 옹수곤을 시켜 소동파로부터 전해온 부처님 진신사리와 자신의 문집 『복초제집』 그리고 석판 금강경을 혜장에게 보내게 했다.

그러나 옹방강의 선물이 대둔사에 도착했을 때는 혜장은 이미 이 세상 사람이 아니었다. 아쉽게도 입적하고 난 뒤였다. 할 수 없이 대둔사 주지는 부처님 진신사리와 『복초제집』 그리고 석판 금강경을 혜장이 한때 살았던 대둔사 산내 암자인 상원암에 보관토록 했다.

홍임 모는 정약용이 만류하여 끝내 북암에는 가지 못했다. 대신 백련사 법당으로 가 혜장의 극락왕생을 빌었다. 자신이 만든 떡차를 불단에 올린 뒤 엎드려 절을 했다. 남당포에서 이 집 저 집의 일을 하며 살고 있을 때 백련사 공양주로 살게 해준 고마운 스님이 바로 혜장이었다. 염불은 새 공양주 비구니 스님이 해주었다. 홍임 모와 비구니 스님은 혜장이 생각나 서로 붙들고 울기도 했다. 비구니 스님도 소경의 종에게 붙들려 동헌으로 가고 있을 때 혜장이 나서서 구해 주었던 것이다.

홍임이

사십 세에 요절한 혜장의 죽음은 정약용에게 큰 충격을 주었다. 정약용보다 열 살 어렸지만 그의 얘기를 누구보다 잘 새겨듣고 진솔하게 맞장구쳐 주던 사람이 바로 혜장이었던 것이다. 정약용이 초당으로 옮긴 이유 가운데 하나도 가까운 백련사에 혜장이 머물고 있기 때문이었다. 실제로 정약용은 혜장이 대둔사로 가려고 할 때 안타까운 마음이 들어 간곡하게 만류한 적이 있었다. 그래도 혜장은 승려는 오고 감이 없는 사람이라며 대둔사 암자로 떠나 버렸다.

정약용이 강골이자 반골인 혜장을 아꼈던 까닭은 솔직한 데다 꾸밈새가 없고 남에게 아부하는 태도가 조금도 없어서였다. 제자들이 혜장을 버릇없이 교만하다고 비난할 때도 정약용은 그를 보기 드문 천재라 하며 귀하게 여겼다. 그러한 까닭에 혜장을 잃은 정약용의 상실감은 컸다. 혜장의 사십구재 때 강진 장에서 과일과 술 한 되를 산 뒤에 자굉에게 보내어 혜장의 영전에 자신이 지은 제문을 읽게 하였다.

<조주스님이 남긴 '개에는 불성이 없다'라는 화두를 깨쳤는가? 참으로 다시 태어나 연화세계에 이르러 있는가? 아아! 그대는 이 두 가지를 이루었을 터이니 제물을 차리고 향을 피우며 술을 올리니 부디 받아주시게나.>

정약용은 옆구리가 빈 것 같은 허허로움을 견디지 못했다. 혜장만 생각하면 눈가가 촉촉해졌다. 북을 우렛소리가 나는 것처럼 잘 쳤던 대둔사 만일암의 은봉에게 '연파(煙坡: 혜장)가 세상을 뜬 뒤로는 마음이 늘 서글플 따름이오.'라고 편지를 보낼 정도였다. 혜장의 죽음으로 인한 허전함을 어느 승려도 씻어주지 못했다. 대둔사에서 완호의 제자인 초의나 호의가 오곤 했지만 성품이 고분고분한 그들은 혜장만 한 매력이 없었다. 혜장이 『논어』나 『주역』 등을 탁발 나갔던 장바닥의 장사꾼들을 빗대어 얘기할 때는 번갯불이 번쩍번쩍 튀는 듯했던 것이다. 그럴 때는 정약용도 자극을 받아 자신의 학문이 책상머리를 떠나 민초들의 웃음과 눈물이 밴 현장에 있어야 함이 깨달아졌다. 그러고 보면 정약용과 혜장은 나이와 신분을 뛰어넘어 탁마를 한 셈이었다.

정약용은 아픈 데가 없었지만 식욕을 잃고 무력감에 빠졌다. 이미 계획을 세워둔 『목민심서』의 저술 작업도 시들해졌다. 무한정 뒤로 미뤄졌다. 저술뿐만 아니라 만사가 귀찮고 따분했다. 고사굴에 사는 이승훈의 아들 이택규가 몸살이 나 초당에 오지 않은 날이 한 번 있었는데 정약용은 이유를 묻지도 않고 화풀이하듯 지나치게 화를 내기도 했다.

"이놈아! 네 집안이나 내 집안은 폐족이 아니냐. 폐족이 살아남으려면 공맹(孔孟)의 말씀을 한시라도 잊어서는 안 되는 법이야. 그래서 배우는 사람은 자신의 심신을 더욱 잘 보존해야 하는 거야! 가을이 깊어지면 낟알이 땅에 떨어지고 작은 물방울들이 모이면 개울이 되는 이치를 아직도 모르느냐. 배우는 사람이 무엇을 핑계대기 시작하면 앞으로 가도 시원치 않을 판에 그만큼 뒷걸음치고 마는 거지!"

이청도 정약용의 눈치를 슬슬 보면서 겉돌았다. 홍임 모도 작년처럼 정약용의 마음을 동하게 하지는 못했다. 홍임 모가 추자도로 가 어부 오씨를 통해 황경한에게 누비옷을 전해 주고, 또 임신을 하자 초당에 보름달이 하나 뜬 듯 하루하루가 충만했었지만 홍임 모가 추자도에서 돌아온 지 며칠 만에 혜장이 죽고, 그 충격 탓이었는지 홍임 모가 유산을 해버렸음이었다.

초의와 윤동(尹同)이 정약용의 기분을 전환시켜 주기 위해 월출산이 보이는 백운동으로 길잡이가 되어 나섰지만 예전만 같지 못했다. 시상(詩想)을 떠올리고 술을 마시고 초의와 선문답을 나누었지만 흥이 나지 않았다. 시도 백운동에서 바로 짓지 않고 초당으로 와서야 일기를 쓰듯 지어 남겼다. 백운동의 풍경도 자신이 그리지 않고 초의에게 시켰다.

초당에서 눈여겨봤던 제자 윤창모를 사위로 삼았을 때도 덤덤했다. 총명한 며느리를 얻었다고 며칠 동안 잔치를 벌인 윤서유와 달랐다. 더욱이 강진에서 딸과 함께 사는가 싶어 그나마 위안이 됐는데 윤서유는 가족을 데리고 곧 경기도 귀어촌으로 이사 갈 것이라고 얘기들을 했다.

그래도 정약용에게 살맛을 돋우어 주는 처방은 저술이었다. 상처를 아물게 하고 생살을 돋게 하는 특효약은 책이었다. 한겨울 추위를 견디게 하는 보약은 저술 작업이었다. 책을 완성할 때는 한동안 희열에 젖었다. 자신이 죽지 않고 살아 있음을 실감했다. 한겨울에야 여러 해 동안 자료를 수집해 놓고도 지지부진하던 『논어 고금주(論語 古今註)』 사십 권을 완성하고 나니 한 해 동안 내내 자신을 괴롭히던 무력감이 사라지는 듯했다. 『논어』의 학이편(學而篇)부터 요왈편(堯曰篇)까지의 잘못된 부분들을 바로잡고 빠진 곳과 다른 책들(춘추좌씨전, 곡량전, 공양전)에 실려 있는 내용을 간추려서 엮고 제목을 춘추성언수(春秋聖言蒐)라고 하니 총 175칙, 63장이었다.

정약용은 차츰 예전과 같이 활력을 되찾았다. 홍임 모가 다시 임신을 한 일도 정약용을 더없이 기쁘게 자극했다.

"좋은 소식을 왜 이제야 알려 주는가. 혜장스님이 입적하고 난 뒤 이보다 더 좋은 일이 어디 있는가."

"영감마님께서 겁나게 상심하셔분께 감히 아모 말도 끄내불지 못했그만이라우. 눈치가 보여서라우."

"회임은 언제 했는가?"

정약용이 은근히 물었다.

"니 달 됐어라우."

"그런데도 지금까지 나에게 감쪽같이 숨겨 왔단 말인가."

"또 유산되문 으짜까 허는 걱정도 돼분께 그랬지라우."

홍임 모가 고개를 돌리며 부끄럽게 말했다. 그래도 정약용은 홍임 모의 손을 잡아당기며 칭찬을 했다.

"조심한 것은 잘한 일이네."

홍임 모가 임신한 사실을 안 이후 정약용은 작년에 못 갔던 용혈암도 다시 들르고 농산별장으로 가 하룻밤 묵기도 했다. 그리고 초당에 오지 않는 제자들을 불러 강학을 활발하게 했다. 새로운 제자 이굉부와 이시헌 등도 불렀다.

대둔사 승려들도 다시 초당을 오갔다. 사정이 생기어 초당을 오지 못하는 승려는 편지를 주고받았다. 그런데 여름에는 한밤중까지 책을 보다가 문을 열어놓고 잔 탓에 몸을 상하기도 했다. 그런 불상사가 있었으므로 색성 편에 호의 편지를 진즉 받았지만 뒤늦게 답장을 썼다.

'오래 보지 못해 서운했는데 지난번 편지를 받고 나서는 마음이 놓였네. 몹시 더운데 참선 공부는 괜찮은가? 나는 더위를 참지 못하고 방문을 열고 자다가 풍병이 또 재발하여 딱한 모습 형용키 어렵네. 술이란 것은 광약일세. 세존께서도 이를 경계하셨을 뿐 아니라 삼가(三家) 부자(夫子)께서도 모두 능히 잠언으로 훈계하셨다네. 아암(혜장)도 술 때문에 병을 얻어 타고난 수명을 누리지 못한 것일세. 또한 술 때문에 말실수도 하게 되니 두려워해야 되지 않겠는가. 갖추지 않고 답장하네.'

정약용은 홍임 모의 눈치를 보면서 짧은 편지를 쓰곤 했다. 재작년 연초 때처럼 팔다리가 마비되는 병이 도졌기 때문이었다. 홍임 모는 틈만 나면 동암 서재로 들어와 정약용의 팔다리를 주무르며 푹 쉬라고 채근했다.

"영감마님, 참말로 조심허시랑께요. 재작년에 모든 사람덜이 을메나 놀래고 걱정덜 헌 것을 시방 알고나 기신게라우? 그때 학포 도련님은 울면서 올라갔당께요."

"그랬던가?"

"진작 잊어부렀그만요. 학포 도련님이 초당을 내려감서 많이 울었어라우."

"처음 듣는 얘기네."

"긍께 몸뎅이를 함부로 쓰지 말어야 해라우. 인자부텀 책 읽고 편지도 써불지 말아야 헌당께요."

홍임 모는 팔다리를 주무르며 정약용이 이맛살을 찌푸릴 때까지 잔소리를 했다. 그러자 정약용이 얼른 화제를 바꾸었다.

"남당네는 언제 좋은 소식을 줄 것인가. 내가 기다리고 있다는 것을 모르는가."

"웜메, 고것도 모른당가요. 니 달인께 인자 여섯 달 남었제라우."

"딸일까, 아들일까?"

"모르겄그만이라우. 그란디 지 생각으로는 딸 같으요."

"배 속의 일을 어떻게 아는가?"

"꿈에 영감마님께서 치마저고리를 주셨그만이라우."

"그렇다면 태몽이 분명하네."

"근디 영감마님께 부탁이 하나 있어라우."

"무엇인가?"

홍임 모는 말을 하려다가 망설였다.

"말해 보게. 무엇이든 말해 보라니까."

"앞으로는 남당네라고 부르지 않았으면 원이 읎겠그만요. 남당네라고 부른께 제자들도 남당네라고 불러불고 지를 막일허는 부삭때기로 보는 것 같그만요."

정약용은 가만히 눈을 감았다. 홍임 모의 말이 옳았다. 한방을 쓰는 여인이니 아무리 신분이 천하더라도 자신의 소실이 분명했다. 그러니 초당제자들마저 남당네라고 부르는 것은 예의에 어긋난 일이었다.

"무슨 방법이 없겠는가."

"깟난이 이름을 미리 짓어주시문 되야불지라우."

정약용은 무릎을 쳤다.

"아하! 내가 왜 미리 그런 생각을 못 했을까. 아기 이름을 지어 부르면 되는 것을. 아기 이름을 무어라고 짓는 것이 좋겠는가."

"영감마님 깟난인께 영감마님께서 짓어주셔야지라우."

정약용은 잠시 생각에 잠겼다가 미소를 지었다.

"초당에 홍매(紅梅)가 없네. 그러니 아기 이름을 홍임(紅任)이라고 하면 어떻겠는가?"

"이쁜 이름이그만요. 애기도 홍매 꽃같이 이뻴 꺼그만요."

정약용은 홍임 모를 안았다. 팔다리가 마비돼 있었지만 홍임 모는 사내의 힘을 느꼈다. 홍임 모는 정약용의 가슴이 구강포 바다와 같이 넓다고 생각했다.

"영감마님, 홍임이가 태어나문 글도 가르쳐줄 꺼지라우."

"사내아이들과 똑같이 가르쳐야지. 해배가 되면 홍임이를 마재로 데리고 가 살 것이네. 내가 관직으로 나아가면 한양 구경도 시켜줄 것이고."

홍임 모는 환하게 웃었다. 그러나 잠시 후에는 쓸쓸하게 말했다.

"홍임이만 그럴 꺼지라우."

"아닐세. 홍임 어미도 마재로 함께 가야지. 마재로 가서 나룻배를 사들여 방 하나를 들여놓고 함께 낚시도 하고 살아야지."

홍임 모는 '홍임 어미'라는 말을 처음 듣고는 감격하여 눈물을 흘렸다.

"이 사람아, 나룻배에 방을 들여 낚시를 하고 살자는데 무엇이 섭섭하여 눈물을 흘리는가."

"홍임 어미란 말씸이 고마워서라우. 그라고 배를 사 방을 들인다는디 증말 그랄 수 있을께라우? 꿈만 같그만이라우."

"내가 다 계획을 세워놨으니 예쁜 홍임이만 낳아주게나."

그때 밖에서 이청의 소리가 났다. 혜장의 제자인 색성의 목소리도 들렸다. 백련사 사지(寺誌) 편찬을 위해 자료를 가지고 온 것이 분명했다. 홍임 모가 놀라 당황했다. 얼굴이 붉어지면서 허둥댔다. 그러나 정약용은 침착했다.

"몸이 불편해 쉬고 있으니 내일 다시 오게나."

"선상님 목소리를 들은께 안심이 되는그만이라우."

"더 할 말이 있는가?"

여러 제자들이 한낮에 예고도 없이 찾아온 것은 사지 자료 때문만이 아니었다.

"선상님 몸에 좋다고 허는 탐진강 잉어를 포로시 구해 왔어라우."

"부엌에 놓고 가거라."

"부삽 옹기 큰 반데기에 너불고 갈께라우."

제자들이 초당을 내려간 뒤에야 홍임 모가 방문을 열고 나갔다. 동암 부엌으로 가보니 거무튀튀한 어미잉어와 새끼잉어, 두 마리가 옹기 그릇 속에서 펄떡였다. 그런데 뒤따라 나온 정약용은 옹기 그릇째 연못가로 들고 가더니 어미잉어와 새끼잉어를 방생해 버렸다.

"고아 드시라고 가지고 온 물괴긴디 으째서 살려줘부린당가요?"

"잉어 어미와 새끼가 다정하게 노는 모습을 보면 홍임 어미 마음이 편안해져 태교에 좋을 것이네. 내가 초당에 막 왔을 때만 해도 이 연못에 물고기가 있었네. 연못의 운치는 연꽃과 물고기가 있어야 더하는 법일세."

정약용은 초당으로 막 올라와서 지었던 『다산팔경사(茶山八景詞)』 중에서 한 수를 읊조렸다. 저녁마다 입을 삐쭉삐쭉 수면 위로 내밀며 밥 주기를 기다리는 물고기를 보면서 살아있는 생명의 경이로움을 느꼈던 기억이 생생했다.

황매 가랑비 나뭇가지를 적시니
수천 물방울이 수면에 아롱졌네
저녁밥 두세 덩이 남겼다가
등나무 난간에서 물고기 밥 주네.
黃梅微雨著林梢 千點回紋水面交
晩食故餘三兩塊 自憑藤檻飯魚苗

다음 해 이른 봄에 홍임이가 태어났다. 1813년 정약용의 나이 오십이세 때의 경사였다. 귤동마을에 자라던 오래된 홍매가 한창 꽃을 피우고 있을 때였다. 정약용은 제자 윤종심을 시켜 어린 홍매 한 그루를 구해 오게 하여 초당과 연못 사이에 심었다. 정약용은 홍임이가 세상에 태어난 사실을 자축하고 싶었던 것이다.

그뿐만 아니라 정약용은 홍도(紅桃)도 윤종심을 시켜 동암 쪽의 연못가에 이식했다. 홍임이를 아무런 근심 없이 낳아준 홍임 모를 위로해 주기 위해서였다. 어쨌든 잉어 두 마리와 더불어 홍도와 어린 홍매는 초당의 식구가 되었다.

찻자리

입하가 보름 지난 뒤였다. 떡차를 만드는 일도 끝나고 모처럼 초당이 한가로워진 날 오후였다. 아직도 초당 마루에 차향이 배어 있었다. 버드나무 가지에 붙은 매미가 자지러지게 울다가 뚝 그쳤다. 소나무 그늘이 드리워진 산길로 바랑을 멘 스님이 걸어 올라오고 있었다. 오랜만에 초당을 찾은 초의였다. 아마도 햇차를 만들어 정약용의 품다(品茶)를 들어 볼 요량으로 찾아 온 것이 틀림없었다. 정약용은 홍임 모에게 오늘은 어떤 손님도 들이지 말라고 했다. 초의와 달이 질 때까지 밤늦도록 차를 마시고 싶어서였다.

정약용은 초의를 동암으로 들게 하지 않고 초당 마루로 불렀다. 초당 마루를 찻자리로 삼을 생각이었다. 갓난아기를 업은 홍임 모가 마당에서 모아둔 솔방울로 찻물을 끓였다. 초의는 이미 소문을 들어 알고 있으므로 갓난아기가 누구의 자식인지 묻지 않았다. 아기의 초롱초롱한 눈을 보자마자 정약용을 떠올리지 않을 수 없었다. 초의가 살며시 미소를 짓자 정약용이 말했다.

"나에게 기쁜 일이 있었거늘 의순선자(禪子)만 모르고 있는 것 같구나."

"깟난이를 한번 안아보고 잪그만이라우."

정약용이 시치미를 뗐다.

"남의 아기를 내가 이래라저래라 할 수 있겠는가. 그것은 홍임 어미에게 허락받을 일이네."

"선상님은 으째서 지를 속이신당가요?"

"어허, 의순선자를 내가 속였다니 말이 되는가."

"참말로 깟난이 눈을 본께 영락읎는 선상님 눈이랑께요."

"하하하. 그런가?"

"지 눈은 못 속인당께라우."

"눈썰미가 보통이 아니구먼. 그러니까 나보다 더 그림을 잘 그리나 보네."

"선상님 눈떼가 젤이지라우?"

"아닐세. 의순선자는 눈 속에 눈을 얻었지."

정약용은 자신이 그림을 그릴 수 있었지만 월출산에 갔을 때 나무 한 그루 풀 한 포기도 허투루 보지 않는 초의의 눈을 믿고 백운동 그림을 맡겼고, 정직하고 섬세한 그의 마음을 믿고 초당 그림을 그리게 했던 것이다. 정약용이 눈치를 하자 홍임 모가 등에 업힌 아기를 가슴께로 돌리더니 빼내어 안았다. 초의가 벌떡 일어나 아기를 받았다.

"선상님, 아기 살갗에서 연꽃 향기가 나는 것 같습니다요."

초의는 아기 얼굴이 연꽃인 듯 코를 벌름거리며 향기를 맡았다.

"그뿐인가?"

"깃난이를 본께 햇차멩키로 다신(茶神)이 느껴져뿐디 요상헙니다요."

초의는 한 번 더 아기와 눈을 맞추고는 다신이 깃든 좋은 차를 대하는 듯한 표정을 지었다. 그런 뒤 아기가 표정을 찡그리자 얼른 홍임 모에게 맡겼다. 정약용이 초의가 가져온 차를 몹시 기다렸다는 듯이 재촉했다.

"올해 차 농사는 어땠는가?"

"선상님이 품평혀주시라고 갖고 왔지라우."

초의는 바랑 속에서 한지에 싼 햇차를 꺼냈다. 덖은 떡차 색은 솔잎 빛깔이었다. 정약용이 즐겨 만드는 발효시킨 누런 빛깔의 떡차가 아니었다.

"음, 이 떡차는 덖기만 했구먼."

"겁나게 뜨건 가마솥서 한 번은 길게 뙤작뙤작허고 그늘에서 몰린 뒤 얕은 불을 땐 가마솥서 싸목싸목 습을 빼부렀는디 지 입맛에는 향이나 맛이 아조 물짜는 아니어라우. 선상님이 품평해 주셔야겄습니다."

"햇볕에 말리지 않았다는 말인가?"

"지도 처음에는 햇볕에 몰렸지라우. 그란디 고러코롬 허면 으짠지 실

수가 많드랑께요. 실수헌 차는 황톳물같이 뻘겋고 쓴맛이 나드랑께요."

"강한 햇볕에 지나치게 쬐거나 곡식 말리듯 하다 보니 그렇게 된 것이네. 아암은 햇볕에 말려도 색이나 향과 맛이 달빛 같거든. 나도 아암이 만드는 방식대로 하되 탁한 기운을 줄였지."

홍임 모가 찻물을 가져왔다. 초의는 차를 우리는 팽주(烹主)가 되어 다관에 끓인 물을 바로 부었다. 그런 뒤 속히 차를 따랐다. 이른바 열탕(熱湯)이었다. 정약용은 한 모금이 목구멍을 타고 넘어가자마자 만면에 미소를 지었다.

"의순선자가 창안한 차인가?"

"아니어라우. 대둔사 스님덜은 뙤작뙤작헌 뒤에 몰리고 비벼서 맨들지라우. 지가 창안헌 것이 아니라 운흥사나 대둔사에 전해지는 제다법이지라우."

"아암이 처음 내게 보내준 차는 발효시킨 떡차였는데 의순선자의 차는 다르구먼."

"고집이 센 아암스님은 자기 식으로 떡차를 맨들어부렀을 거그만요. 허지만 대둔사 스님덜은 떡차도 잎차같이 맨든당께라우."

"그늘에 말려서 목구멍을 넘어가는 맛이 소쇄하고 담박한 것일까? 목구멍이 거부하는 탁함이 한 점도 느껴지지 않네. 뜨거운 데다 깔끔하니까 시원함이 더한 것 같고."

"초당 물이 원체 좋은께 차 맛이 고러겄지라우."

"차 맛이 구수하면서도 경쾌하네. 그 까닭이 무얼까?"

"뭔 까닭이 있당가요. 한 가지 이유를 야그해 보자믄 겁나게 뜨건 가마솥서 살청(殺靑)이 이롸진께 그라지 않을께라우?"

살청이란 찻잎을 익힌다는 뜻이었다. 다신이라 불리는 차의 색과 향과 맛은 살청을 하는 과정에서 신 내리듯 생기는 법이었다. 정약용이 홍임 모에게도 차를 권했다.

"홍임 어미도 이리 와서 마셔보게. 의순선자가 가져온 차 맛이 구수하면서도 시원하네."

"마치 숭님 같그만이라우."

"하하하. 그래그래. 숭늉 맛이란 우리나라 사람만 아는 은근하고도 옹골찬 맛이지. 중국 사람이 알겠는가, 일본 사람이 알겠는가?"

정약용의 칭찬을 들은 초의가 머리를 긁적였다.

"지가 뭔 재주가 있다고 칭찬을 허신당가요? 꼬스럼허고 은근한 맛은 다 밑자리가 두꺼운 가마솥단지 덕분이지라우."

훗날 초의는 다도가 이루어지는 법을 다음과 같이 「동다송」에 남겼다.

차 딸 때 그 묘를 다하고
차 만들 때 정성을 다하고
참으로 좋은 물을 얻어서

중정(中正)을 잃지 않게 달여야
체(體)와 신(神)이 서로 어울려
건(健)과 영(靈)이 서로 어우르니
이로써 다도(茶道)를 다했다고 하리라.
採盡其妙 造盡其正
水得其盡 泡得其中
體與神相和 健與靈相倂
至此而茶道盡矣

「동다송」에 차는 물의 신이요, 물은 차의 체이니 진수(眞水)가 아니면 다신(茶神)을 나타낼 수가 없고, 진다(眞茶)가 아니면 수체(水體)를 나타낼 수 없다고 했으니 차와 물은 정신과 몸의 관계나 다름없었다. 또한 건과 영의 화합이란 물의 온도, 차의 양, 우리는 시간 등이 지나치지 않아야 찻잎의 풋풋한 건강함과 신령스러움을 얻을 수 있다는 뜻이었다.

정약용과 초의의 찻자리는 저녁을 한 뒤에도 계속 이어졌다. 두 사람은 말띠로 스물네 살이나 차이가 나는 아버지와 아들 같았지만 차를 마실 때만큼은 나이와 신분과 학식을 뛰어넘었다. 찻자리에서는 누구나 차의 맑고 향기로움을 평등하게 나눠 가졌다. 차는 두 사람에게 진리의 즐거움(法喜)과 선의 기쁨(禪悅)을 주는 약이었다. 두 사람은 무욕과 무아의 경지에 풍덩 빠져 시간 가는 줄 모르고 차를 마셨다.

낮에는 흰 구름이 초당의 허공을 길손처럼 찾아들더니 밤에는 밝은 달이 머물며 빛을 뿌렸다. 홍임이를 재워놓고 동암 방에서 나온 홍임 모가 낮보다도 더 부지런히 차 심부름을 했다.

"홍임 어미에게 묻겠네."

"영감마님, 지가 뭔 차를 안당가요? 영감마님께서 든든허게 시키는 대로 맨들었을 뿐이지라우."

"초당의 차는 사실대로 말하자면 홍임 어미의 차라고 할 수 있네. 나는 입으로만 이래라저래라 했지만 실제로는 홍임 어미 손으로 만들었지 않은가."

정약용의 말은 사실이었다. 최근에 초당에서 만든 떡차는 모두 홍임 모의 손을 거친 것들이었다. 대둔사 승려 은봉이 정약용의 건강을 염려하여 잉어를 보냈을 때 답례로 나간 떡차도 홍임 모가 만든 차였다. 윤서유에게 보낸 것도 마찬가지였다.

"초당의 떡차와 의순선자의 차 맛이 어떤가?"

"스님 차는 보드라움서도 강허그만요."

정약용이 초의에게 물었다.

"홍임 어미의 말이 맞는가?"

"말이 맞다기보담도 요런 것이 아닐께라우?"

"말해 보게."

"꼭 한 가지만 말씸드리자문 솥단지서 뙤작뙤작허고 찌기도 헌께 고로코롬 야그헌 것 같그만요."

"찌다니 무슨 말인가?"

"밥주걱으로 요리조리 뙤작뙤작허다가 짐이 막 날 쩍에 솥뚜껑을 얼른 닫어불지라우. 그래야 솥단지 안의 열기가 바깥으로 새지 못허고 찻잎에 스며들어불지라우."

"찻잎을 찐다는 말이군."

"시루떡멩키로 뜨건 짐을 쐐야 헌당께요."

"의순선자의 차 맛 비결이 솥뚜껑을 덮는 데 있구먼그래."

"그래야 차향과 맛이 따뿍 스며들어라우."

"의순선자, 내년 봄에는 홍임 어미에게도 그 방법을 가르쳐 주게나."

"선상님도 뭔 말씸을 고로코롬 허신당가요. 선상님 초당차도 기가 멕힌 차지라우. 지 사형 호의스님이나 하의스님은 선상님 차를 더 좋아해분당께요. 그라고 지가 맨든 떡차나 잎차는 해마다 보내드릴 팅께 맨드는 방법까지는 욕심내지 마시랑께요."

"하하하. 알았네."

"스님덜은 육바라밀로 불도를 이룬다고 허요만 지는 차바라밀(茶波羅蜜)로 시비분별을 쉬어불겄습니다요."

초당을 떠난 초의는 정약용과 밤을 새우며 마신 찻자리를 잊지 못했다. 십수 년이 흐른 뒤였다. 「동다송」에 다음과 같이 차바라밀을 행하는 찻자리의 정경을 남겼다.

찻물 끓는 대숲 소리 소쇄하고 청량하니

맑고 찬 기운 뼈에 스며 마음을 깨워주네

흰 구름 밝은 달 청해 두 손님 되니

도인의 찻자리 이것이 빼어난 경지라네.

竹松濤俱蕭凉

淸閑瑩骨心肝惺

惟許白雲明月爲二客

道人座上此爲勝

훗날 초의가 펴는, 무욕과 무아의 찻자리에 추사 김정희는 물론 정약용의 아들 학연과 학유도 드나들었다. 학연과 학유는 차를 좋아하는 아버지 정약용을 닮아 대를 이은 셈이었다. 특히 김정희는 초의에게 차를 보내주지 않는다고 윽박지르는 편지를 보내기까지 했다.

'어느 겨를에 햇차를 천리마의 꼬리에 달아서 다다르게 할 텐가. (……) 만약 그대의 게으름 탓이라면 마조의 고함(喝)과 덕산의 방망이(棒)로 버릇을 응징하여 그 근원을 징계할 터이니 깊이깊이 삼가게나. 나는 오월에 거듭 애석하게 여기고 있다오.'

한편, 초의의 다맥을 이은 대둔사 승려 범해(梵海)는 「초의차(草衣茶)」

라는 시에 초의가 차 만드는 과정을 남겼다.

곡우절 맑은 날
노란 싹 잎은 아직 피지 않았네
솥에서 살짝 덖어내어
밀실에서 잘도 말린다
잣나무 되로 모나거나 둥글게 찍어내고
죽순 껍질로 포장을 하여
바람 들지 않게 간수하니
한 잔 차에 향기가 가득하다네.
穀雨初晴日 黃芽葉未開
空鐺精妙出 密室好乾來
栢斗方圓印 竹皮苞裏裁
嚴藏防外氣 一椀滿香回

그러고 보면 초의는 떡차도 잎차처럼 덖은 뒤 그늘에 말리고 비비는 과정을 거쳐 만들었음이 분명했다. 햇볕에 발효시켜 떡차를 만들었던 정약용과 확실하게 다른 제다법이었다. 물론 초의가 만든 떡차도 시간이 흐르면서 발효차가 됐겠지만 처음에는 잎차와 같은 본래의 색과 향, 맛을 냈던 것이다.

차를 우리는 팽주가 참다운 차를 애타게 구하는 까닭은 찻자리에 모인 사람들이 다신(茶神)을 통하여 마음자리가 꽃 피듯 깨어나고 온몸에 물 흐르듯 기운이 돌기 때문이었다. 그래서 초의는 차 마시는 이들에게 '티끌 없는 정기를 다 마시거늘 어찌 대도를 이룰 날이 멀다고 하는가(塵穢除盡精氣入 大道得成何遠哉)!'라고 하였던 것이다.

매조도1

홍매 가지가 초당의 추녀 밑까지 자랐다. 작년에 심은 어린 홍매가 땅의 기운을 받았는지 왕성하게 가지를 뻗었다. 동암 옆구리 쪽에 심은 홍도는 아직 적응을 못하고 있었다. 잎에 벌레가 끼고 검은 반점들이 생겼다. 뿌리를 내리지 못하는 나무는 나뭇잎이나 잔가지에 벌레가 더 달라붙어 몸살을 앓는 법이었다.

나무는 사람의 발소리를 듣고 자란다는 속설이 있는데 잘 들여다보면 옳은 말이었다. 어린 홍매는 정약용이 가끔 물을 주고 잡초를 뽑는 등 관심을 보인 나무였다. 그날도 정약용은 어린 홍매 둘레에 퇴비를 묻어주고는 연못을 흘러 넘쳐 나가는 물에 손을 씻었다. 홍임 모는 홍매만 돌보는 정약용을 가끔 흐뭇하게 쳐다보곤 했다. 정약용의 마음속에서 어린 홍매는 홍임이나 다름없었다.

오후가 되어 초의의 사형 호의가 백련사 쪽에서 왔다. 등에 멘 바랑이 볼록했다. 『대둔사지』를 편찬할 자료들일 터였다. 지난번에 보낸 문적(文蹟)들을 보고 크게 실망했으므로 정약용은 호의가 이번에 가지고 오는 자료들에 대해서 기대가 컸다. 호의는 바랑을 멘 채 샘터로 가서 고양이 세수부터 하고 동암 마루로 올라왔다 호의를 보자마자 홍임 모는 초당 마당의 차 아궁이에 찻주전자를 올려놓고 찻물을 끓였다. 정약용이 몹시 실망한 줄도 모르고 호의가 정중하게 물었다.

"선상님, 사미 편에 보낸 문적들은 참고가 됐는게라우?"

"그런 자료들을 가지고는 『대둔사지』 편찬은 불가능하네. 하나도 믿을 것이 없었네."

"웜메, 그래라우잉. 날도 더운디 공연히 고상만 시켜드렸그만요."

"모두가 잘못 기록된 문적들이어서 사지를 편찬하는 데 하나도 근거가 될 만한 자료가 없었네. 특히 만력(萬曆) 이전의 사적은 온통 엉터리였네. 그러니 어떻게 그런 문적들을 가지고 사지편찬 작업을 시작할 수 있겠는가."

"뭔 사적을 갖고와뿌러야 참고가 되야불께라우?"

"북암, 상원암, 진불암, 도선암의 판기(板記)를 먼저 베껴 오게. 북암 탑 속에 문적이 있는지 없는지도 살펴보고. 그리고 백련사에는 『전등록』이 없으니 전질을 가져오게. 아무래도 사지는 그때 가서야 시작할 수 있겠네."

"요번에 갖고 온 문적도 만력 이전 것인께 근거 삼을 만헌 것이 읎겄습니다잉."

"그렇다네. 만력, 그러니까 명나라 신종(神宗) 이전의 자료는 운반하는 데 소가 땀을 흘릴 만큼 많아도 소용이 없을 것이네."

호의는 차를 몇 잔 마신 뒤 가져온 자료를 다시 가져갔다. 해가 넘어가기 전에 대둔사로 돌아가야 했다. 석문을 지나 덕룡산 산길을 타고 오심재를 넘어 주작산 뒷길을 이용해 한나절 걸으면 대둔사였다. 정약용은 허전했던지 초당 마당을 하릴없이 한 식경이나 왔다 갔다 하더니 문득 홍임 모에게 먹을 갈게 했다.

"영감마님, 오늘은 푹 쉬시지라우. 또 뭔 일을 허실라고 그라실께라우?"

"하마터면 지나칠 뻔했네. 열흘 뒤에 창모가 귀어촌으로 이사한다고 했네. 창모 부부에게 주려고 했는데 요 며칠 동안 『대둔사지』 자료들을 읽느라고 깜박 잊어버렸네."

"글을 써주신다는 말씸인게라우?"

"반닫이 안에 하피첩을 만들고 남은 자투리 천이 있을 것이네. 그걸 지금 내오게."

정약용은 경기도 귀어촌으로 이사 가는 딸에게 가리개를 하나 만들어 주려고 했었는데, 『대둔사지』를 편찬하고자 가져온 문적들을 확인하느라고 차일피일 미루기만 했던 것이다. 홍임 모는 방으로 들어가 하피첩을 만들고 남은 천 조각을 가져왔다. 자투리 천은 여전히 붉은빛이 바랜 노을빛이었다.

정약용은 붓을 들고 종이에 매화나무와 멧새를 번갈아 가며 몇 번 그려보더니 고개를 끄덕였다. 머릿속에서 구상이 다 된 듯 자투리 천을 폈다. 정약용은 길쭉한 천 조각 상단에 매화나무를 먼저 그리기 시작했다. 두 개의 원가지와 잔가지를 붓끝을 이용해 쓱쓱 그렸다. 그런 다음 만개한 꽃 서너 송이와 곧 필 것 같은 꽃망울들을 가지 끝에다 방울방울 붙였다. 홍임 모가 옆에서 보다가 물었다.

"매화나무는 으째서 두 가지만 기린당가요?"

"홍임 어미가 한번 맞혀 보게나."

정약용은 그제야 홍임 모를 바라보면서 말했다.

"맞히면 뭔 좋은 일이 있는게라우?"

"세상에 공것이 어디 있겠는가. 홍임 어미가 원하는 것을 들어주겠네."

정약용이 붓을 들었던 손을 손사래 치듯 움직이면서 말하자 홍임 모가 입을 비쭉이며 대답했다.

"지 생각으로는 웃가지는 아부지고 밑에 가지는 어메 같그만요."

"이 잔가지들은?"

정약용이 손가락으로 잔가지들을 가리키며 물었다.

"지 생각은 메또기 같은 자석덜 같그만이라우."

"잔가지에 달린 매화들은?"

"매실이 되야불 꽃들인께 귀한 것이 아닐께라우?"

정약용은 가타부타 말을 하지 않고 붓을 들어 이번에는 작은 부리를 벌리고 노래하는 멧새 한 쌍을 그렸다. 몸을 기댄 채 한 방향을 바라보는 멧새 한 쌍이었다.

"이 멧새 한 쌍은 무엇으로 보이는가?"

"아씨 부부가 틀림읎그만이라우."

"꿈보다 해몽이 좋다더니 홍임 어미 얘기를 듣고 보니 내 그림이 그럴듯하게 살아나는 것 같네."

"영감마님께서 지가 틀렸는디도 시방 맞다고 하시지라우?"

"어쨌든 원하는 것이 무언지 말해 보게."

"다음에 말씸드리면 안 될께라우. 지가 원허는 것이 뭣이 있을께라우. 참말로 잘 모르겄당께요."

"마음 편할 대로 하게나. 그런데 홍임이는 아직도 자는가? 오늘은 오래 자는 것 같네."

"쬐끔 더 자야 깰랑갑그만이라우."

홍임 모는 기분이 좋아져 마당으로 내려가 샘터에서 물을 길어 와 찻물을 끓였다. 그러는 동안 정약용은 매조 그림 밑에 시를 썼다.

팔랑팔랑 날아온 새가
뜨락 매화 가지에 앉아 쉬네

꽃향기 짙게 풍기어
홀연히 찾아 날아왔으리
이제 여기 머물며
즐거운 가정을 이루렴
꽃들이 환하게 피어나니
열매도 주렁주렁 하겠구나.
翩翩飛鳥 息我庭梅
有烈其芳 惠然其來
爰止爰棲 樂爾家室
華之旣榮 有蕡其實

시 왼쪽에는 그림을 그리게 된 이유를 작은 글씨로 적었다.

'가경 18년 계유년(1813년) 7월 14일에 열수 늙은이는 다산의 동암에서 쓴다. 내가 강진에서 귀양살이한 지 여러 해가 지났다. 홍 부인이 다섯 폭짜리 낡은 치마를 부쳐 왔다. 세월이 오래 흘러 붉은빛이 바랜 치마를 잘라 네 첩으로 만들어 두 아들에게 주었고, 그 나머지로 작은 가리개를 만들어 딸에게 준다.'

정약용은 「매조도」에 시까지 쓴 뒤에야 차를 마셨다. 홍임 모도 붓을 씻어서 붓통에 놓고 난 뒤에야 찻잔을 들었다. 차는 이미 식었지만 정약용은 갈증이 났으므로 찬물 마시듯 들이켰다.

"그림이 마음에 드는가?"

"영감마님 맴이 담긴 기림이라서 그란지 아씨가 부러워라우."

"곧 이사 간다는데 내가 해줄 것이 뭐 있어야지. 애비 마음을 그림에 담아서라도 주어야 덜 서운할 것 같아서 그렸네."

"아씨는 복이 많은 사람이지라우."

홍임 모는 차를 따르다 말고 고개를 돌렸다.

"갑자기 왜 그런가?"

홍임 모는 대답을 못 한 채 고개를 떨어뜨렸다. 차를 마시다 말고 찻잔을 마룻바닥에 놓았다. 어느새 홍임 모의 뺨에는 눈물이 두어 방울 흘렀다.

"차를 마시다가 왜 눈물을 보이는가?"

"영감마님, 죄송헙니다요. 지도 지 맴을 잘 몰라라우."

「매조도」를 그리는 데 빠져 있던 정약용은 홍임 모의 복잡한 속내를 이해하지 못했다. 무엇 때문에 눈물을 흘렸는지 알 길이 없었다. 그렇다고 홍임 모의 변덕이라고 생각하면서 그냥 지나칠 수도 없었다. 가시가 박힌 듯 마음에 걸렸다.

"한 이부자리 아래서 잔다는 것은 서로가 몸도 마음도 섞는다는 일이네. 이치가 그러하거늘 홍임 어미의 마음을 내가 몰라서야 되겠는가? 섭섭한 마음이 있다면 지금 말하게."

"지는 영감마님께서 지 맴을 알아줄 때까정 지다릴 꺼그만요. 지가 어처케 영감마님께 이러쿵저러쿵 말씸드린당가요."

"홍임 어미가 눈물을 보인 것은 분명 이유가 있을 것이네. 내 천천히 살펴보겠으니 나를 무심하다고 탓하지는 말게."

이후 정약용은 혼자서 산책하는 길에서 홍임 모가 왜 눈물을 흘렸는지 나름대로 짐작을 했다. 그래서 정약용은 홍임 모와 한 약속을 잊지 않고 지켰다. 시집 간 딸에게 주려고 「매조도」를 그린 지 삼십오 일 만이었다. 강학을 하루 쉬는 날이었다. 아침 공기는 살갗에 소름이 돋을 정도로 제법 차가웠다. 이미 아침저녁으로는 가을이 와 있었다. 해가 떠올라 무서리가 걷힐 즈음에 정약용이 동암 마루에서 홍임 모를 불렀다.

"홍임 어미를 기쁘게 할 일이 하나 있네. 개보 며느리가 된 딸도 내 자식이고 홍임이도 내 자식이 아닌가?"

"그라지라우."

"오늘 홍임이게도 그림을 한 장 그려주겠네."

"그래서 천 쪼각을 챙겨놨그만이라우."

"어디 소용이 있겠지 하고 남겨 둔 것이었네."

"참말로 지는 영감마님 짚은 속을 알지 못허지라우."

홍임 모는 재빨리 방으로 들어가 부들방석을 가지고 나왔다. 그러고 나서 벼루와 붓을 챙겼다.

"이래도 내게 섭섭하다고 할 텐가?"

"찻물을 끓일까요? 먹을 몬즘 갈까요?"

"오늘은 내가 먹을 갈겠네."

정약용은 이전과 같이 종이에 몇 번 연습을 하더니 바로 천 조각을 폈다. 그런데 지난번에 그린 「매조도」와는 조금 다르게 그리기 시작했다. 오래된 고매 두 가지를 그리더니 잔가지를 눈에 띄게 줄였다. 꽃망울 개수도 적고 더욱이 멧새는 한 마리만 그렸다. 붓 가는 데가 적다 보니 지난번 그림보다 단조롭게 보였다. 또 어찌 보면 욕심을 줄인 듯하여 담박하기도 했다. 그런데도 정약용은 매우 흡족한 얼굴로 홍임 모에게 말했다.

"꽃을 피운 묵은 매화나무는 나일세."

"기림은 반짓만 기리신 거 같은디 뗄롱허니 앙근 쬐깐헌 새는 누구당가요?"

"묵은 매화가 나니까 당연히 홍임이지. 멧새 깃털만 초록으로 그린 까닭은 우리 홍임이에게 초록 빛깔의 저고리를 입힌 것이네."

정약용은 그림 밑에 시를 지어 썼다.

묵은 가지 썩어 그루터기 되다가
파란 가지 뻗더니만 꽃까지 피웠네
어디선가 날아온 초록 깃의 작은 새
한 마리만 남아 하늘가에 떨어졌네.

古枝衰朽欲成槎 擢出靑梢也放花
何處飛來彩翎雀 應留一隻落天涯

시 옆에 문장도 덧붙였다.

'가경 계유년 8월 19일에 자하산방에서 혜포(蕙圃)에 씨 뿌리는 늙은이에게 주려 하노라.'

글씨를 모르는 홍임 모는 시나 문장을 읽지 못했다. 그림을 보고 상상할 뿐이었다. 정약용이 한 번 읽어주었지만 홍임 모는 시를 다 이해하지 못했다. 자하산방이 초당의 다른 이름이라는 것까지는 알 수 있었지만 '혜포에 씨 뿌리는 늙은이'가 누구인지는 몰랐다. 지난번 「매조도」에는 딸에게 준다고 밝혔으면서도 이번 「매조도」에는 왜 홍임이라고 밝히지 않고 애매하게 했는지 알 수가 없었다. 마음이 착잡해진 홍임 모는 「매조도」를 받지 않았다.

"영감마님, 요 기림은 홍임이 것이 아닌 거 같그만이라우."

정약용이 놀라면서 물었다.

"마음에 들지 않는가?"

"쬐깐헌 새가 아조 짠해라우."

"한 마리만 그려서 그럴 것이네. 허나 그림 밖에 한 마리가 더 있다고 생각하는 것이 이 그림의 매력이네."

"그라고 요 기림을 홍임이가 다 클 때까정 갖고 있을 자신이 읎그만요. 긍께 받지 않을 꺼그만이라우."

"그렇다면 내가 가지고 있을 터이니 언제든지 달라고 하게나."

"머락허시지 않응께 고맙그만이라우."

홍임 모가 「매조도」를 받지 않은 이유는 따로 있었다. 결코 한 마리만 그린 새 때문이 아니었다. 문득 마재에서 남편을 기다리고 있을 홍씨 부인이 떠올라서였다. 그런 생각이 들자 비록 빛바랜 치마 조각이지만 홍씨 부인의 것을 간직할 자신이 없었다. 빛바랜 치마 조각이 홍씨 부인의 타는 마음 같아 홍씨 부인에게 미안하고, 또 홍씨 부인이 무서웠다.

다신계

1818년 봄.

정약용은 이강회를 시켜 『목민심서』 자료를 모으게 하고 자신은 고증을 맡았다. 『주례(周禮)』를 근거로 삼고, 중국의 덕이 높은 관리가 남긴 사적(史蹟)을 참고하되 우리나라 자료에 의존했다. 『목민심서』란 한마디로 공평한 법질서를 위한 책으로서 읍 단위의 지방정치 지침서였다.

정약용은 책을 집필하는 명분을 서문에 다음과 같이 밝혔다.

'목민(牧民)이란 무엇인가. 현재의 법으로 우리나라 백성들을 잘살 수 있게 하자는 것이다. 옛날과 지금의 자료들을 조사하고 수집해서 간사하고 거짓된 짓을 못하도록 책임자에게 이 글을 주어서 단 한 사람까지도 은혜(恩惠)와 덕택(德澤)이 골고루 돌아가 모든 백성들이 잘살 수 있게끔 하자는 것이 나의 바람이다.'

12편 72장 48권으로 엮어진 책은 시작한 지 사 년 후에 완성되었지만 자료를 모으고 고증하는 1818년 봄이 가장 힘들었다. 정약용은 제자 이강회와 초당에서 밤낮을 가리지 않고 얼굴을 맞대고 궁리했다. 홍임 모도 덩달아 바빴다. 아침저녁 때를 가리지 않고 수시로 차 심부름을 했다.

여름이 되어서야 책의 차례가 잡혔다. 내용은 부임(赴任), 율기(律己), 봉공(奉公), 애민(愛民), 이(吏), 호(戶), 례(禮), 병(兵), 형(刑), 공전(工典), 진황(賑荒), 해관(解官)의 순서로 되었으며 한 편당 육조(六條)씩 총 72조목이었다.

한편, 마침내 한양에서는 희소식이 내려왔다. 물론 우여곡절 뒤에 이루어진 일이었다. 의술에 조예가 깊은 장남 학연이 약봉지를 들고 세도가를 집요하게 찾아다닌 끝에 비로소 사헌부 장령 이태순이 정약용을 죄인의 명단에서 삭제하자는 글을 언대(言臺)에 올렸다. 그래도 의금부 신하들이 이런저런 핑계를 대며 머뭇거리기만 했는데, 이에 우의정 남공철이 크게 질책하니 판의금 김희순이 정약용을 해배하라는 문서를 정식으로 작성하여 강진으로 내려 보냈다.

누구보다도 홍임 모가 기뻐했다. 정약용을 따라서 홍임이와 마재로 가서 살 수 있기 때문이었다. 자신은 강진 땅에서 천한 신분의 과부라고 소문나 있지만 홍임이만은 양반집 자식과 같이 글도 배울 수 있을 거라는 기대에 부풀었다. 홍임 모는 홍임이만 제대로 글을 배워 학식이 깊은 사람이 된다면 더 이상 바랄 게 없다고 생각했다. 초당에서도 정약용에게 글을 배우는 제자들이 은근히 부러웠던 것이다.

해배 소식이 전해진 뒤부터 초당은 매일 잔칫날 같았다. 그동안 초당을 떠났던 제자들이 얼굴을 내밀었다. 가장 나이가 많은 제자는 쉰한 살의 정수칠이었고, 막내 제자는 열여섯 살의 윤종진이었다. 정수칠은 초당제자이지만 정약용과 나이 차이가 여섯 살밖에 나지 않으므로 멀리 나들이 나가면 술도 함께 주거니 받거니 했다. 말도 서로 존댓말을 썼다. 정약용은 나들이 나갔다가 비를 만나 적두마을 민가 처마 밑에서 막걸리를 한잔 마시며 읊조린 시를 정수칠에게 보여 주기도 했다.

반곡(盤谷)을 오르던 길
구름은 백 리에 덮이고
우연히 장맛비를 만나
적두마을 물가에 머물었네
외딴 마을 꽃길 열렸고
봄은 깊어 풀은 다리를 덮네
텁텁한 막걸리 한 잔이나
깊은 정에 맛이 더하다
盤谷來時路 雲溪百里遙
偶逢梅子雨 留賞荻頭潮
巷僻花鋪徑 春深草沒橋
濁醪雖博惡 情重味應饒

정약용의 해배 소식이 돌았는데도 끝까지 나타나지 않는 제자는 황상뿐이었다. 물론 초당에 왔다가 짧게는 며칠, 길게는 한두 달 만에 공부를 포기한 사람들도 많았지만 그들은 제자라고 할 수는 없었다. 일찍 떠난 그들이 초당에 오기를 기대하는 사람은 아무도 없었다. 그래도 삼사 년 이상을 공부한 사람이라야 정이 든 제자라고 할 수 있었다. 그러한 제자는 스무 명 조금 못 되었다.

정약용은 저녁이 되어 제자들이 물러가자 홍임 모에게 찻물을 끓여 오게 했다. 산속은 해가 지자마자 기온이 뚝 떨어졌다. 마루에 앉아 골바람을 쐬고 있으면 살갗에 소름이 돋았다. 그럴 때는 열탕으로 차를 몇 잔 마셔야만 몸이 따뜻해졌다. 홍임 모가 뜨거운 찻물을 가져오자 정약용이 물었다.

"산석이 소식은 들었는가?"

"아무도 야그허는 사람이 읎그만이라우. 으디서 소리 소문 읎이 성건지게 잘 살고 있겄지라우."

"동천여사 인연을 생각하면 한 번 올 것 같기도 한데 참으로 무심한 사람이네."

"동천여사가 뭐간디라우?"

"동문 밖에 있는 샘 옆의 밥집을 동천여사라고도 부르네."

"학래 아제 야그를 들어본께 산석이 아제 실력이 젤이라고 하든그만요."

"읍중제자뿐만 아니라 초당제자 중에도 산석이를 따를 자가 없네. 헌데 산석이는 천성이 제대로 된 중 같아서 도대체 이름을 내세우는 데 관심이 없지 뭔가."

"욕심이 읎그만요. 자떼바떼허문서도."

"산석이 경우는 욕심이 없는 것도 문제지. 욕심 없기로 치자면 대둔사 어느 중보다 뒤지지 않네. 있는 듯 없는 듯 청산같이 사는 모습이 꼭 중 같다니까."

"지는 고런 사람이 좋아라우. 바우멩키로 듬직헌 사람이 좋당께요."

"나도 그러네. 이번 그믐날 초당제자들이 모여 계를 만든다고 하는데 산석이도 왔으면 좋겠네. 비록 초당에 다니지 않았다고 하지만 내가 한때 아꼈던 제자인데 누군들 반대하겠는가."

"지가 한번 학래 아제헌티 부탁해 볼께라우?"

"본인이 싫다는 것을 억지로 끌고 올 필요는 없겠지만 한번 권유는 해보는 것이 좋겠네. 홍임 어미가 학래에게 말해 보게나."

정약용은 이청에게 직접 말하는 것을 주저했다. 황상을 만난 지가 십년도 넘었기 때문에 그만큼 거리가 생긴 것도 사실이었다. 체통을 생각해도 마찬가지였다. 한 번도 나타나지 않은 제자를 먼저 나서서 거론하는 것은 이치에 맞지 않았다.

그런데 다음 날 이청은 홍임 모의 부탁을 황상에게 전하지 않고 얼버무렸다. 황상 집을 찾아갔으나 만나지 못했다고 둘러댔다. 홍임 모가 이청의 말을 정약용에게 그대로 전함으로써 황상은 또 잊혔다. 정약용은 홍임 모에게 더 이상 말하지 않고 혼자서 안타깝게 중얼거리기만 했다.

'나는 너를 제자로 생각하고 너는 나를 스승으로 생각한다면 그만이지 무엇을 더 바랄까. 나머지는 다 지나가는 바람일 뿐이지.'

홍임 모는 문득 황상이 부러웠다. 초당에 많은 제자들이 오갔지만 정약용의 마음속에 단 한 사람의 제자는 황상뿐인 것이 틀림없었다. 황상은 초당에 발을 뚝 끊은 제자인데도 정약용의 마음속에 남아 있고, 해배가 되자마자 찾아오고 있는 제자들은 눈앞에서 어른거리는 그림자일 뿐이라는 생각이 들었다.

팔월 그믐이었다. 아침부터 많은 제자들이 초당으로 올라왔다. 정약용이 예고한 대로 계(契)를 만들고 계칙을 정하는 날이었다. 열여덟 명이 초당 방과 마루를 꽉 채웠다. 계 이름은 정약용이 간밤에 지어둔 다신계(茶信契)로 했다. 차를 좋아하고 신의를 지키는 사람들의 모임이라 해서 다신계라고 했다. 정약용은 다신계를 만드는 취지를 얘기하면서 임시 유사(有司)에게 적도록 시켰다.

'사람을 귀하게 여기는 것은 신의가 있기 때문이다. 만일 우리가 모여서 즐거워하다가 헤어진 뒤에 서로를 잊는다면 새나 짐승만도 못한 것이다.

우리 이십여 명은 지난 1808년 봄부터 오늘에 이르기까지 함께 공부하며 지내는 동안 형제나 다름없었는데, 이제 스승께서 고향으로 떠나가시면 우리도 별처럼 뿔뿔이 흩어지게 될 터인즉 결국에는 서로가 까마득히 잊고 생각조차 하지 않게 되리라.

이와 같이 된 뒤에야 여러 사람이 모여 정답게 술을 마시며 규칙을 정하고 계를 만든다 해도 이미 때는 늦지 않겠는가.

다행히 우리들은 지난해 봄에 이러한 일을 미리 생각하고 돈을 모아 임시로 계를 만들었는데, 처음에는 한 사람이 1냥을 내어 이 년 동안 불린 결과 지금은 35냥이나 되었다.

곰곰이 생각해 보니 모두가 헤어진 뒤에는 돈이나 재물을 빌려주거나 받아들이는 일이 쉽지 않을 것이라고 걱정하던 차에 스승께서는 보암(寶巖) 서쪽에 있는 좋지 못한 논밭을 팔려고 내놓았지만 쉽지 않았다.

때마침 우리가 모았던 곗돈 35냥을 스승이 가시는 데 필요한 경비로 드리자, 스승께서 팔려던 논밭 모두를 계의 공동재산으로 해주시니 명칭을 다신계라고 정하여 훗날 여러 사람이 함께 모여서 술을 마시며 글을 짓는 데 지출하는 자산으로 삼게 하였다.

그에 관한 조례와 논밭의 크기, 세금의 액수에 관한 내용을 아래에 자세하게 기록해 둔다.'

정약용이 조례를 자세하게 정한 까닭은 자신이 마재로 돌아가더라도 초당과 다신계가 잘 유지되도록 하기 위해서였다. 조례를 보면 정약용의 치밀한 성격이 그대로 드러났다.

'보암에 있는 논은 이덕운이 관리하고, 백도에 있는 논은 이문백이 관리하여 매년 추수되는 곡식을 봄에 돈으로 만든다.

매년 청명, 한식날에 계원들은 다산에 모여 계를 치르고, 출제된 운(韻)에 따라 연명으로 지은 시를 편지로 만들어 유산(酉山: 다산의 아들)에게 보낸다. 모이는 날에 생선값 1냥은 계전(契錢)에서 지불하고 먹을 쌀 1되는 각자 가져온다.'

정약용은 초당을 떠날 무렵에 초의의 영향을 받아 잎차도 만들었는데, 다신계 제자들에게 떡차뿐만 아니라 잎차도 만들어 보내라고 했다.

'곡우에 찻잎을 따서 덖어 잎차 1근을 만들고, 입하에 늦차(晩茶)를 따서 떡차 2근을 만든다. 잎차 1근과 떡차 2근을 모임 때 지은 시문(詩文)과 함께 보낸다.

국화가 필 때 계원들이 다산에 모여 계에 관해 의논을 하되 운을 내어 시나 부(賦)를 짓고 연명으로 글을 써서 유산에게 보낸다. 모이는 날 생선값 1냥은 계전에서 지불하고 먹을 쌀 1되는 각자 가져온다.'

이 밖에도 상강 날 햇무명베 한 필을 사고, 백로 날 비자 5되를 사 유산에게 보내고, 동암 이엉을 동짓날 전에 올리라는 지시를 조례에 밝혔다. 그리고 계원으로서 초당의 십팔 제자들 이름을 나이 순서대로 하지 않고 형제끼리 쌍으로 적어 다음과 같은 순서로 남겼다.

'이유회(李維會), 이강회(李綱會), 정학가(丁學稼), 정학포(丁學圃), 윤종문(尹

鍾文), 윤종영(尹鍾英), 정수칠(丁修七), 이기록(李基祿), 윤종기(尹鍾箕), 윤종벽(尹鍾璧), 윤자동(尹玆東), 윤아동(尹我東), 윤종심(尹鍾心), 윤종두(尹鍾斗), 이택규(李宅逵), 이덕운(李德芸), 윤종삼(尹鍾參), 윤종진(尹鍾軫)'

정약용이 십팔 명의 제자에 두 아들을 넣은 것은 초당제자들과 연결고리를 만들어놓기 위해서였다.

그런데 정약용은 초당제자들만 다신계에 참여하는 것이 아쉬웠던지 읍중제자 여섯 명도 『다신계절목』 뒤에 기록했다.

'손병조(孫秉藻), 황상(黃裳), 황경(黃褧), 황지초(黃之楚), 이청(李晴), 김재정(金載靖)'

그리고 별항 말미에 다신계의 계원은 아니지만 혜장의 애제자인 수룡(袖龍, 색성)과 철경(掣鯨, 응언)도 기록했다.

그믐날 밤의 산길은 어두웠다. 그래도 아침부터 모여든 제자들은 만족한 얼굴로 초당을 내려갔다. 스승이 한양에 올라가면 분명 높은 벼슬을 할 것이라고 나름대로 추측을 하며 돌아갔다. 그들 중에는 과거를 볼 때 정약용의 도움을 받고 싶은 제자도 있었지만 대부분은 과거를 접은 지 오래된 제자들이었다.

초당은 다시 적막했다. 정약용이 홍임 모와 나란히 누운 채 말했다.

"홍임 어미가 마재로 가지 않는다면 다신계원으로 하자고 내가 의견을 냈을 것이네."

"지가 뭔 글을 안다고 그런당가요? 지는 자격이 읎지라우. 지는 까막

눈인 디다가 천헌 사람이어라우."

"아니네. 글을 알고 모르고가 중요한 게 아니네. 나와 신의가 있느냐 없느냐가 중요한 것이네. 더구나 홍임 어미는 차를 잘 만들지 않는가."

"근디 제자덜이 모다 선상님을 믿고 따르지 않는게라우?"

"내 마음속의 제자는 한두 사람일 뿐이네. 사람들 마음은 변하기 마련이네. 세상 사람들이 다 그러하니 받아들여야지."

"변허지 않을 사람 중에 한 사람은 산석이 아제지라우?"

"오늘 산석이가 올 줄 알았는데 내 예상이 틀리더구먼."

"학래 아제헌티 부탁했는디 연락이 되지 않았그만이라우. 학래 아제가 지양시런지 산석이 아제가 무독시런지 잘 모르겄그만요."

정약용은 홍임 모에게 더 말하지 않았다. 갑자기 허전해진 가슴을 두 손으로 눌렀다. 그러나 제자들이 자신을 떠난다고 해도 섭섭해할 일이 아니라고 생각했다. 세상의 인정이 그러하기 때문이었다. 제자만 변하는 것이 아니라 자신도 변할 것이라고 생각했다. 아무리 다신계의 절목(節目)을 세세하게 정한다 해도 어찌 보면 부질없는 일이었다. 사람이 변하면 절목은 훗날에 흐지부지되고 말 터였다.

"내가 오늘 하루 종일 무슨 일을 했는지, 맑은 차 한 잔을 마시는 일보다 못한 헛일을 했는지 모르겠구먼. 자, 잠을 자세."

정약용은 눈을 감으면서 혼잣말을 했다.

'사람을 귀하게 여기는 것은 신의가 있기 때문이지.'

「다신계절목」의 첫 구절이었다. 신의를 지키지 못하여 천박해지는 사람을 너무 많이 보아왔기 때문에 첫 구절로 삼았던 문장이었다. 세상이 바뀌고 삶이 변한다고 해도 사람 구실을 하려면 잊어서는 안 될 문장이었다.

3장

햇차 한 봉지

덕룡산 산자락에 있는 월하마을이 보일 무렵이었다. 싸락눈이 갑자기 댓잎 서걱대는 소리를 내며 흩날렸다. 월하마을과 도암마을로 뻗은 두 줄기의 길이 광목천처럼 변했다. 구강포 바다를 건너오는 봄을 멈칫거리게 하는 꽃샘추위였다. 홍임 모는 홍임이 얼굴을 수건으로 감쌌다. 홍임이의 작은 눈만 보였다. 잿빛 하늘이 한쪽 파랗게 뚫린 것을 보니 싸락눈은 곧 기세를 누그러뜨릴 것 같았다. 연둣빛이 풀어지고 있는 강진 땅에 한바탕 쏟아지고 말 듯했다.

홍임 모녀는 나주에서 내려와 대둔사 객사에서 하룻밤 자고 오심재를 넘어오는 길이었다. 마재를 떠난 이후 가장 편하게 잔 곳이 지난밤에 묵은 절 대둔사였다. 목탁 소리와 범종 소리만 들어도 고향에 온 듯 마음이 편안했다. 범종 소리에 오므리고 있던 두 다리가 절로 펴졌다. 양근(양주) 사내 박생이 마재에서 장성읍까지 동행했지만 단 한순간도 마음을 놓을 수 없었던 것이다. 홍임 모는 새삼스럽게 옷고름을 여몄다. 싸락눈이 붙은 저고리를 쓸어내렸다. 눈에 익은 덕룡산 산자락과 용혈암 터를 보자 다리에 힘이 솟았다. 이제 두어 식경 동안만 걸어가면 구강포 바다였다.

구강포 바닷바람이 다시 세차게 불자 싸락눈이 벌떼처럼 달라붙었다. 얼굴과 두 눈을 따갑게 했다. 그럴 때마다 홍임이는 홍임 모의 치맛자락 뒤로 숨었다. 성곽처럼 솟은 석문이 멀리 거뭇하게 보였다. 홍임 모는 길게 안도의 한숨을 쉬었다. 눈앞의 마티재를 넘어 만덕산 산모퉁이를 돌아가면 초당이 지척인 귤동이었다. 홍임 모가 얼굴이 벌겋게 언 홍임이를 다독였다.

"쪼깐 더 걸어불자. 요 잔등만 넘어가면 초당인께."

"어메, 나쁜 아제는 으디로 갔당가?"

"여그까정은 못 와야. 아부지 제자덜이 가만 놔두지 않을 팅께."

홍임 모가 도리질을 했다. 장돌뱅이 박생이 떠오르자 치가 떨렸다. 박생이 마재로 올라가서 정약현의 아내에게 또 무슨 말로 둘러댈지 몰랐다. 정약현의 아내는 박생이 꾸며대는 거짓말을 눈치채지 못할 것이 뻔했다.

마티재를 넘어서자 싸락눈의 기세가 한풀 꺾였다. 구강포 바다 기운이 포근했다. 바닷바람이 잦으면서 싸락눈은 함박눈으로 바뀌었다.

"오메, 홍임아. 푸짐헌 바가치눈이다!"

개펄 같은 하늘에서 함박눈이 나풀나풀 내렸다. 엄마 말에 안심이 된 듯 홍임이는 잠자코 걸었다. 홍임 모 역시 낯익은 풍경들이 반가워 눈가가 촉촉해졌다. 바닷가 갈대밭이나 갈매기 떼도 정겨웠고, 이택규가 살았던 고사굴 마을에서 피어오르는 연기도 마음을 설레게 했다. 그런 풍경들 때문인지 장성읍에서 당했던 수모가 어렴풋이 지워지는 듯했다.

홍임 모는 걷다가 말고 뒤를 돌아보았다. 덕룡산과 주작산이 저만큼 물러나 있었다. 어떻게 저 산들을 넘어 강진까지 무사히 걸어왔는지 꿈만 같았다. 장성에서는 악몽 같은 아찔한 일도 있었지만 초당이 얼마 남지 않았다고 생각하니 피곤함이 가셨다. 자꾸만 뒤처지던 홍임이도 가뿐하게 잰걸음으로 쫓아왔다.

박생은 마재를 떠날 때부터 수작을 꾸몄던 것이 분명했다. 소내나루에서 송파나루로 갈 때 사공과 무슨 얘기를 주고받는데 예감이 불길했다. 장돌뱅이로 돌아다니던 중에 첩을 소개해 달라는 장성읍 부자 김 씨의 부탁을 받았다는 얘기를 얼핏 흘렸던 것이다. 그 얘기를 듣고 나서는 박생을 경계했지만 그렇다고 마재로 돌아갈 수는 없었다. 정약현 부인이 여비를 박생한테 맡겼기 때문이었다. 별수 없이 박생이 결정하는 대로 따라갔다. 그러나 장성읍으로 들어서고 나서는 발에 쥐가 나려고 했다. 홍임이도 홍임 모의 치맛자락만 붙들었다. 장성읍에 도착한 박생은 실없는 말을 더 많이 했다. 자꾸 눈을 깜박거리고 홍임 모녀를 바로 쳐다보지 못했다. 하룻밤을 묵으려면 객줏집으로 가야 하는데 박생은 궁

색한 이유를 둘러대며 홍임 모녀를 월평마을 김씨 집으로 데리고 갔다. 마재에서 내려오느라 고생했으니 김 씨 부잣집에서 두어 끼 잘 먹어보자는 것이었다.

악몽 같은 일은 한밤중에 벌어졌다. 홍임 모가 자는 척하고 있는데 김 씨가 방으로 들어와 그녀를 탐하려 했다. 홍임 모가 "비록 천한 몸뗑일깝씨로 높은 베슬을 지낸 분 소실인디 으째서 이럴 수 있당가요?"라고 소리치자 곤히 자던 홍임이가 깨어나 울었다. 김 씨는 홍임이가 큰 소리로 울자 범하려던 마음을 접고 나가 버렸다. 다음 날 이른 새벽에 박생이 홍임 모를 불러 얼렀다. 그러나 홍임 모는 "김 씨허고 뭔 일을 꾸몄는지는 모르겄소만 죄받을 짓 허지 마씨요!" 하고는 김 씨 집을 도망치듯 나왔다. 그러고는 박생이 쫓아올까 봐 나주로 앞만 보고 내려왔다가 저물녘에 대둔사에 도착하고 나서야 저녁예불 목탁 소리에 눈을 감고 잤던 것이다.

귤동에 이르자 한껏 흐드러지게 내리던 눈발이 멎었다. 홍임이가 누군가를 보더니 소리쳤다. 귤나무밭에서 일하고 있던 윤종진이었다. 정약용이 몹시 귀여워하던 초당의 막내제자였다. 이 년 만에 보는 윤종진은 소년티가 가시고 제법 어른스러워졌다. 키가 한 뼘 정도 자라 있었고 목소리가 굵어져 있었다.

"홍임아, 시방 마재에서 오는 길이냐?"

"귤동 아제, 초당서 아조 살라고 내려왔그만요."

"우리 집에서 하루 자고 올라가제 그라요. 초당에 올라가봤자 당장 묵을 곡석도 읎고 썰렁할 팅께요."

"귤동 아제, 곡석 쪼깐 꿔주문 안 될께라우?"

"다신계 전답에서 나온 곡석이 우리 집에 있응께 안 될 것은 읎지라우. 홍임 모가 묵었다문 선상님께서 양해해 주시겄지라우."

다신계 전답에서 나온 곡식을 윤종진 집에서 보관하고 있다니 천만다행이었다. 제자들 중에 시비할 사람은 아무도 없을 터였다. 더욱이 언젠가 정약용이 강진에서 사들인 땅문서를 홍임 모에게 보여 준 일도 있었다. 홍임이도 내 자식이니까 땅이 어디어디에 있는지 알아야 한다는 뜻으로 보여 주었던 것이다.

"묵고사는 것을 젤로 걱정했지라우. 초당으로 내려옴서 뭔 일을 험서 살어갈그나 허는 고민이 컸지라우."

"다신계 전답에서 나는 곡석인께 초당에서 쬐깐 가져간다고 혀도 아모 일이 읎을 것이그만요. 홍임이가 선상님 딸자석이라는 것은 강진 땅 사람들 모다 아는 사실인디요 뭐. 긍께 걱정 마씨요."

"귤동 아제가 그러코 이해헌께 참말로 고맙그만이라우."

"홍임 모녀가 몬즘 올라가뻰지쇼. 지가 지게로 곡석을 지고 올라갈 팅께요."

홍임 모는 윤종진을 만나고 나서는 우울한 기분을 내려놓았다. 정약용이 손자처럼 자애롭게 대하던 초당제자를 보고 나니 비로소 장성의 악몽이 가셨다. 강진 땅에 와 있다는 것이 실감났다.

윤종진은 마재로 떠난 스승 정약용을 모시는 것처럼 홍임 모녀에게 잘해 주려고 마음을 냈다. 스승 정약용이 그리워서였다. 윤종진은 정약용이 마재로 올라가던 그해 가을날에 써준 글을 볼 때마다 콧잔등이 시큰했다.

'아, 너 신동(信東)은 부모의 늦은 기운을 받아 체질이 약한 탓에 나이 열다섯인데도 아직 어린애 같구나. 그러나 정신과 마음이 네 몸의 주인인 것은 마땅히 옛날의 거인 교여(僑如)나 무패(無覇)와 더불어 다르지 않을 터이다. 네가 작다고 여기지 않고 스스로 뜻을 세우고 힘을 써 대인과 호걸이 되기를 원한다면 하늘은 네 몸이 작다고 하여 덕을 이루려는 너를 막지 않을 것이다. 엄장(체격)이 크고 기상이 웅위한 사람은 비록 작은 지혜와 잔단 꾀가 있더라도 사람들은 오히려 우러르고 권모와 책략의 꾀가 있다 여길 것이다. 만약 체구가 작은 사람이라면 비록 평범한 말을 해도 사람들은 반드시 작은 지혜와 잔단 꾀라 하면서 간사하다고 지목하며 소인이라고 말할 것이다. 그런 까닭에 타고난 것이 이와 같은 사람이라면 응당 열 배 더 힘을 쏟아 늘 충후하고, 바탕을 숭상하며 도타우면서도 성실하게 힘쓴 뒤라야 겨우 능히 보통 사람의 반열에 낄 수 있을 것이다. 너는 죽을 때까지 명심해서 말 한마디 행동 하나에도 감히 스스로 작음을 가지고 경박하게 구는 일이 없도록 해라. 그래서 내가 너에게 순암

(淳菴)이라는 호를 준다. 가경 무인년(1818년) 중추에 다수(茶叟)가 쓴다.'

초당을 오르는 산길은 낙엽으로 덮여 있었다. 잡목 사이로 난 산길은 더욱 희미했다. 그동안 사람들의 발길이 뜸했던지 산길이 흔적만 남아 있었다. 낙엽 위에 쌓인 함박눈이 떡가루처럼 흩뿌려져 있었다. 홍임이가 두어 번 엉덩방아를 찧었다. 홍임 모는 초당을 빨리 보고 싶어 뒤돌아보지 않고 걸어 올랐다.

"어메야, 같이 가잔께."

"얼렁 올라와부러야. 해찰허지 말고."

"아부지도 읎는디."

"쓰잘데기읎는 소리 말어라, 가시네야."

홍임 모는 마당에 오르자마자 초당으로 먼저 갔다. 먼지가 켜켜이 쌓인 마룻바닥에는 산짐승들의 발자국이 찍혀 있었다. 방문을 열자 빈 창고처럼 퀴퀴한 냄새가 났다. 동암 마루나 방도 먼지투성이였다.

"홍임이 니는 방 쪼깐 훔쳐라잉. 나는 군불을 땔랑께."

홍임 모는 동암 부엌으로 들어갔다. 다행히 삭정이 같은 땔나무가 부엌 한쪽에 많이 남아 있었다. 군불을 지피고 있는데 윤종진이 쌀과 반찬을 지게에 지고 올라왔다.

"밤에 괸찬헐께라우?"

"귤동 아제가 밑에서 산디 뭔 일이 있을랍디여?"

"지가 초당 청소허고 잘께라우."

"아조 무서우문 백련사로 가서 잘 팅께 걱정 마씨요."

"그라믄 지가 여그서 홍임이랑 쪼께 있다가 밤에 내려갈께라우."

"귤동 아제가 우리 모녀를 위해 그래 주문 고맙지라우."

"사나흘 정도는 밤에 올라왔다가 내려갈께라우. 그라믄 읍에 악소배들도 올라오지 못헐 것이요."

"악소배들이라고 했당가요?"

"다 그란 것은 아닌디 읍에 타지에서 굴러온 고약헌 놈덜이 있어라우. 긍께 조심허는 것이 좋다 이 말이지라우."

홍임 모는 연못가로 나와 살폈다. 홍매와 홍도는 누가 돌보는 사람이 없었을 텐데도 가지가 튼실했다. 대롱을 타고 연못으로 흘러드는 물도 여전히 졸졸 흐르고 있었다. 더욱 놀라운 것은 잉어 두 마리도 살아 있었다.

"워메, 잉어가 아적까정 살아 있어야. 누가 괴기 모시를 줬당가요?"

"괴기덜 멩이 질어서 살고 있지라우. 지말고 여그까정 올라와서 누가 모시를 준당가요. 지난시안에 안 얼어 디진 것만도 신통방통허그만요."

"참말로 멩줄이 질어부요잉."

"학래 성이 탐진강에서 구해 온 잉어가 아닌게라우?"

"아제 말이 맞지라우. 영감마님 몸이 상했을 쩍에 고아 드시라고 갖고 온 괴긴디 연못에 살려주었지라우."

홍임이를 임신했을 때 이청과 혜장의 제자 색성이 탐진강에서 구해 온 어미잉어와 새끼잉어를 정약용이 연못에 놓아 살려준 일이 있었던 것이다.

"지는 선상님이 보고 잪으문 혼차서 초당으로 올라와 연못가를 뱅뱅 돔시로 맴을 달랬그만이라우."

윤종진은 약속대로 저녁을 먹은 뒤에도 내려가지 않고 정약용이 그리운 듯 마재 소식을 두서없이 물었다.

"선상님은 요즘 뭔 책을 쓰신당가요?"

"작년에 내려와분 학림 아제 야그는 안 들었능갑소잉."

"아니지라우. 학래 성이 선상님께서 『흠흠신서』는 가실에 마칠 것이라고 말했지라우."

"마쳤는지 으쨌는지는 모르겄소만 강진 떠날 때부텀 애를 썼든 『목민심서』인지 뭔 책인지 곧 끝나지 않을께라우? 지헌티 책 야그는 허시지 않응께 잘 모르지라우."

"선상님 건강은 으쩌신게라우?"

"큰도련님이 겁나게 효자랑께요. 약초를 캐다가 약탕기에 넣고 날마다 대려드리지라우. 긍께 견디지라우. 티를 안 낸께 그라제 잔병이 많은 분이지라우."

윤종진은 스승 정약용의 저술 작업과 건강에 대해서 묻더니 소쩍새가 초당 가까이 날아와 크게 울 무렵에 내려갔다. 겁이 많았는데 그사이에 무서움도 없어진 것 같았다. 아무렇지 않게 산길을 총총히 내려갔다.

윤종진이 간 뒤 홍임 모는 누운 채 내일 아침부터 당장 무엇을 할까 하고 궁리했다. 남당포 본가로 돌아가서 살 생각은 없었다. 예전처럼 한약방이나 술청의 잔일을 거들며 살기는 싫었다. 홍임이에게 글을 가르쳐 달라고 백련사 스님들에게 부탁하며 초당에서 예전처럼 살고 싶었다. 이부자리를 덮어주자 홍임이가 또 말했다.

"아부지는 은제 온당가?"

"백련사 스님헌티 글 배우고 나서 아부지 기시는 마재로 가 자랑허문 으쩌겄냐?"

"참말로 아부지헌티 간다고라우?"

"약속허마."

홍임이는 곧 눈을 감았다. 대둔사에서 걸어오느라고 고단했던지 숨소리를 쌕쌕 내며 잠에 떨어졌다. 홍임 모는 잠이 오지 않았다. 소쩍새 울음소리가 방 안을 울렸다. 소쩍새 울음소리는 방 안뿐만 아니라 홍임 모의 마음속까지 퍼졌다. 홍임 모는 눈가에 흐르는 눈물을 닦으며 중얼거렸다.

'그래, 다산으로 올라가 정성을 다해 찻잎을 따불자. 찻잎을 따서 정성을 다해 차를 맹글자. 차를 맹글어 정성을 다해 마재로 보내불자.'

한밤중에 하염없이 눈물을 흘리고 나서 차를 생각하니 마음이 한껏 개운해졌다. 마음속에 차향이 번지는 것 같은 맑은 느낌이 들었다. 차를 만들며 살다 보면 심신이 다시 태어날 것만 같았다. 그런 기분이 들자, 마재에서 살지 못하고 초당으로 쫓겨 왔지만 차를 만들 수 있는 초당으로 잘 내려왔다는 생각이 들었다.

며칠 뒤.

홍임 모는 아침 일찍 초당 뒤 다산으로 올라가 찻잎을 땄다. 오전에 딴 찻잎을 오후에 바로 솥단지에 넣은 뒤 떫고 탁한 기운이 없어질 때까지 여러 번 덖었다. 익힌 찻잎 덩어리는 고슬고슬해질 때까지 비빈 뒤에 마룻바닥에 말렸다.

백련사 스님들이 초당으로 건너와 홍임 모가 만든 햇차 맛을 보더니 백련사에 전해 오던 것보다 뛰어나다며 모두들 감탄했다. 홍임 모가 만드는 초당 차의 소문은 어느새 강진읍까지 돌았다. 강진읍인 중에는 홍임 모가 만든 햇차를 곡식과 바꾸어 가는 사람도 생겨났다.

늦봄이 되자 홍임 모는 정약용에게 배운 대로 떡차도 만들었다. 홍임 모는 한양을 오가는 강진의 경주인(京主人) 편에 잎차와 떡차를 보냈다. 그러자 어느 해인가는 정약용이 강진으로 가는 경주인에게 초당에 전해 달라며 두 줄의 시구를 적어 주었다.

기러기 끊기고 잉어 잠긴 천리 밖
해마다 오는 소식 한 봉지 차로구나.
雁斷魚沈千里外

每年消息一封茶

차 한 봉지를 받으며 홍임 모녀의 안부를 짐작한다는 시였다. 홍씨 부인과 자식들의 눈치 때문에 더 이상 자세하게 쓰지 못하는 편지였다. 홍임 모 또한 윤종진이 읽어주는 한자의 시구만 듣고서도 정약용이 하지 못한 말까지 알아들었다.

기러기는 강진으로 오고 싶지만 날지 못하는 정약용이고, 초당 연못에 잠기어 있는 잉어는 두말할 것도 없이 홍임 모였다. 햇차 한 봉지를 받을 때마다 '아, 홍임 모녀가 잘 있구나!' 하고 안도하는 정약용의 안타까운 마음이 담긴 시였다.

미리 쓰는 묘지명

정약용이 회갑을 맞이하는 해였다. 정약용은 산책도 하지 않고 두문불출하며 지나온 생을 회상했다. 거울에 비친 자신의 얼굴을 보니 파란만장했던 사건들이 주름살에 깊이 새겨져 있는 듯했다. 벼슬에 대한 집착은 버렸음인지 여러 가닥의 주름살에도 불구하고 얼굴빛은 맑았다. 시비를 떠난 입술에는 옅은 미소가 감돌았다. 실제로 재작년부터 벼슬에 대한 미련을 속절없이 버리고 나서 생긴 초연한 기운이었다.

서용보의 간사한 속마음을 알고는 인간의 악한 면에 대한 환멸을 느꼈던 것이 컸다. 정약용을 귀양 보낸 장본인 서용보는 벼슬길에서 잠시 물러나 마재 서쪽에 있는 마을에 살면서부터는 사람을 보내 정약용을 위로하곤 했는데, 다시 정승이 되어서는 조정에서 정약용에게 벼슬을 주려고 하자 극력 반대했다. 정약용은 서용보에게 연민의 정을 느꼈다. 어찌 생각해 보면 고맙다는 마음도 들었다. 사람을 경계하지 않고 남은 생을 순리대로 살면서 마치기로 했기 때문이었다. 다만 유일한 소원이 하나 있다면 자신의 생을 정확하게 기록하여 뒷사람들이 오해하지 않고 사실대로 평했으면 하는 것이었다.

정약용은 벼루에 먹을 갈고 붓을 든 지 삼 일 만에 글을 써 내려갔다. 숨을 쉴 때마다 방 안에 고인 묵향이 코끝을 스쳤다. 묵향은 항상 자신을 엄숙하게 했다. 언제 죽을지 모르지만 묘지명을 미리 써놓기로 했다. 며칠 동안 감정을 다스린 뒤끝이어선지 마음은 허허로우면서도 담담했다. 자신이 누구인지부터 밝히는 것이 묘지명의 순서였다.

<이 무덤은 열수(洌水) 정약용의 묘이다. 본 이름은 약용(若鏞)이요, 자는 미용(美庸), 또 다른 자는 송보(頌甫)라고도 했으며, 호는 사암(俟菴)이고 당호는 여유당(與猶堂)인데, 겨울 내의 살얼음판을 건너듯 조심하고 사방의 이웃을 두려워하듯 신중히 한다는 의미를 따서 지었다.

아버지의 이름은 재원(載遠)이며 음사로 진주 목사까지 지냈다. 어머니는 숙인(淑人) 해남 윤씨로 영조 임오년(1762년) 6월 16일 약용을 한강변의 마현리에서 낳았다. 이때는 청나라 건륭 27년이었다.>

그리고 자신의 선조들을 밝혔다. 그런 뒤 바로 실학을 접하게 된 배경을 아래와 같이 밝혔다.

<15세에 결혼을 하자 마침 아버지께서 다시 벼슬을 하여 호조좌랑이 되셨으므로 한양에서 셋집을 얻어 살게 되었다. 이때 한양에는 이가환 공이 문학으로써 일세에 이름을 떨치고 있었고 자형인 이승훈도 또한 몸을 가다듬고 학문에 힘쓰고 있었는데, 모두가 성호 이익 선생의 학문을 이어받아 펼쳐나가고 있었다. 그래서 약용도 성호 선생이 남기신 글들을 얻어 보게 되자 흔연히 학문을 해야 되겠다고 마음을 먹었다.>

이후 22세에 진사시에 합격할 때까지 화순 동림사, 과천 봉은사 등에서 공부한 과정을 얘기한 뒤 성균관에 입학하여 이벽을 만나고 정조에게 칭찬받은 일을 고백했다. 그러나 다음의 문장은 이어 쓰지 못하고 붓을 놓았다. 대과에 급제하고 대신들의 품의로 초계문신으로 뽑히는 영광도 있었으나 한숨을 쉬게 하는 일도 있었다. 정약용은 운명이란 단어를 떠올리며 숨을 길게 들이쉬었다. 그때 이벽을 따라 두미협으로 배를 타고 가다가 처음으로 천주교에 대해서 얘기를 듣고 한 권의 책을 보았던 것이 친인척 모두가 풍비박산당하는 비극의 단초가 되지 않았나 하는 자괴감이 들었기 때문이었다.

정약용은 숨을 몇 번 깊이 쉬고 나서는 그래도 글을 남겨야 한다는 생각이 들어 외가 인척인 윤지충이 천주교 신자가 되어 제사를 지내지 않아 조정을 들끓게 했던 신해사옥과 정조의 총애와 우환이 끊이지 않았던 관직 생활을 소상하게 기록했다. 그러고 나서 정조의 승하 얘기를 써 가다가 또다시 붓을 놓고 눈물을 흘렸다.

<임금이 승하하신 날 급보를 듣고 홍화문(弘化門) 앞에 이르러 조득영(趙得永)을 만나 서로 가슴을 쥐어뜯고 목 놓아 울었다. 임금의 관(棺)이 빈전(殯殿)으로 옮겨지던 날에는 숙장문(肅章門) 옆에 앉아 조석중(曹錫中)과 함께 슬픔을 이야기하였다.

공제(公除)의 날이 지난 뒤부터 점차 들리는 소리는 악당들이 참새 떼 뛰듯 날뛰며 날마다 유언비어와 위험스러운 이야기를 지어내고 사람들의 귀를 현혹시키고 있다 했다. "이가환 등이 앞으로 난리를 꾸며 4흉 8적(四凶八賊)을 제거한다."라는 이야기까지 꾸며대었다. 그 네 명과 여덟 명의 이름에 절반은 당시의 재상들과 명사들의 이름이 끼여 있었고 절반은 자기네들 음험한 무리들의 이름을 끼어 넣고는 당시의 사람들에게 분노를 격발시키고 있었다.

나는 화란의 낌새가 날로 급박해짐을 헤아리고 곧바로 처자를 마현으로 돌려보내고 혼자 한양에 머무르며 세상이 변해감을 관찰하고 있었다. 겨울에 임금의 졸곡(卒哭)이 지나자 영영 열상(洌上)으로 낙향해 버리고는 오직 초하루나 보름날의 곡반(哭班: 벼슬에 따라 열을 지어 곡하는 대열)에 참가할 뿐이었다>

정약용은 울고 또 울었다. 흐느끼는 소리를 듣고 놀란 홍씨 부인이 방문을 열고 들어왔으나 물리쳤다. 혼자서 실컷 울고 싶은 마음뿐이었다. 정조의 죽음은 자신의 인생길을 바꾸어 버린 불행의 시작이었던 것이다. 문득 감옥에 잡혀가 있을 때 꾸었던 꿈이 떠올랐다.

<처음 신유년(1801년) 봄에 옥중에 있을 때 하루는 근심하고 걱정하다 잠이 든 꿈결에 어떤 노인이 꾸짖기를 "소무(蘇武)는 십구 년도 참고 견디었는데 지금 그대는 십구 일의 괴로움도 참지 못한다는 말인가?"라고 했었다. 옥에서 나오던 때에 당하여 헤아려 보니, 옥에 있던 것이 꼭 십구 일이었다. 유배지에서 고향으로 돌아옴에 당하여 헤아려 보니, 경신년(1800년) 벼슬길에서 물러나던 때로부터 또 십구 년이 되었다. 인생의 화와 복이란 정말로 정해진 운명이 아니라고 누가 말하겠는가.>

정약용은 신유년(1801년)에 일어났던 천주교 박해 사건의 전말을 차마 쓰지 못하고 다음 날로 미루었다. 슬프고 억울하고 어이가 없어서 손이 떨려 붓을 들고 있을 수 없었다. 마음이 진정되어야 사건의 앞과 뒤를 얘기할 텐데 그럴 자신이 없었다. 이미 자신은 세월을 초탈했다고 생각했는데 과거로 돌아가자 다시 감정이 북받쳤다. 정약용은 다음 날 새벽에야 겨우 평상심을 되찾았다. 허리를 곧추세우고 붓에 먹을 적셨다.

<신유년에 태비(太妃)가 유시를 내려 서교를 믿는 사람은 코를 베고

멸종시켜 버린다는 경고를 하였다. 정월 그믐 하루 전날 이유수(李儒修) 윤지눌(尹持訥) 등이 편지를 보내 책롱사(冊籠事: 천주교 성물과 편지 등이 든 책롱을 압수당한 사건)를 알려 오자 나는 즉시 한양으로 달려 들어갔다.

이른바 책롱이라는 것은 대여섯 사람의 편지들이 섞인 문서인데 그 중에는 나의 집안 편지가 들어 있었다. 윤행임(尹行恁)이 그러한 상황을 알아내서 이익운(李益運)과 의논, 유원명(柳遠鳴)을 시켜서 상소하여 나를 붙잡아다 조사하여 나와 관계없는 일임을 밝혀 내 화봉(禍鋒)을 미리 꺾어버리자고 하였고, 최헌중(崔獻重) 홍시보(洪時溥) 심규(沈逵) 이석(李晳) 등이 애쓰며 권하기를 그렇게 받아들여서 앞으로 전화위복이 되게 하라 하였지만 내가 받아들이지 않았다.

2월 8일 사헌부와 사간원에서 죄상을 적어 임금께 올리어 국문을 청하게 되자 이가환 정약용 이승훈이 모두 투옥되었고 나의 형 약전과 약종 및 이기양(李基讓) 권철신 오석충(吳錫忠) 홍낙민(洪樂敏) 김건순(金健淳) 김백순(金伯淳) 등이 차례로 투옥되었다. 그러나 그 문서 뭉치 중에서는 내가 관계없음이 분명히 드러났다. 이어서 형틀에서 풀어주고 사헌부 안에서 편히 있게 해주었다.

여러 대신들이 모여 의론을 하고 있었는데 옥사의 위관(委官)인 이병모(李秉模)가 말하기를 "자네는 앞으로 무죄로 풀려날 걸세. 음식도 많이 들며 몸을 아끼시게."라고 했고, 심환지(沈煥之)가 말하기를 "쯧쯧, 혼우(婚友)가 운명이 어찌 될지 알 수 없구나."라고 했다. 지의금(知義禁) 이서구(李

書九) 승지 김관주(金觀柱) 등도 공정히 판결하여 용서될 거라고 했고, 국문할 때 참관했던 승지 서미수(徐美修)가 은밀히 기름 파는 노파를 불러다가 재판 소식을 나의 처자에게 전해 주라고 하면서 나의 죄질은 가벼워 죽을 걱정은 없으니 식사하게 하여 살아나게 하라고 시킨 일까지 있었다.

대신들 모두가 무죄로 풀어줄 것을 의론했으나 오직 서용보(徐龍輔)만이 고집을 부려 안 된다고 해서, 나는 장기현으로 유배당하고 형님 약전은 신지도로 유배형을 받았다. 약종뿐만이 아니라 나머지 사람들, 이가환 권철신 이승훈 김건순 김백순 홍낙민은 살아남지 못했다. 오직 이기양은 단천(端川), 오석충(吳錫忠)만은 임자도로 유배를 당했다.

이때 악당들이 내가 죽지 않는다는 것을 알고는 헝클어진 편지 뭉치 속의 삼구(三仇: 육신과 세속과 마귀)의 학설을 억지로 뜯어 맞추어 정(丁)씨 집안의 문서에 있는 흉언이라고 무고하여 마침내 약종에게 극형을 추가함으로써 내가 재기할 수 있는 길까지 막아버렸다. 그러나 고(故) 익찬(翊贊) 안정복(安鼎福)의 저서에 분명히 삼구(三仇)의 해석이 있으니, 우리 집안에서 만든 말이 아니고 보면 그거야말로 무고임이 분명했다. 이해 여름에 옥사가 더욱 확대되어 왕손 인(䄄), 척신 홍낙임(洪樂任), 각신 윤행임(尹行恁) 등이 모두 사사를 당하였다.

나는 장기에 도착한 뒤에 『기해방례변(己亥邦禮辨)』을 지었고 『삼창고훈(三倉詁訓)』을 연구해 내고 『이아술(爾雅述)』 여섯 권을 저술하였고 수많은 시를 읊으며 스스로 걱정과 근심을 견디며 지냈다.

겨울이 되어 역적 황사영이 체포되자 악인 홍희운(洪羲運) 이기경 등이 백 가지 계책을 동원하여 조정을 공갈 협박하기도 하고, 자기들이 자원해서 사헌부의 벼슬자리에 들어가기도 해서는 발계(發啓)하여 다시 국문하자고 청하여 약용 등을 기어코 죽이고야 말겠다는 것이었다. 홍희운이란 자는 낙안(樂安)의 바꾼 이름이다.

이때 정일환(鄭日煥)이 황해도로부터 들어와 "정모(丁某)는 서쪽 지방에서 백성을 아끼는 정치를 남겼으니 죽여서는 안 된다."라고 세차게 발언하였고, 또 죄인의 공초(供招)에 이름이 나오지도 않았는데 체포해 오는 법은 없다고 심환지에게 국문하자는 요구에 동의하지 말라고 권했으나, 심환지가 태비에게 청하여 봄철 대간(臺諫)의 계사(啓辭)를 윤허 받았다.

이에, 약전, 약용 및 이치훈(李致薰) 이관기(李寬基) 이학규(李學逵) 신여권(申與權) 등이 또 체포되어 투옥을 당했다. 위관(委官)이 흉서(凶書: 帛書)를 나에게 보여 주며 말하기를 "역적의 변고가 이 지경에 이르렀으니 조정에서도 무슨 걱정인들 미치지 않으리오. 무릇 서양 서적의 글자 하나라도 읽은 사람은 죽음이 있을 뿐 살아남을 수는 없다."라고 하였다.

그런데 사건을 조사해 보니, 모두 참여해서 알았던 정상이 없었고 또 여러 대신들이 압수해 간 예설(禮說)이나 이아설(爾雅說) 및 여러 시작품을 검토해 본바 모두가 안한(安閒)하고 정밀하여 알맹이가 있고 적(황사영)과 서로 통했던 낌새가 없기 때문에 불쌍하게 여겨서 어전에 들어가 무죄임을 올려 바치니, 태비도 그것이 무고임을 살펴내고 여섯 사람을 모두 적당히 석방하라고 명령하고는 말하기를 "호남에는 아직도 서교에 대한 우려가 있으니 약용을 강진현으로 유배시켜 진정시키도록 하고 약전은 흑산도, 나머지는 모두 영남과 호남으로 옮겨서 유배를 보내라."고 하였다.>

정약용은 강진 유배와 해배의 전말을 짧게 쓰고 난 다음 그동안 저술했던 책에 대해서 길게 써 내려갔다. 장기 유배 생활 때부터 해배 전후까지 저술한 『주역심전』 『맹자요의』 등 경집(經集)이 232권, 『경세유표』 『목민심서』 『흠흠신서』 등 문집 속의 책들이 260여 권이었다. 그러니까 이십여 년 동안 총 오백여 권을 저술한 셈이었다.

마지막으로 정약용은 묘비명을 다음과 같이 끝맺었다.

<나는 건륭 임오년(1762년)에 태어나 지금 도광 임오년(1822년)을 만났으니 갑자(甲子)가 한 바퀴 돈 육십 년의 돌이다. 뭐로 보더라도 죄를 회개할 햇수다. 수습하여 결론을 맺고 한평생을 다시 돌이키고자 한다. 금년부터 정밀하게 몸을 닦고 실천하여 하늘이 준 밝은 명(命)을 살펴서 여생을 끝마치려 한다. 그러고는 집 뒤란의 자좌(子坐: 북쪽)를 등진 언덕에 관 들어갈 구덩이의 모형을 그려놓고 나의 평생 언행(言行)을 대략 기록하여 무덤 속에 넣을 묘지(墓誌)로 삼겠다. 명(銘)에 이르기를,

네가 너의 착함을 기록했음이
여러 장이 되는구나.
너의 감추어진 사실을 기록했기에
더 이상의 죄악은 없겠도다.

네가 말하기를
"나는 사서 육경을 안다"라고 했으나
그 행할 것을 생각해 보면
어찌 부끄럽지 않으랴.

너야 널리널리 명예를 날리고 싶겠지만
찬양이야 할 게 없다.
몸소 행하여 증명시켜 주어야만
멀리 퍼지고 이름이 나게 된다.

너의 분운(紛紜)함을 거두어들이고
너의 창광(猖狂)을 거두어들여서
힘써 밝게 하늘을 섬긴다면
마침내 경사가 있으리라.>

며칠 후 또다시 정약용은 붓을 들었다. 묘지명에 미처 다하지 못한 말이 머릿속을 맴돌았기 때문이었다. 사사로운 일화 같아서 묘지명에서 뺐던 얘기들인데 끝내 머릿속에서 지워지지 않았던 것이다. 정약용은 보유(補遺)라 하여 덧붙였다.

<경술년(1790년) 겨울에 임금의 명령에 따라 상의원(尙衣院)에서 『논어』를 읽고 있었는데 갑자기 내각의 아전이 와서는 소매 속에서 종이쪽지를 꺼내 보여 말하기를 "이건 내일 강독할 『논어』의 장(章)입니다."라고 했다. 내가 깜짝 놀라며 "이런 걸 어떻게 강독할 사람이 얻어다 엿볼 수 있단 말인가?"라고 했더니 하인배가 "염려할 것 없습니다. 임금께서 지시하신 겁니다."라고 했다. 그래서 내가 "그렇지만 미리 엿보는 일은 할 수 없다. 마땅히 『논어』 전편을 읽어보리라." 하니 그 아전은 웃으면서 돌아갔다.

다음 날 경연에 나가니 임금이 각신(閣臣)에게 말씀하기를 "정약용은 별도로 다른 곳을 하도록 하라."라고 했다. 강(講)을 틀리지 않고 끝내자 임금이 웃으시며 "과연 전편을 읽었구나!"라고 하셨다.

며칠 후, 눈과 바람으로 몹시 추운 깊은 밤에 내전에서 글 읽는 여러 신하들에게 음식을 보내왔다. 나는 상의원에서 내각으로 달려왔는데 칠흑 같은 어둠이라 담장에 스쳐서 광대뼈 부분이 긁혔다.

다음 날 춘당대(春塘臺)에 들어가 임금을 모셨는데 임금께서 광대뼈에 있는 납지를 보시고는 "납지가 어찌해 있는 것인가? 간밤에 술을 너무 많이 먹고 취해서 넘어진 게 아닌가?" 하시기에 답하기를 "감히 과음하진 않았습니다. 어둠이 칠흑 같아서 그랬습니다."라고 했더니, 임금이 "옛날에도 취학사(醉學士)와 전학사(顚學士)가 있었다는데 취하지 않았다면 넘어진 학사로군."이라고 하셨다>

정약용은 미소를 지었다. 정조와 보냈던 행복한 시간들이 생생하게 떠올라서였다. 자신의 책을 보고 격려해 준 김매순(金邁淳)의 따뜻한 평도 잊을 수 없었다. 김매순이야말로 자신을 참으로 알아준 몇 안 되는 선비 중에 한 사람이었다.

<직각(直閣) 김매순(金邁淳)이 나의 『매씨상서평(梅氏尙書平)』을 보고는 평하기를 "미묘한 부분을 건드려서 그윽한 진리를 밝혀 낸 것은 비위(飛衛)가 이[蝨]를 보고 적중시킨 것과 같고 헝클어져 있음을 추려내어 견고히 굳어 있는 것을 찢어냈음은 포정(庖丁: 백정)이 쇠고기를 재단해 냈음과 같도다. 독한 손으로 간사함을 파헤쳐 냈음은 상군(商君)이 위수(渭水)를 통치하던 것 같고 피 흘리는 정성으로 올바름을 지키려 했음은 변화(卞和)가 형산(荊山)에서 울부짖던 것이로다.

한편으로는 공벽(孔壁: 공자의 옛집 벽장에서 나온 古文尙書)의 어지러움을 올바르게 밝혀낸 원훈(元勳)이 되지만 한편으로는 주자(朱子)를 업신여기

는 일을 막아낸 경신(勁臣)이다. 유림의 대업이 이보다 더 클 수가 없도다. 아득하게 먼 천년의 뒤에 와서 온갖 잡초가 우거져 있는 구이(九夷) 가운데서 이처럼 뛰어나고 기이한 일이 일어났다고 말하지 않으랴!"라고 하였다.>

정약용은 보유의 문장까지 다 쓰고 나니 수의 한 벌을 미리 지은 것 같은 기분이 들었다. 이제는 자신의 목숨이 땅에 있는 것이 아니라 하늘에 맡겨져 있다는 자각이 들었다. 바람처럼 걸림 없이 산야를 유유자적하다가 하늘이 부르면 가는 것이 하늘의 도(天道)라고 깨달았다. 홀연히 하늘의 도를 깨닫고 나니 자신의 한 생(生)도 천년을 하루같이 무심히 흘러가는 한강물 같다고 느껴졌다.

매조도2

초가을비가 추적추적 내리는 새벽이었다. 낙엽을 때리는 빗방울 소리가 정약용의 새벽 토막잠을 깨웠다. 된하늬바람이 불어 나뭇가지와 낙엽들이 거풋거리는 소리에 간밤 내내 깊은 잠을 자지 못했는데 새벽 토막잠마저 달아나버렸다. 그러자 뜨막해진 홍임이와 홍임 모가 또다시 먼 등불처럼 생각났다. 아직도 두 모녀는 귤동과 초당을 오르내리며 살고 있을 터였다. 문득 두 모녀가 눈앞에서 어른거리는 것 같기도 했다.

정약용은 맥없이 도리질을 했다. 그래도 소용없었다. 이번에는 귤동 마을 유지 윤 씨가 보낸 편지가 떠올랐다. 홍임 모가 재혼하려 한다는 소식을 전해준 편지였다. 그전에는 어린 딸 홍임이가 아프다는 소식의 편지였다. 정약용은 초당의 작은 새 같은 홍임이가 짠했다. 더구나 홍임이 목에 종기가 나서 고생하고 있다는 사실을 1년 전쯤 제자로부터 전해 들었던 것이다. 정약용은 귤동 윤 씨의 편지를 받은 뒤 강진으로 보내는 답신에 '내 나이가 이렇게 많으니 홍임 모더러 정절을 지키라고 강요할 수 없지요.'라고 했으며, 또 며칠 지나서 쓴 추신에 '어린 딸의 목 종기에 대해서 말씀이 없으신 것을 보니 이미 나은 듯하군요.'라고 덧붙였는데 이는 답답한 자신을 위로하는 말이나 다름없었다.

정약용은 제자 편에 답신을 보낸 뒤부터 귤동에서 오는 편지를 사뭇 애타게 기다렸다. 재혼하려 한다는 홍임 모의 뒷소식과 홍임이의 건강이 궁금해서였다. 그러나 초당 소식을 전해주던 귤동 윤 씨의 편지나 제자들의 왕래는 깊은 가을로 들어서서는 무슨 일인지 슬그머니 끊어졌다. 정약용은 귤동의 감감한 소식에 마음만 안타까울 뿐 이러지도 저러지도 못했다. 이제는 관직에 나아갈 희망이 없고, 이미 가세가 기울어버렸기 때문에 홍임 모녀를 건사할 자신도 없었다.

정약용은 귤동으로 보낸 답신을 쓸 때, 홍임 모가 살고 있는 윤 씨 공동소유인 초당을 비워달라고 하지 말 것을 부탁했다가는 지워버렸던 글이 떠올랐다. 이제는 그런 부탁을 하기가 몹시 부담스러웠다. 귤동 윤씨들 가운데는 윤규로와 달리 홍임 모에게 도끼눈으로 눈치 줄 사람도 있을 것이기 때문에 굳이 덧나게 하고 싶지 않았다. 그래도 정약용이 믿는 사람은 윤규로와 그의 아들들이었다. 윤규로는 귤동 윤씨들에게 여러 모로 존경받는 마을 유지였고, 그의 아들들인 윤종진 형제들은 정약용의 제자였던 것이다.

창호가 밝은 쪽빛으로 변할 때까지 문간방에서 기다리던 둘째 아들 학유가 아침문안을 했다.

"아버님, 간밤에 평안히 주무셨습니까?"

"학포(정학유 아명)야, 비 맞지 말고 어서 들어오너라."

이틀 전부터 마재로 와서 머물고 있는 둘째 아들 학유였다. 정약용은 펴놓고 있던 매조도를 한쪽으로 밀쳤다.

"거기 앉아라."

"아버님, 이 매조도를 왜 벽에 걸어두지 않고 항상 벽장에 두십니까?"

"이것은 보고 싶은 때만 보는 그림이어서 그런다."

"대흥사 스님들이 왔다고 급히 수종사에 가신 형님께서는 그림의 주인이 따로 있다고 합니다."

"그 사람이 누구라고 하더냐?"

"그림에 쓰여 있는 글대로 종혜포옹(種蕙圃翁), '혜초 밭에 씨 뿌리는 늙은이'라고 합니다. 더구나 종혜포옹 앞에는 의증(擬贈)이란 글씨가 있습니다. 의증은 누구에게 '준다'가 아니라 '주려고 한다'는 뜻이 아닙니까?"

"네 말이 맞다."

"아버님, 그것은 어머님을 가슴 아프게 하는 일이 아닙니까?"

둘째 아들 학유 역시 매조도의 천이 어머니의 치맛자락이란 사실을 알고 있었다. 어머니의 치맛자락에 그려진 그림이 다른 사람에게 간다는 것은 자식으로서 슬픈 일이 아닐 수 없었다.

"너는 하나는 알고 둘은 모르는구나."

"의증이란 말에 집착하여 '혜초 밭에 씨 뿌리는 늙은이'를 다른 사람으로 생각하고 있구나."

정약용의 말이 알쏭달쏭하여 학유는 고개를 흔들었다.

"그럼, 종혜포옹은 아버님이란 말씀입니까?"

"이 그림은 내가 가끔씩 꺼내 보되 방에 걸어둘 그림이 아니라는 것만 알거라."

학유는 아버지에게 말 못할 사연이 있겠거니 하고 더 묻지 않았다. 학유의 짐작은 사실이었다. 홍임이가 시집갈 때 주려고 그려놓은 매조도였으므로 정약용은 자하산방(다산초당 별칭)에서 혜초 밭에 씨 뿌리는 늙은이에게 주려고 그린 그림이라고 7언 절구 끝에 암호문처럼 써 두었던 것이다. 두말할 것도 없이 소실의 딸인 홍임이에게 주려고 그린 그림이라고 밝히지 못한 까닭은 본처인 홍씨 부인이나 자식들에게 상처를 주지 않기 위해서였다.

그때, 방 밖에서 홍씨 부인의 소리가 났다.

"영감, 석이에게 군불을 때라고 했습니다만 따뜻합니까?"

"아랫목은 따뜻해요. 둘째 학포하고 얘기하고 있으니 부인도 들어오시오."

홍씨 부인이 방문을 열었다. 그러나 마루에 서서 멈칫거렸다.

"또 그림을 보고 계십니까?"

"부인, 초당이 생각나서 그러오."

방으로 들어온 홍씨 부인이 작은 가지에 앉은 새를 가리키며 말했다.

"영감께서는 이 새가 생각났겠지요."

"아니, 어떻게 내 마음을 아시었소."

"벌써 몇 번짼지 아세요?"

"강진에서 18년을 살았으니 어찌 초당이 생각나지 않겠소."

정약용은 뜨끔하여 실토하고 말았다. 그러나 그 이상은 고백하지 않았다. 홍씨 부인의 예민한 촉수에 놀란 채 거기까지만 밝혔다. 다행히 홍씨 부인은 더 묻지 않았다. 홍씨 부인의 태도로 보아 알면서도 모른 체하고 있는 것도 같았다. 다 지나간 일이었다. 현재는 과거와 서로 등을 맞대고 있는 법이었다. 홍씨 부인이 정약용을 타박하듯 말했다.

"새가 훨훨 날아가 버렸다고 생각하세요."

"어머님, 이 그림은 아버님 자신을 위해서 그리신 것이라고 합니다. 그러니 그림을 보시면서 스스로 위로를 받으시는 것 같습니다."

홍씨 부인이 퉁명스럽게 말했다.

"학포야, 네가 무얼 안다고 그러느냐!"

"방금 아버님께서 종혜포옹, 혜초 밭에 씨 뿌리는 늙은이는 아버님 자신이라고 말씀하셨습니다."

"학포야, 그림을 그려서 자신에게 주려고 한다는 것이 말이 된다고 보느냐? 그것은 네 아버님이 무언가 말 못할 사정이 있으신 것이다. 그렇지만 나는 굳이 말하고 싶지 않구나. 세상에는 그런 일이 허다하지 않느냐."

홍씨 부인이 곧 방을 나갔다. 된하늬바람이 몰고 온 초가을비가 거세진 듯 마루턱까지 들이쳤다. 마루 끄트머리 판자가 축축하게 젖었다. 상수리나무 낙엽은 된하늬바람에 날리다가 마루 위에서 처량하게 뒹굴었다.

"아버님, 어머님 말씀이 맞습니까?"

"그렇다. 네 형에게는 말해주었다만 사실이다."

"이 작은 새는 누구이옵니까?"

"홍임이다."

"그래서 방 벽에 걸어두지 못했구먼요."

"눈치가 보여서 그런 것은 아니다. 네 어머니의 치맛자락에다 그린 그림을 어찌 방 벽에 걸어놓을 수 있겠느냐. 홍임이를 생각하고 그린 그림을 말이다."

"아, 아버님의 깊은 속마음을 이제야 알겠습니다."

"너의 형제가 모두 이해해주니 다행이다."

"아버님, 그렇다고 언제까지 벽장에 넣어두고 홍임이가 생각날 때마다 볼 수는 없지 않겠습니까?"

"네 어머니는 다 알고 있을 것이다. 나는 그렇게 생각한다. 그러나 나는 홍임 모에게 약속을 했다. 홍임이가 시집갈 때까지 가지고 있겠다고."

그제야 학유는 매조도를 왜 방 벽에 걸지 못하고 벽장 속에 넣어두었는지 아버지 정약용의 마음을 확실하게 이해했다.

"그렇다면 아버님, 홍임이가 아직 일곱 살이니 매조도는 벽장 속에 더 있어야 할 것 같습니다."

"그야 이 매조도의 운명을 어찌 알겠느냐?"

"그 말씀은 또 무엇이옵니까?"

"홍임 모가 재혼한다면 홍임이에게 주겠다는 약속은 지킬 필요가 없어지는 것이다. 홍임이는 재혼한 사내의 의붓자식이 되니까 말이다."

"아버님, 그렇게 돼서라도 그림이 빨리 어디론가 사라졌으면 좋겠습니다. 그래야 어머님 마음이 편하지 않겠습니까?"

"아까는 내 편을 들더니 이제는 네 어머니 편을 드는구나."

"아버님께서 방금 말씀하신 것이 해결하는 방법입니다."

학유는 눈앞에 펼쳐져 있는 매조도를 다시 보았다. 윗가지의 줄기가 서너 마디 꺾인 것으로 보아 오래 된 고매(古梅)가 분명했다. 아버지 정약용이 고매를 그릴 때는 반드시 줄기를 꺾어 가면서 그렸다. 꽃을 피운 고매는 아버지이고, 고매에서 나온 한 가지 끝에 앉은 새 한 마리는 홍임이가 틀림없었다.

학유는 아버지 마음을 불편하게 하고 싶지 않았으므로 방에서 물러났다. 새벽부터 내리던 초가을 비는 점심 무렵에야 그쳤다. 학유는 수종사에서 오후 늦게 돌아온 형 학연에게 은근한 말투로 물었다.

"형님, 매조도 속의 꽃을 피우고 있는 고매가 아버님이 맞지요?"

"아버님께서 그렇게 말씀하시던가?"

"예."

"초당에 내려갔을 때 아버님께서 그렇게 말씀하셨네."

"가지에 앉은 새 한 마리는 홍임이고."

"물론이지."

"어머님께서 매조도를 볼 때마다 언짢아하시는 것 같습니다."

"부모님 일이라 우리가 나서기 뭣하네. 언쟁이라도 하시면 어찌하겠는가. 보아도 못 본 체, 들어도 못 들은 체해야지."

"홍임 모가 재혼하면 아버님께서 매조도를 처리하시겠다고 합니다."

"재혼 자리가 쉽게 나온다면 모르겠지만 그거야 부지하세월이네. 그렇지만 결국엔 남자가 나타나 재혼할 거라고 생각하네. 음식 솜씨 좋고 차도 잘 덖는 데다 행실이 방정하거든."

"형님 말씀 듣고 보니 그럴 것도 같습니다."

무슨 일이든 낙관적으로 보는 학연과 달리 학유는 둘째 아들답게 섬세한 성격이었다. 또한 학연은 풍류를 좋아해서 황상의 안내를 받아 두륜산을 기행하며 시와 산문을 남겼고, 초당에서 만난 초의와 돈독한 우정을 나누었다. 반면에 학유는 어머니 홍씨 부인의 뜻을 좇아 고향 선산을 지키는 데 애를 썼다. 학유가 가끔 가는 곳은 한나절 안에 오갈 수 있는 수종사뿐이었다.

홍임 모에 대한 두 형제의 생각은 엇비슷했다. 홍임 모가 재혼하기로 결심했더라도 간단하게 풀어질 일은 아니라고 판단했다. 홍임 모의 재혼은 앞으로 몇 년이 더 흘러가야 될지 모르는 일이었다. 더구나 홍임 모는 귤동과 초당을 떠난다면 피붙이들이 사는 강진을 떠나 낯선 땅에서 살고 싶어 했다.

달포 뒤 새벽 들판에 된서리가 내린 날이었다. 새벽 들판은 진눈깨비가 쌓인 듯 하얗게 반짝였다. 기온이 뚝 떨어져 얼굴에 소름이 돋았다. 점심끼니 무렵에 경주인이 와서 귤동에서 보낸 편지를 전했다. 정약용은 기다리고 기다렸던 편지라서 손에 경련을 일으키며 조심스럽게 봉투를 뜯었다. 학연이 궁금하여 아버지 정약용이 말해주기 전에 경주인을 불러들여 겸상하며 물었다.

"귤동 편진가?"

"그렇습니다. 동문 밖 밥집에서 받았습니다."

"윤 씨 중에서 누가 보낸 것인가?"

"전해 받은 편지여서 윤종진의 것인지 누구의 것인지 저는 모르겠습니다."

"알겠네."

학연은 발신인을 모르는 경주인의 무관심한 태도에 실망했다. 홍임 모의 재혼 소식은 학연과 학유, 홍씨 부인 등 여유당 가족 모두의 큰 관심사였다. 경주인이 가고 나서야 정약용이 종 석이를 시켜 학연을 사랑방으로 불렀다.

"아버님, 부르셨습니까?"

"들어오너라."

학연이 방 안에 들자 정약용이 말했다.

"귤동에서 온 편지다. 홍임 모의 재혼 소식은 한마디도 없다. 홍임이 목에 난 종기가 어떤지 한마디도 없구나. 다만 윤종진하고 윤종삼이가 늦어도 계미년(1823년) 초여름에 여기로 온다고 하는구나. 아마도 논밭에 씨 뿌리고 난 뒤 조금 한가해진 때를 잡은 것 같다."

"초당의 소식이 없는데도 아버님은 섭섭하지 않으신 듯하옵니다."

정약용이 희미하게 미소를 흘리며 말했다.

"홍임 모가 내 말을 받아들였음이 분명하다."

"무어라 하셨는지요?"

"내 처지를 살피건대 정절을 지키라고 강요할 수 없다고 했지."

"지당하신 말씀입니다."

"홍임이 소식이 또 없는 것을 보면 정말로 목에 종기가 다 나은 것 같다. 후유증이 있다면 편지에 걱정하는 말이 있었을 것이다."

"홀가분해하신 까닭을 이제야 알겠습니다."

"혜초 밭에 씨 뿌리는 늙은이가 나타나면 매조도를 주어버릴 것이니 그리 알거라."

"정말이옵니까?"

"초당의 불쌍한 것들을 내 어찌 잊을 수 있겠느냐만 이제 내가 네 어머니를 위해 할 수 있는 일은 그것뿐이구나."

정약용은 자신의 속마음을 장남인 학연에게는 늘 털어놓았다. 그러고 나면 속이 조금은 시원해졌다. 목에 걸려 있던 가시가 내려간 듯했다. 지금도 마찬가지였다. 다만 단 한 가지 소망이 있다면, 홍임 모가 재혼할 때까지 초당을 오가며 살 수 있도록 귤동 윤씨들이 눈감아 주라는 것이었다. 그러나 정약용은 그런 부탁을 귤동 윤씨들에게 노골적으로 말하지 못했다. 그런 부탁이나 당부를 하기에는 자신의 신산한 처지를 생각할 때 참으로 곤혹스러웠다. 초당에서 귤동 윤씨 자식들을 십년 이상 가르쳤지만 과거에 나섰다가 모두들 번번이 낙방했기 때문이었다. 정약용의 제자라는 사실이 알려져 과거장에서 알게 모르게 불이익을 받는지도 몰랐다.

한편, '혜초 밭에 씨 뿌리는 늙은이'는 생각보다 늦게 나타났다. 정약용이 회갑을 맞은 해에 찾아왔다. 파직을 당한 채 고향에서 살고 있는 이인행이 바로 '혜초 밭에 씨 뿌리는 늙은이'였던 것이다. 이인행은 성균관에서 함께 공부했던 친구였다.

이인행은 생원시를 정약용과 함께 합격한 뒤 성균관에 입학한 동기였다. 퇴계 이황의 형인 이해의 10세손이었고 경북 영천 출생으로 자는 공택(公宅)이었고, 신야(新野, 莘野), 만문재(晩聞齋) 등의 호를 가진 선비였다. 정약용과 이인행은 같은 남인으로 통하는 바가 많았다. 이인행은 정조 14년에 온릉참봉, 이어 효릉참봉, 고산현감 등을 거쳤고 사헌부 감찰, 형

조정랑을 지냈다. 세자익위사(世子翊衛司) 익위(翊衛)에 올라 선후배들에게 이익위(李翊衛)로 불렸고, 서연에 입시하여 진강하였는데 동료들로부터 진강관(眞講官)이라는 칭송을 들었다. 성품은 차돌처럼 단단하고 강직했다. 사헌부 감찰로 있을 때 동료가 구속되자 사직서를 쓰고 고향으로 내려간 일도 있었는데 이때 형조 참의로 있던 정약용이 <송영천이감찰인행환산서(送榮川李監察仁行還山序)>를 써 주었던바 그 글은 다음과 같았다.

'이제 공택이 이미 벼슬을 사직하였으니 장차 고향으로 돌아가 무엇을 할까? 농사를 짓고 살까? 그의 손가락은 부드럽고도 곱다. 장사를 할까? 그의 힘은 수레를 몰아 먼 데로 가기에 부족하다. 그러니 마음을 쏟고 뜻을 변함없이 하여 어지러운 일을 사절하고 쓸데없는 일을 끊고서…… (중략) 글을 지어 뒷사람에게 가르침을 남기고, 향교와 가숙(家塾)의 젊은이들로 하여금 우러르게 하고, 의를 온축하여 만세에 징험하여 믿게 한다면, 공택이 성취한 바가 어찌 우뚝 사람들을 환히 비추지 않겠는가? 나는 공택의 뜻도 이와 같은 줄로 안다.'

정약용은 이인행에게 파직을 기회로 삼아 고향 영천에서 학문을 연마하여 학행이 높은 학자가 될 것을 바랐으나 이인행은 불과 한 달 만에 정조의 부름을 받아 금부도사로 복귀했다. 이후 형조정랑에 올랐던 이인행은 갑작스러운 정조의 승하로 남인이었던 탓에 고산현감으로 밀려났고 정약용은 귀양을 떠났던 것인데, 서로가 몰락한 처지가 되어 헤어진 지 실로 23년 만의 만남이었다. 정약용은 이인행의 두 손을 붙잡고 울먹였다.

"공택, 어찌하여 이렇게 늙은이가 돼버렸소?"

"미용(美鏞, 정약용의 자), 이기 꿈인교 생신교? 우리가 살아 남아가꼬 다시 만났데이."

정약용과 이인행은 서로의 자(字)를 불렀는데 이인행은 고향 사람을 만난 듯 영천 사투리를 자신도 모르게 쓰고 있었다. 문과 급제한 뒤 한때는 '그랬소이까.' '아니오이다.' 등등 한양의 계급언어를 점잖게 쓴 적도 있었지만 경상도 영천 사투리가 절로 튀어나왔다. 홍씨 부인도 귀밑머리가 허연 이인행을 보더니만 눈물을 흘렸다. 서로가 살아 있었다는 것이 고맙기만 했다.

"잘 오셨습니다."

"부인, 억수로 반갑십니더. 미용과 만나기만 하믄 티격태격 싸우기만 했십니데이."

"싸우셨다기보다는 두 분께서 학문을 논했습니다."

홍씨 부인이 틀린 말을 한 것은 아니었다. 정약용과 이인행은 곧 젊은 시절로 돌아갔다. 반가워서 두 손을 맞잡은 것도 잠깐이었다. 사랑방에 든 두 사람은 저녁 끼니를 잊을 정도로 논쟁을 시작했다. 첫날밤은 기호지방과 영남의 학문풍토와 자세를 놓고 격렬하게 논쟁했다. 서로가 매섭게 비판을 가하며 공방을 벌였다.

둘째 날도 두 사람의 논쟁은 계속됐다. 끼니때만 겸상이 차려진 안방으로 나올 뿐 사랑방에서 나올 줄을 몰랐다. 정약용은 영남 학자들이 선현을 우습게 보는 경향이 있다, 자신을 최고로 여기는 독단이 지나치다, 패기와 오만이 넘쳐서 같은 영남의 선배학자라도 자신과 의견이 조금만 다르면 버릇없이 배척한다고 비판했다. 그러자 이인행이 한양을 비롯한 기호지방 학자들을 비난하며 맞섰다. 기호지방 학자들은 공부하는 방식이 잡박한 것을 숭상하고, 문장도 기교에만 힘써서 알맹이가 허한 것이 큰 문제라고 지적했다.

그런데 두 사람의 논쟁하는 태도는 특이했다. 논쟁을 하고 난 뒤에는 반드시 서로의 주장을 글로 써서 남겼다. 논쟁하는 과정과 서로의 주장을 글로 써서 남기는 것은 늘 정약용의 몫이었다. 이인행은 이틀 동안 실컷 논쟁하고 나서는 정약용이 써준 글을 들고 마재를 떠났다. 그가 떠난 뒤에야 정약용은 학연 앞에서 무릎을 쳤다.

"학가(정학연의 아명)야, 혜초 밭에 씨 뿌리는 늙은이가 바로 공택이구나!"

"말씀하신 뜻을 알겠습니다."

"이 매조도를 잘 포장해서 영천 이 정랑 댁으로 보내거라."

정약용처럼 유배를 간 것은 아니지만 벼슬살이의 미련을 버리고 고향 영천에서 살고 있는 이인행이었다. 영천에서 후학을 위해 강학은 열고 있겠지만 농사일을 외면하면서 살 수는 없을 터였다. 매조도에 쓰인 '혜초 밭에 씨 뿌리는 늙은이'는 젊은 시절의 친구였던 이인행이 아닐 수 없었다.

두 제자

두 사내가 마재로 가는 산길을 오르고 있었다. 괴나리봇짐을 멘 두 사람 모두 이십 대 청년이었다. 한 사내는 몸집이 우람했고 또 한 사내는 비쩍 마른 데다 키가 작달막했다. 먼 길을 걸어왔는지 두 사내의 두루마기는 황토 먼지로 얼룩이 져 누랬다. 마른 사내는 가시덩굴에 걸려 넘어졌는지 옷자락까지 찢겨 더 꾀죄죄했다. 마재를 가려면 송파나루에서 배를 타야하는데 여비를 아끼려고 걸어가는 중이었다.

마침내 두 사내는 마재 고갯마루 소나무 그늘에서 걸음을 멈추었다. 누런 황사 바람이 더는 불어오지 않았다. 고갯마루 아래로 흐르는 개울에서 물소리가 났다. 두 사내는 황토 먼지 범벅이 된 얼굴이며 손발에 낀 때라도 씻고 싶었다. 강진에서 스승과 헤어진 뒤 오 년 만에 뵙는데 거지 몰골로 인사를 드릴 수는 없었다.

"성, 우리 땀 냄시 난께 개완허게 시쳐불고 가세. 선상님을 뵙는디 꼬

랑내는 안 나게 허고 가는 것이 도릴 거 같은디."

"니 말이 맞은디 물이 안 찰까? 난 괭이세수만 헐까?"

"아따, 물이 차드라도 몸뗑이를 시쳐불잔께. 선상님을 오 년 만에 뵙는디 목욕재계는 해번져야제."

봄물이라도 산속의 개울물로 목욕하기는 아직 일렀다. 나이가 두세 살 어려 보이는 동생이 몸집이 큰 사내를 다그쳤다. 비록 옷차림은 보잘것없더라도 몸은 정갈하게 하자는 것이 동생의 주장이었다.

"성 얼굴을 보문 선상님이 웃어불겄어. 시커먼 숯쟁이 얼굴멩키로 허고 있당께."

"신동(윤종진 아명)이 니는 사둔네 남 말 헌다잉. 니 얼굴도 말이 아니어야. 영락읎는 각설이 꼬라지랑께."

"긍께 허는 말이여. 옷을 빨어 입지는 못 허드라도 몸뗑이는 깨깟하게 시쳐불잔께."

두 사내는 소나무 그늘에서 잠시 쉰 뒤 개울로 내려갔다. 몸집이 통통한 사내가 엄살을 부렸다. 옷을 벗고 한 발을 먼저 조심스럽게 개울물에 담그더니 잽싸게 뺐다.

"아이고, 얼어 죽겄네. 뭔 물이 요러크롬 차다냐. 간 떨어지겄다야."

"그짓말 좀 그만 허소. 몸뗑이를 푹 담가불문 괴않당께."

"웜메, 니 거시기를 봐라잉, 추운께 자라 모가지멩키로 쏙 들어가부렀어야. 내 눈에는 안 보인디 마재 오다가 떨어져분 거 아니냐? 하하하."

"성도 봉사 다 돼뿌렀어야. 요것이 안 보인다문 당달봉사 눈이제 뭐시당가."

가슴이 앙상한 사내가 손을 개울물 속에 넣고 통통한 사내의 남근을 잡아당겼다. 그러자 몸집이 좋은 사내가 소리쳤다.

"이 자슥아, 고것은 내 꺼여. 니는 니 것 내 것도 아즉 모르냐. 그래 가지고 장가는 어처케 갈라고 허냐."

"아따, 미안허네. 내 다린 줄 알고 만졌당께. 하하하."

두 사내는 찬 개울물을 끼얹으며 장난을 쳤다. 네 형제 중에 세 번째와 막내로서 어느 형제보다도 친구처럼 스스럼없이 지내는 사이였다. 평소에도 다투어 본 일이 없지만 강진 귤동 집을 떠나 먼 길을 걸어오면서도 단 한 번도 사이가 틀어지지 않고 오순도순 얘기를 주고받으며 왔던 것이다.

형 윤종삼은 완력이 좋았고, 동생 윤종진은 머리가 총명했다. 마재로 오는 데 서로가 힘이 되어주었다. 윤종진은 낯선 길이지만 형이 옆에 있어서 든든했고, 윤종삼은 갈 길을 정할 때마다 동생이 판단을 잘하는 길잡이 같아서 믿음직했다. 두 형제는 입술이 새파래져서야 개울가로 나왔다. 황토 먼지로 얼룩이 진 두루마기를 입고 있지만 얼굴만은 강진을 떠날 때의 모습이 다시 드러났다. 이십 대 청년의 얼굴이었다.

"성, 인자 내려가세."

"그란디, 니는 선상님을 보고 뭔 말로 인사를 디릴라고 허냐?"

"아따, 정해진 인사말이 따로 있당가. 그냥 맴속에서 나오는 대로 허문 되는 것이제."

"시방 내가 몰라서 묻는 것이 아니란께. 사모님도 기시고 헌께 쪼깐 고상헌 말이 좋지 않겄냐 이 말이여. 여그까정 와서 강진 촌놈이란 말을 들어서야 쓰겄냐."

"그라믄 이러크롬 한번 허소."

"뭔 말인지 얼렁 해 봐라."

윤종진이 헛기침을 하며 목을 가다듬었다. 그런 뒤 윤종삼을 바라보며 말했다.

"제자 문안드리옵니다. 기체일후 만수무강하시옵니까?"

"니가 혀라. 나는 옛날멩키로 헐란다. 선상님 안녕허신게라우 허문 되제, 선상님헌티 뭔 문자를 쓴다냐."

"글을 배운 사람은 달라야 헌께 그라제."

"이이고, 골치 아프다잉. 니가 말할 쩍에 나는 납작 엎어져뿔란다."

두 형제는 마재 산길을 다 내려온 뒤 마을 고샅길을 빠져나왔다. 그러고는 잠시 두리번대다가 산자락 하나가 볼록 멈추어 선 자리를 응시했다. 낙락장송 수십 그루가 음음한 그늘을 드리우고 있었다. 초가는 바로 솔숲이 우거진 뒷동산 밑에 자리를 잡고 있었다. 초가 앞 버드나무숲 사이로는 강이 언뜻 보였다.

두 형제는 숨이 턱 막혔다. 한눈에 봐도 스승 정약용의 집이 틀림없었다. 윤종진은 감격하여 혼잣말로 중얼거렸다.

"워메! 저것이 말로만 듣던 여유당이다냐. 선상님이 시방 저 집에 기신다는 것이여?"

윤종삼도 흥분했지만 윤종진처럼 두 눈이 붉어지지는 않았다. 윤종삼이 앞서 걸으며 재촉했다.

"니는 여그까정 왔는디 뭐 허고 있냐. 얼릉 선상님 뵙고 인사를 드려야제. 어서 따라오란 마다."

윤종삼은 사립문 앞에 서서 소리쳤다.

"선상님! 종삼이하고 신동이가 와뿌렀습니다요."

집은 텅 비어 있었다. 개 한 마리가 두 형제를 보더니 짖지도 않고 누워버렸다. 식구들 모두가 일을 나간 듯 조용했다. 홍씨 부인도 보이지 않았고 종 석이도 없었다.

"묵고 살기 심든께 선상님이 농사일도 허시는가?"

"선비가 뭔 농사일을 헌당가. 글을 읽으시다가 잠시 바람 쐬러 나가셨겄제."

"아모도 읎는 집이서 있응께 도적놈멩키로 맴이 쪼깐 요상허다야."

"으째야쓰까? 빈집이서 마루에 앙거 지달리는 것도 거시기허고."

"긍께 배깥에 나가 있자. 선상님을 뵙더라도 배깥에서 뵈야 예의일 것 같응께."

"아따, 성이 오래간만에 옳은 소리 한번 해분개비네."

두 형제는 다시 사립문 밖으로 나와 뒷동산으로 오르는 오솔길 입구에 놓인 반석에 앉았다. 솔바람 소리가 났다. 솔방울들이 반석 주변에 뒹굴고 있었다. 뒷동산과 강 사이로 초가가 들어선 것을 보니 귤동 집과 흡사했다. 귤동 집도 다산을 등지고 구강포 바다를 바라보고 있기 때문이었다. 풍수쟁이가 말하는 이른바 배산임수였다.

이윽고 윤종진이 벌떡 일어났다.

"성, 쩌그 선상님이 오신갑네."

윤종진 말대로 정약용이 지팡이를 짚고 나루터 쪽 숲속에서 걸어오고 있었다. 지팡이를 짚고 있지만 아직 허리는 꼿꼿했다. 윤종삼과 윤종진은 잰걸음으로 정약용에게 다가갔다.

"선상님, 종삼이가 왔어라우."

"선상님, 신동이도 왔어라우."

정약용은 뜻밖에 두 제자를 만나서 그런지 한동안 우두커니 바라보기만 했다. 그런 스승의 모습을 본 윤종진은 마음이 약해져 눈물이 났다. 윤종삼이 정약용을 부축했다. 그제야 정약용이 말했다.

"두 형제가 왔구나. 나를 기쁘게 해주려고 왔구나."

"늦게 와서 죄송허지만서도 지들은 선상님을 본께 참말로 맴이 좋그만요."

"아버지는 잘 계시느냐?"

"아부지도 선상님 뵙거든 안부 전해 달라고 했어라우."

"어서 집으로 들어가자."

두 형제는 마루로 올라가 큰절을 올렸다. 누구도 '기체일후 만수무강' 이란 말은 꺼내지 못하고 말았다. 마음이 여린 윤종진은 물론이고 무뚝뚝한 윤종삼도 마룻바닥에 굵은 눈물을 두어 방울 떨어트렸다. 정약용도 눈가에 물기를 비쳤다. 세 세람은 한동안 말을 잇지 못했다. 정약용은 두 형제의 절을 받는 순간 초당이 몹시 그리웠고, 두 형제는 폭삭 늙어버린 스승을 보는 순간 세월이 원망스러웠다.

홍씨 부인과 종 석이가 밭에서 돌아와서야 이런저런 얘기가 오갔다. 그제야 서로 간에 말문이 트였다. 두 형제가 강진에서 메고 온 괴나리봇짐에서 구강포 김 열 톳과 곰삭은 돔베젓을 꺼내 놓자 홍씨 부인이 부엌으로 가져갔다가 술과 함께 다시 돔베젓 한 종지를 안주로 내왔다. 석이는 물러서지 않고 마루 끝에 앉아서 정약용과 두 형제가 주고받는 얘기를 들었다. 석이도 강진을 오간 적이 있었으므로 고개를 끄덕거리곤 했다. 물론 홍씨 부인도 자리를 뜨지 못했다.

정약용은 초당보다 동암이 더 궁금할 수밖에 없었다. 강학을 열었던 초당이나 나중에 제자들이 차방(茶房)으로 지은 서암은 비어 있을 테지만 동암은 홍임 모와 홍임이가 살고 있기 때문이었다.

"금년에도 동암에 이엉은 이었느냐?"

"이었어라우."

이엉 올리기 감독은 윤종삼을 포함하여 여섯 명의 계원이 했는데, 다신계 곗돈 한 냥을 지불하여 동지 전에 새 볏짚을 구해 이엉을 엮었던 것이다.

"홍도는 다른 나무들과 같이 말라 죽지 않았느냐?"

"네, 잘 자라고 있어라우."

홍도는 홍임이를 낳을 때 홍임 모를 위해 심은 나무였다. 이를 아는 사람은 아무도 없었다. 두 형제도 모르고 홍씨 부인은 더더욱 알지 못했다. 고지식한 윤종진은 스승 정약용이 왜 홍임 모의 안부를 묻지 않고 홍도 얘기를 하는지 잠시 어리둥절해했다.

"우물가에 쌓은 돌담은 무너지지 않았느냐?"

"무너지지 않았어라우."

"연못 속의 두 마리 잉어는 얼마나 자랐느냐?"

"큰 것은 두 자 정도 자랐어라우."

정약용은 잉어의 소식도 홍도처럼 묻고 있었다. 홍임 모와 홍임이의 소식이 궁금해 견딜 수 없었지만 정약용은 그렇게 물을 수밖에 없었다. 홍씨 부인은 그것도 모르고 하마터면 '잉어가 풍증에 좋다는데 고아 잡수셨어야지요.' 하고 말할 뻔했다. 늙은이가 되어 잔병치레를 하는 정약용을 볼 때마다 안타까워서였다.

"동쪽 백련사 가는 길에 심은 동백은 모두 무성하게 자랐느냐?"

"그래라우."

"너희가 올 때 이른 차는 따서 말렸느냐?"

"미처 말리지 못했그만이라우."

정약용이 묻고 있는 이른 차란 곡우와 입하 사이의 작은 찻잎을 말했다. 입하 이후에 딴 큰 잎은 늦차(晩茶)라고 했다. 햇볕에 말렸느냐고 묻는 것은 발효차임을 뜻했다.

"다신계의 전곡(錢穀: 돈과 곡식)은 축이 나지 않았느냐?"

"축나지 않았그만이라우."

정약용은 더 묻고 싶은 것이 많았지만 홍씨 부인이 제자들을 앞에 놓고 자기 말만 한다고 눈치를 주는 탓에 가만히 술잔을 만지면서 서너 마디만 말했다.

"옛 사람의 말에 '죽은 사람이 다시 살아나도 마음에 부끄러움이 없도록 해야 한다'라고 했느니라. 내가 다시 다산에 갈 수 없음은 죽은 사람이 다시 살아나지 못하는 것과 마찬가지일 터이다. 하지만 혹 다시 간다 할지라도 반드시 얼굴에 부끄러운 빛이 없도록 해야 옳을 것이니라."

정약용은 두 제자에게 말을 하면서도 눈을 깜박이는 홍씨 부인의 얼굴을 보았다. 두 제자가 멀리서 찾아왔으니 훈계하기보다는 반갑게 술이나 마시는 것이 더 합당한 일인지도 몰랐다. 그래서 정약용은 술을 자작으로 먼저 마셨다.

어찌 생각해 보니 자기 손을 떠난 다 큰 제자들에게 훈계의 말을 한 것이 겸연쩍기도 했다. 간절하게 내뱉은 말들이 때로는 메아리로 돌아와 허망하게 느껴지고 자신을 외롭게 만들곤 했던 것이다. 정약용은 윤종삼이 따르는 술을 또 마셨다.

홍임 모와 홍임이의 안부를 묻지 못하는 자신의 무기력함이 뼛속 깊이 사무쳤다. 윤종삼은 그것도 모르고 정약용의 얘기를 들을 때마다 초당 시절로 되돌아간 듯 감개무량한 표정을 지었다. 윤종진은 더 말할 것도 없었다. 마침내 참지 못하고 애원하듯 말했다.

"선상님, 오늘 말씀허신 것을 글로 써주실 수 읎을께라우?"

"사사롭게 나눈 이야기라 아무데도 도움이 안 될 것이다."

"강진으로 돌아가더라도 선상님을 뵙고 잪으문 선상님께서 써주신 글이라도 볼라고 그럽니다요."

다음 날 새벽.

정약용은 방문을 열고 새벽 공기를 들이켰다. 새벽 공기에 술기운이 달아나고 정신이 맑아졌다. 그제야 정약용은 두 제자를 위해 붓을 들었다. 두 제자와 나누었던 얘기를 조금도 가감 없이 두 장의 종이에 써내려갔다. 두 제자가 원한 대로 글 끝에 '기숙(旗叔: 윤종삼)과 금계(琴季: 윤종진) 두 사람에게 준다.'라는 말까지 넣었다.

홍임이 출가

홍임이가 스물세 살이 되던 해였다. 홍임 모는 초당을 떠나려고 마음을 먹었다. 그동안에는 든든한 바람벽이 돼주었던 초당 주인 윤규로가 풍증으로 팔다리가 마비되어 드러눕고, 윤종진이 다신계에서 나오는 전곡의 일부를 임의로 홍임 모에게 보내주어 그럭저럭 살았는데 이태 전부터 무슨 까닭인지 전곡이 끊겼던 것이다.

그것뿐만이 아니었다. 제자들이 동짓날이 지나도 동암에 새 이엉을 얹으러 올라오지도 않고 봄에 곡우가 돼도 찻잎을 따는 울력을 하지 않았다. 손이 부족하니 잎차와 떡차를 만들어 차 봉지에 싸서 마재로 보내는 일도 홍임 모 혼자 힘으로는 버거웠다. 고뿔 약으로 사려는 사람들이 와도 파는 양마저 모자랐다. 이래저래 초당과 마재 여유당 사이를 간간이 오가던 소식은 차츰 뜬소문으로만 돌았다.

이청은 스승이었던 정약용이 자신을 이용만 했다며 비난하고 다녔다. 스승에게 버림을 받았다며 술을 마시면 사람들을 붙들고 자조하곤 했다. 오랜만에 홍임 모가 사는 초당에 와서조차 자신의 불만을 스스럼없이 뱉어냈다.

"홍임 모, 내 말 좀 들어보쇼잉. 선상님이 아조 날 버려뿐 거 같으요."

"뭔 말인게라우?"

이청은 최근에 정약용이 윤규로에게 보낸 편지 내용을 자신보다 나이가 많은 윤종삼으로부터 전해들은 듯했다. 과거를 준비해 왔던 윤종심과 윤종삼, 윤종진 등이 스승 정약용에게 아는 시험관이 있으면 자신들의 이름을 소개해 달라고 다투어 편지를 보낸 것은 사실이었다. 그런데 정약용이 윤규로에게 보낸 편지에서 여러 제자들에게 다 도움을 줄 수는 없으니 한 사람만 지목해 달라고 했던바 윤규로는 몇 해 전부터 정약용의 눈 밖에 난 이청을 먼저 빼고, 스승의 저서를 이청과 더불어 가장 많이 도운 윤종심을 추천했다. 그는 정약용의 글씨체까지 닮을 정도로 스승의 저술 작업을 가까이서 도왔던 것이다. 윤규로가 자기 아들이지만 윤종삼이나 윤종진을 추천하지 못한 까닭은 할아버지 상중(喪中)이었으므로 과거를 볼 수 없기 때문이었다.

"선상님이 맴속에 능구랭이가 몇 마리 들어 있넌 공목이(윤종심) 성만 뒤를 봐주기로 했당께라우."

"아따, 공목이 아제 나이가 많응께 그런 것이지라."

"공목이 성 편지를 보고 나가 숭악한 소문을 퍼뜨리고 댕긴다고 선상님이 말씸했다는디 나 참말로 억울허요."

어찌 보면 윤종심이 정약용의 도움을 혼자서만 차지하려고 윤규로의 편지를 입수하여 이청에게 그 내용을 알려 주었는지도 몰랐다. 윤종심의 수완은 약삭빠른 이청도 당해 내지 못할 때가 한두 번이 아니었다.

"마재로 한번 가보쇼잉. 올라가서 선상님헌티 말씸드리고 나문 오해가 다 풀리지 않을께라우?"

"선상님 맴을 몰라서 그라요? 한번 이뻐하면 끝까정 이뻐허고, 한번 고개를 저서뿔면 끝까정 저서뿐당께요. 산석이 성을 봄서도 모르겄소? 멫 해 전에도 산석이 성한티만 편지가 왔당께라우."

정약용이 소식을 끊은 채 산중에서 은거하는 황상에게 편지를 보낸 것은 1828년의 일이었다. 읍중제자인 황지초가 마재를 찾아갔을 때 황상에게 전해 달라며 '군의 편지를 기다리지만 이생에서 편지는 없을 것 같다. 마침 연암(황지초)을 만나고 보니 마음이 더욱 서글퍼져서 몇 자 적어 보낸다.'라는 내용의 편지를 보냈던 것이다.

"홍임 모는 여그서 은제까정 살라요?"

"뭔 소문을 들었능게라우? 뜬금읎이 물어본께 허는 말이요."

"아적 모른가비요잉. 누가 선상님 땅 모다 팔아묵어부렀지라우. 의심은 가는디 함부로 말은 못 허겄그만이라우. 공목이 성이 선상님헌티 전헐 다신계에서 나온 무명베 한 필을 꿀꺽헌 것은 몰래 땅 팔아묵은 배짱에 비교하문 새발의 피제라우."

임기응변에 능한 윤종심은 시치미를 떼고 마재를 다녔다. 한양으로 과거를 보러 가서도 양심의 가책이 느껴지면 마재를 가지 않고 강진으로 내려와 버렸다. 그런 소문을 들은 정약용은 몹시 섭섭했지만 별수가 없었다. 다신계에서 해마다 보내던 차도 오지 않고 어느새 다신계 전답의 소출도 형편없었다.

그렇다고 정약용은 십칠 년 전에 떠나온 강진으로 다시 내려갈 수도 없었다. 고작 윤규로에게 편지를 써 하소연할 뿐이었다.

'이제 다신계(茶信契)는 무신계(無信契)라 하는 것이 옳겠습니다. 갑오년(1834년) 포(布: 무명베 1필)는 공목이 맡았다는데 아직까지도 올라오지 않고 있습니다. 작년 가을에 공목을 만났을 때에도 아무 말이 없었으니 탄식할 뿐입니다. 속히 올려 보내라고 하십시오. 올해의 다봉(茶封)도 즉시 부치라고 하는 것이 어떻겠습니까?'

신의를 강조하며 맺은 다신계가 이제는 믿음이 무너진 무신계가 됐다는 정약용의 지적이었다. 그 한 예로 윤종심은 다신계 곗돈으로 산 무명베 한 필을 착복하고서도 아무렇지 않게 마재를 다녀간 것이었다. 정약용을 만나기 위해 마재를 오르내리는 윤종심이 그러하니 다른 제자들은 더 말할 것도 없었다. 어떤 사람은 다신계의 전답을 이중 계약서까지 꾸며서 거래할 정도이니 이제는 제자라고 하는 것이 민망할 지경이었다.

"인자 제자덜이 다 흩어져번진게라우?"

"사실대로 말허자문 진작 그랬지라우."

"학림 아제, 으째야쓰까."

"시방 누구 걱정헐 처지가 아니그만요. 나가 볼 때는 홍임 모녀가 더 걱정이그만이라우."

"홍임이는 절에 가 산다고 그라요."

"참말로 홍임이가 중이 된다고라우?"

"학림 아제만 몰랐그만. 시방 백련사서 행자 생활허고 있당께요."

홍임이가 먼저 비구니가 되겠다고 자청한 일이었다. 마재로 올라갈 가망이 없어지자 스스로 승려가 되겠다고 선택한 길이었다. 자신이 비구니가 되면 엄마를 절의 공양주로 불러들여 함께 살 수도 있다며 오히려 홍임 모를 설득했음이었다.

무엇보다 초당에서 안심하고 살 수 없는 처지가 홍임이를 절로 가게 했다. 윤규로가 병들어 드러눕자 그의 아들들도 홍임 모녀가 은근히 초당에서 내려가 주기를 바랐고, 다신계에서 조금씩 받았던 도움이 끊기자 생계마저 막연해졌던 것이다.

이청이 초당을 내려가고 밤이 되자 홍임이가 백련사에서 건너왔다. 초당에서 홍임 모가 혼자 자기를 두려워하자 백련사 주지가 양해해 주었다. 홍임이는 이제 아버지 정약용을 찾는 어린아이가 아니었다. 처녀가 되어 뺨은 잘 익은 홍도 같았고 가슴과 엉덩이는 어른만큼 풍만해져 있었다. 얼굴은 커갈수록 정약용을 빼어 닮아 사람들을 놀라게 했다.

"어메, 누가 왔능가?"

"학림 아제가 왔다가 갔어야."

"아부지헌티 대들었다는 소문도 있고 허니 조심허씨요."

"고런 소리 말어라. 오늘 학림 아제 야그를 듣고 본께 우리가 동암을 나가기로 헌 것은 아조 잘헌 일 같어야."

"나 내일 아직에 머리 깎고 대둔사로 가는디 어메도 같이 가세."

"괴안찮을끄나?"

"동암에 어메만 놔두고는 나 못 가겄어라우. 주지스님헌티 부탁했응께 어메도 같이 대둔사로 가세."

"동암서 영영 살 수는 없응께 말만 들어도 을메나 고마운 일이냐만 대둔사에 이녁이 잘 방도 있겄냐?"

"아따, 어메는 으째서 고러코롬 답답허요. 암자서 공양주 보살 허문 된당께."

밤이 깊었다. 달빛으로 방이 환해졌다. 잠을 자지 못하고 뒤척이던 홍임이가 홍임 모에게 다가왔다.

"어메, 나 물어보고 잪은 것이 하나 있는디."

"뭐시냐?"

"어메는 시방 아부지가 내려오실 꺼라고 생각허제. 나는 진작에 포기해부렀는디. 긍께 중이 될라고 허는 것이여."

"니가 뭣을 안다고 그란다냐."

"해남에 부잣집 소실 자리가 났는디도 어메가 안 가분께 그라지라우.”

“아적도 내 속을 모르냐? 아부지 땜시 그란 것이 아니여. 와불 사람 같으문 진작 왔제. 인자 오는 것은 틀려부렀어야.”

“어메는 아부지가 원망스럽지 않응가?”

“니는?”

“으째서 원망스럽지 않당가? 마재로 올라갈 꿈만 꾸다가 세월만 요러크롬 보내부렀는디. 허지만 중 되문 다 잊어불거여.”

“홍임아, 미안허다잉. 니는 마재로 올려 보내 아부지 옆서 글도 배움서 살게 헐라고 그랬는디 요게 우리 팔잔갑다.”

“어메, 글을 배운다고 행복해지는 것은 아니어라우. 아부지 보쇼. 아부지만큼 글 많이 헌 사람이 으디 있당가요.”

“니 말이 맞는 것도 같다만 아부지는 물짠 시상을 만나 그란 것이여.”

“나가 으째서 중 될라고 맴 묵은지 아요? 주지스님이 그란디 시상 사람덜은 뭐든지 가질라고 허고 중은 뭐든지 버릴라고 헌다고 그랍디다. 나는 주지스님 고 말씸이 가슴에 꽉 백혀부렀어라우. 나는 아부지도 버리고…… 글도 버리고…… 꿈도 버릴라요…….”

홍임이는 뒷말을 목이 메어 더듬거렸다. 어느새 눈가에는 눈물이 흘렀다. 홍임 모도 눈물로 베갯잇을 적시면서 홍임이를 꼭 껴안았다.

“내 앞서 눈물이란 눈물은 다 흘리고 가부러라잉. 으디 가서 몰래 짜면 어메 맴은 홍어창시멩키로 썩어불 팅께.”

"어메가 으째서 우요. 어메 읎는 디서는 안 울 팅께 울지 마쇼잉."

홍임 모녀는 밤새 잠을 이루지 못했다. 초당 동암에서 마지막이라고 생각하니 자꾸만 하염없이 눈물이 나왔다. 결국 홍임 모녀는 한숨도 자지 못하고 새벽예불 전에 백련사로 건너갔다. 석름봉에 자생하는 차나무 잎들이 달빛에 번들거렸다. 사발처럼 동그란 구강포 바다도 달빛에 반사되어 환히 드러나 보였다.

홍임 모녀는 백련사 돌샘으로 가서 세수를 했다. 두 손으로 찬물을 얼굴에 끼얹자 정신이 바짝 났다. 간밤에 모녀가 나누었던 얘기들이 어두운 동백 숲속으로 달아났다. 도량석하는 목탁 소리가 빈틈없이 경내를 채웠다. 부스스 깨어나는 백련사의 새벽이 실감났다.

새벽예불이 끝나고 날이 밝자마자 주지 자굉이 홍임이를 불러 삭발을 하기 시작했다. 대둔사에 볼일이 있다며 서둘렀다. 자굉은 홍임이 머리를 삭도로 쓱쓱 밀면서 말했다.

"홍임이는 비구니덜이 사는 수정암으로 가기로 되얐고, 홍임 모는 상원암 공양주로 갈 팅께 그리 알고 있더라고잉."

긴 머리카락이 땅바닥에 뭉툭뭉툭 떨어질 때마다 홍임이의 머리는 파르라니 변했다. 마침내 머리 모양이 백옥처럼 드러나자 자굉이 크게 만족해했다.

"전생에도 중이었는갑다. 머리빡이 호두알멩키로 동글동글헌 것이 틀림읎는 중상이랑께."

홍임이는 울지 않았다. 삭발하는 동안 내내 이를 악물고 입술을 깨물었다. 정약용의 어느 한 면을 닮아 독했다. 삭발이 끝났을 때는 입술에 붉은 피가 비쳤다.

홍임 모는 정랑으로 달려가 실컷 울었다. 홍임이의 머리카락이 한 움큼씩 잘려나갈 때마다 자신의 살점이 떨어져 나가는 것처럼 아파했다. 생가지가 찢기는 듯 슬퍼했다. 정랑에서 얼마나 울었는지 홍임 모의 두 눈은 벌에 쏘인 것처럼 퉁퉁 부어 있었다. 그런 홍임 모를 보고는 자굉이 타박했다.

"홍임 모는 사람이 죽은 거맹키로 울었소잉. 출가는 새로 태어나는 것이어라우. 인천(人天)의 스승이 되야번지는 길인께 축복을 해도 모자라지라우."

"스님, 감사허그만이라우."

"홍임이 니는 눈물 한 방울 흘리지 않는 걸 본께 중노릇 잘허겄다. 잘헐 자신 있지야?"

"잘헐께라우."

"니 비구니 은사는 수정암에 따로 있응께 거그 가서 정식으로 의식을 치를 것이니라. 너무 무섭게 생각허지 마라. 지난번에 왔던 비구니 스님이다. 할머이 같은 아조 자애로운 분이여."

자굉은 정약용의 제자이기도 하여 홍임 모녀를 각별하게 대했다. 백련사의 또 다른 이름인 만덕사의 사지(寺誌)를 편찬할 때 정약용의 심부름을 했던 것이다. 자굉이 홍임이의 머리를 직접 깎아주는 것도 스승의 딸이므로 중 만드는 데 정성을 다하기 위해서였다.

아침공양은 멀건 누룽지 죽이었다. 홍임 모녀는 뜨는 둥 마는 둥 하고는 자굉을 따라 나섰다. 홍임 모는 동암에 살림살이를 그대로 둔 채 대둔사로 떠났다. 세 사람이 마티재를 넘고 덕룡산 산길로 들어섰을 때에야 천관산 쪽에서 핏덩이 같은 해가 뜨고 구강포 바다에 햇살이 눈부시게 떨어졌다.

작별

봄비가 이틀 전부터 내렸다. 새벽에는 바람까지 불어 꽃잎이 흩날렸다. 매화꽃이 여유당 마당으로 하얗게 떨어져 뒹굴었다. 비바람에 피어난 꽃이 비바람으로 지고 있었다. 산자락에 자생하는 진달래꽃들도 붉게 떨어졌다. 꽃잎이 지면 새잎이 돋는 게 자연의 섭리였다.

정약용은 마당에 점점이 떨어진 꽃잎을 보고서는 희미하게 미소를 지었다. 마당가 고랑에는 빗물이 마루에서 보일 만큼 차올라 흘렀다. 낙화도 흐르는 물을 따라 사라졌다. 정약용은 비를 맞으며 힘겹게 걸어가 사립문을 열었다. 지팡이가 땅에 떨어졌다. 다리가 휘청거려 하마터면 넘어질 뻔했다.

간밤 꿈이 수상했다. 두 사람이 바람처럼 왔다 갔던 것이다. 누구인지는 알 수 없으나 옷차림만은 뇌리에서 떠나지 않았다. 한 사람은 흰 두루마기를 입었고 또 한 사람은 검은 두루마기 차림이었다. 두 사람은 올 때도 나란히 같이 왔고 갈 때도 함께 가버렸다. 정약용은 흰 두루마기 입은 사람을 붙잡고 싶어 손을 내밀었지만 두 사람은 모른 체하며 사라져버렸다. 무슨 영문인지 두 사람의 얼굴은 도무지 기억나지 않았다. 정약용은 지팡이를 들고 일어나 사립문 밖을 응시했다. 비를 피할 기력도 없어 비를 맞으며 마루로 올라왔다.

바람이 더 세게 불자 비가 마루턱까지 들이쳤다. 정약용은 마루 안쪽으로 물러나 벽에 등을 기댄 채 양반다리를 하고 앉았다. 홍씨 부인이 비 맞은 몰골로 멍하니 앉아 있는 정약용에게 한마디 했다.

"영감, 비 맞지 말아요. 몇 밤 자면 잔칫날인데 감기라도 걸리면 큰일 납니다."

"부인, 저 낙화들을 좀 보시오."

"바람이 부니까 떨어지는 거지요."

"우리 인생도 피고 지는 꽃 같다는 생각이 드는구려."

잔칫날이란 정약용 부부의 회혼연(回婚宴)을 뜻했다. 1836년 음력 2월 22일은 정약용과 홍씨 부인이 결혼한 지 육십 주년이 되는 날이었다. 정약용은 홍씨 부인과 달리 회혼연이란 것에 별다른 감흥을 느끼지 못했다. 인생이란 것도 비바람으로 피었다가 비바람으로 지는 꽃과 다르지 않다는 생각이 들 뿐이었다.

"영감, 뭘 그리 깊이 생각하고 계시오."

"아무것도 없어요. 그냥 무심히 앉아 있을 뿐이오."

정약용은 쿨럭쿨럭 기침을 터뜨렸다. 찬 공기가 목구멍을 자극했다. 그래도 정약용은 방으로 들어갈 생각을 하지 않았다. 누군가가 홀연히 사립문 안으로 들어설 것만 같았다. 홍씨 부인은 정약용의 고집을 알고 있기에 더 이상 권하지 않고 도리질을 하면서 방으로 들어가 버렸다.

어느덧 정약용의 나이 칠십오 세였다. 강진의 추억도 이제는 전생의 일처럼 까마득했다. 갑자기 심신이 쇠약해진 뒤로는 제자들의 이름도 잘 떠오르지 않았다. 애증의 감정도 다 씻기어져 버린 듯했다. 흉악한 소문을 퍼트리고 다니는 이청도, 다신계의 전답을 몰래 판 제자도, 다신계의 무명베를 착복한 윤종심도 밉지 않았다.

그런 무덤덤한 감정 때문인지 이제는 제자들이 기다려지지 않았다. 다만 제자들 중에 단 한 사람 황상만은 잊히지 않았다. 무슨 까닭으로 황상만이 잊히지 않는지 알 수 없는 일이었다. 칠 년 전 황지초가 마재에 왔을 때도 황상에게만 편지를 보냈던 것이다. 정약용은 가끔 혼잣말로 마재로 오기는커녕 편지 한 통 보낸 일이 없는 황상을 '무심한 놈'이라고 중얼거리곤 했다.

황상은 정약용의 꿈에 가끔 흰 두루마기를 입고 나타났다가 사라질 뿐이었다. 비록 꿈이기는 하지만 사라지는 뒷모습이 고왔다. 그런데 어느 꿈부터는 흰 두루마기만 펄럭일 뿐 얼굴은 물론 뒷모습도 보이지 않았다.

정약용이 잊지 못하는 또 한 사람은 홍임 모였다. 초당 소식이 끊긴 뒤로도 차를 마실 때마다 불현듯 생각이 나 슬그머니 찻잔을 내려놓곤 했다. 입에서 자신도 모르게 '불쌍한 사람' 하는 소리가 새어나왔다. 백련사 스님들이 평하기를 천한 신분으로 태어났지만 언행이 가볍지 않고 심지가 곧은 홍임 모였다. 게다가 바느질부터 못하는 일이 없고 솜씨가 좋아 막수네라고 불렸다. 홍임 모가 초당에 오지 않았더라면 온갖 병을 달고 살았던 자신은 천수를 다 누리지 못했을 것이 뻔했다. 마재 땅으로 돌아오지 못하고 강진 땅에 묻혔을지도 몰랐다. 홍임 모가 차를 만들고 달여 약처럼 아침저녁으로 올렸던 것이다. 그뿐만 아니라 병시중을 다 들었으며 자신이 삶의 의욕을 잃었을 때 홍임이를 낳아주어 고매에 꽃이 피는 듯한 기쁨을 주었음이었다.

정약용은 점심을 하고 난 뒤 바로 낮잠을 잤다. 몸에 한기도 들고 해서 솜이불을 덮고 잤다. 꿈은 꾸지 않았다. 미열이 났으므로 깊은 잠을 들 수 없었다. 옅은 잠 속으로 낙숫물 소리가 간단없이 들려왔다. 정약용은 약사발을 든 학연이 방문을 여는 소리에 눈을 떴다.

"아버님, 약 드시고 주무세요."

"됐다. 놓고 가거라."

정약용이 손사래를 치는데 그때 종 석이의 목소리가 났다.

"영감마님, 강진에서 손님이 왔습니다요."

순간 정약용은 벌떡 일어났다. 며칠째 미질을 앓던 사람답지 않게 눈에서 빛이 났다.

"어서 사랑방으로 들게 하거라."

정약용은 황상이 아닐까 직감했다. 문득 어젯밤 꿈속의 흰 두루마기가 떠올랐다. 예감이 들어맞았다. 비를 쫄딱 맞은 옷차림으로 마당에 서 있는 사람은 황상이었다. 정약용이 무릎걸음으로 방문턱을 넘어서자마자 황상이 소리치며 엎드렸다.

"선상님, 불경한 산석입니다요. 산석이랑께요."

황상은 비를 맞으며 일어날 줄을 몰랐다. 학연이 마당으로 달려가 일으켜 세우자 마지못해 다가왔다.

"이 사람아, 이 비를 맞으며 걸어왔는가?"

"선상님께 진 죄가 많었는지 비를 맞고 옴서도 맴은 시원혔습니다."

"어서 마루로 올라오게."

황상은 마루로 올라가 정약용과 홍씨 부인에게 큰절을 했다. 절을 하고 나서야 정약용을 바로 보았다. 동문 밖 주막집에서 보았던 그 정약용이 아니었다. 눈은 광대뼈 속으로 들어가 퀭했고 뺨도 움푹 주저앉아 합죽이가 되어 있었다. 황상은 눈물이 나 견딜 수 없었다.

"선상님, 으째서 요러크롬 쪼글쪼글허게 변해부렀습니까요?"

"너는 그대로구나. 얼굴도 목소리도 그대로구나!"

홍씨 부인은 자신이 상상했던 황상과 눈앞에 나타난 황상이 다르지 않았던지 거듭 놀라는 표정을 지었다.

"아, 자네가 강진제자 산석이구먼! 영감마님이 늘 기다리던 산석이구먼!"

마흔아홉 살이 된 황상이었지만 정약용은 솜털투성이였던 열다섯 살의 황상을 보고 있었다. 동천여사 사의재에서 자신이 써준 삼근계를 받고 수줍어하던 어린 황상의 모습만 보였다. 고개도 들지 못하던 그 모습이 황상에게 아직도 그대로 남아 있다는 것이 고맙고 놀라웠다.

"상아, 내 죽기 전에 네 얼굴을 보여 주다니 고맙구나."

"선상님, 인자 자꼬 뵐랍니다요."

"어서 사랑방으로 가서 젖은 옷을 바꿔 입거라."

"선상님도 핀히 쉬셔야지라우."

"저녁에 일찍 사랑방으로 가마."

황상은 사랑방으로 건너가 학연의 저고리와 바지로 갈아입었다. 마침 학연과 키가 비슷하여 옷이 잘 맞았다. 학연이 오래된 지기를 만난 듯 반가워 어쩔 줄을 몰랐다.

"산석이 자네가 세 개나 파준 인장을 잘 쓰고 있네. 그뿐인가, 자네가 쓴 시도 잘 보관하고 있지. 자네 시는 돌아가신 큰아버지께서 어찌나 칭찬하시던지 그 기억이 지금도 선하네."

"다 물짠 것들이라서 부끄럽지라우."

학연이 말하는 큰아버지는 유배지 흑산도에서 임종한 정약전을 가리켰다. 황상은 학연을 만나 주체할 수 없이 소용돌이쳤던 감정이 가라앉은 듯했다. 학연은 강진이 그리운 듯 읍중제자와 동문 밖 주막집 노파의 안부까지 물었다. 그러나 초당제자들 얘기는 아예 꺼내려고도 하지 않았다.

밤이 되자 학연은 자기 집으로 돌아가고 정약용이 사랑방으로 건너왔다. 걸음걸이가 불편하여 홍씨 부인이 사랑방 문턱까지 부축했다. 정약용은 벽에 등을 기대고서도 앉아 있기가 힘든지 황상에게 이부자리를 부탁했다. 정약용이 이부자리에 눕자 황상은 그 옆에 앉아서 묻는 말에 대답했다.

"나는 네가 올 줄 알았다."

"주역 점을 보셨는게라우?"

"주역 점은 놓은 지 오래됐지."

"하기사 지도 주역 점을 안 본당께요."

"마음의 눈을 뜬 사람은 그런 것 없이도 다 볼 수가 있지."

"선상님이라문 당연지사지라우. 으쩔 때게는 지도 쪼깐썩 뭔가가 보이지라우."

"어젯밤 꿈에 네가 보이더구나. 너는 흰 두루마기를 입고 있었고 너와 같이 온 사람은 검은 두루마기를 입고 있더구나. 다행이다. 검은 두루마기 대신 네가 와서."

"으째서 다행이라 하신게라우?"

"검은 두루마기는 저승사자가 아니겠느냐?"

황상은 정약용의 말에 등골이 오싹했다. 그제야 늙은 스승 가까이서

저승사자가 서성거리고 있다는 느낌이 들었다. 죽음의 그림자가 어른거리고 있는 듯했다. 그러고 보니 정약용은 숨을 고르게 쉬지 못했다. 들숨과 날숨이 숨바꼭질했다. 몸을 움직이지 않고 가만히 누워 있는데도 한꺼번에 숨을 몰아쉬곤 했다. 황상은 정약용의 앙상한 팔을 주물렀다. 근육이 사라지고 뼈만 앙상했다. 다리도 마찬가지였다.

"시원하구나. 시원하다."

"다리도 주물러 드릴께라우."

"불쌍한 홍임 어미는 잘 있느냐?"

"홍임이 따라서 대둔사로 갔습니다요."

"중이 됐구나, 우리 홍임이가."

정약용은 홍임 모녀의 소식을 그대로 받아들였다. 그런 뒤 곧 숨이 멎은 듯 잠이 들었다. 황상도 자신의 집에 온 것처럼 염치없이 곯아떨어졌다. 열흘을 걸어오느라 몹시 피곤하였으므로 혼절하듯 깊은 잠을 잤다. 어찌나 크게 코를 곯았는지 정약용이 몇 번이나 눈을 떴다. 다음 날 새벽에 학연과 학유가 왔다.

두 형제가 일찍 온 것은 홍씨 부인과 집안일을 상의하기 위해서였다. 마당에서 학연이 황상을 불렀다. 비는 개었지만 강에서 물안개가 밀려와 마당에 가득했다. 공기가 젖은 수건처럼 축축했다.

"아버지 회혼연을 뒤로 미루기로 했네. 건강을 회복하신 뒤에 하는 것이 좋겠다고 가족이 의견을 모았네. 자네도 아버지를 뵈서 알겠지만 기력이 말이 아니시네."

"그라믄 하루 이틀 더 선상님 옆에 있다가 강진으로 내려갈께라우."

"마음을 크게 내어 왔는데 미안하네."

"농사철이 오니께 일단 내려갔다가 모를 숭근 뒤에 또 오지라우."

황상은 하루를 더 머물렀다. 여유당 아궁이에 군불을 지피고 학연이 시키는 대로 아침저녁으로 약탕기에 든 한약을 달였다. 그날은 학연의 집으로 가서 겸상을 했다. 그러고는 학연과 밤새 얘기를 주고받았다. 아침이 되어서야 황상은 다시 여유당으로 돌아와 정약용에게 작별의 인사를 드렸다. 바짝 다가가 정약용의 마른 막대기 같은 손을 잡으며 말했다.

"선상님, 또 올께라우. 인자 자꼬자꼬 댕길께라우."

정약용은 하룻밤 사이에 기력이 더 떨어져 보였다. 고열에 시달린 듯 입술은 바짝 말라 있었다. 황상을 보는 것조차 힘겨워했다. 장남 학연이 방으로 들어와서야 입술을 달싹였다. 그러자 학연이 아버지 입에 귀를 갖다 대고 들었다. 머리말에 써둔 대로 선물을 챙겨 황상을 보내라고 모기만 한 소리를 내고 있었다.

황자중에게 준다.

『규장전운』 한 건

중국 붓 한 자루

중국 먹 한 개

부채 한 자루

담뱃대 한 개

여비 엽전 두 냥

送黃子中

奎章全韻一件

唐筆一枝

唐墨一錠

扇子一把

烟杯一具

路費 錢二兩

몇 자 되지 않은 선물 물목을 쓰는 데도 힘들었는지 글씨는 삐뚤빼뚤했고 먹이 짙었다가 옅어졌다. 황상은 울컥하여 이를 악물었다. 학연이 선물을 하나하나 가져와 황상의 괴나리봇짐 앞에 놓으며 재촉했다.

"괴나리봇짐 깊숙이 넣으시게. 아버님 마음이네. 어머님 말씀이 어젯밤에 열이 많이 올라 놀라셨다는데 어느 사이에 쓰셨는지 모르겠네. 아버님이 자네를 얼마나 아끼시는지 놀라울 뿐이네."

황상은 소내나루로 나가 배를 타고 나가서야 꺼이꺼이 울었다. 부채와 담뱃대까지 챙겨 준 스승 정약용이 자신을 얼마나 보고 싶어 했는지 그제야 깨달았다. 황상은 두미협을 지나면서 모내기를 한 뒤 반드시 마재로 다시 오리라고 입술을 깨물었다.

그러나 황상은 과천을 막 들어섰을 때 스승이 숨을 거두었다는 부음(訃音)을 듣고는 발길을 돌렸다. 회혼연을 치러야 할 2월 22일, 아침 8시에 세상을 떴다는 기별이었다. 황상은 부랴부랴 다시 마재로 돌아가 여유당 사립문 밖에서부터 곡(哭)을 했다. 학연이 준 상복으로 갈아입고 난 뒤 스승 정약용 곁을 밤낮으로 지켰다. 고인이 된 정약용을 뒷동산 유택으로 안장할 때까지 식음을 전폐하고 자식처럼 문상객들을 맞았다.

황상은 강진으로 내려가면서도 상복을 벗지 않았다. 자식과 똑같이 상례를 지켰다. 누가 있건 없건 단 한순간도 상복을 벗지 않았다. 한낮에 땀을 흘리면서도 괴나리봇짐에서 스승 정약용이 준 부채를 꺼내지 않았다. 스승을 잘 모시지 못한 죄인이라고 여기며 해를 보지 않으려고 고개를 숙인 채 터벅터벅 천리 길을 걸었다.

작가 후기

다산의 믿음과 배교 사이를 다시 사색하며

다산 정약용에게는 오늘 우리들이 찬탄하는 찬가(讚歌)가 있고, 오늘 우리들이 잘 모르는 비통한 비가(悲歌)가 있다. 법정스님께서도 당신의 산문집『물소리 바람소리』에서 다음과 같이 글로 남기신 바 있다.

'살 줄 아는 사람은 어떤 상황 아래서도 자신의 인생을 꽃 피울 수 있다. 그러나 살 줄을 모르면 아무리 좋은 여건에서도 죽을 쑤고 마는 것이 인생의 과정. (중략) 그는 18년 유배생활에서 260여 권의 저서를 남겼다. 그의 재능과 출세를 시기하여 무고한 죄를 씌워 유배를 보낸 그때의 지배계층은 오늘날 그 존재마저 사라져버렸다. 귀양살이에서도 꿋꿋하게 살았던 다산은 오늘까지 숨을 쉬면서 후손들 앞에 당당하게 서 있다. 참과 거짓은 이렇듯 세월이 금을 긋는다.'

자신을 극복한 인생, 그것도 진실과 거짓이라는 잣대로 수행자의 항심(恒心)에서 평한 말씀이 아닐까 싶다. 국학자의 입장에서는 위당 정인보의 평이 먼저 떠오른다. 위당은 '정조는 다산이 있었기에 정조일 수 있었고, 다산은 정조가 있었기에 다산일 수 있었다'라고 하면서 '다산 선생한 사람에 대한 연구는 곧 조선사의 연구요, 조선 근세사의 연구'라고 단언했던 바, 실학자 다산에게 위없는 경의를 표했던 찬가일 터이다. 그러나 빛이 있다면 그림자도 있어야 인간사의 양면이 아닐 것인가. 찬가가 있다면 비가도 있어야 하는 것이다. 나는 위대한 실학자 다산 정약용이 아닌, 우리가 몰랐던 인간 정약용의 고독과 눈물, 회한에 눈을 주지 않을 수 없었다. 그 계기는 20여 년 전으로 거슬러 올라간다. 우연히 의사이자 차 연구가인 일본인 모로오까 다모쓰(諸岡 存 1879-1946) 박사가 지은 『조선의 차(茶)와 선(禪)』이란 책을 접하게 되었는데, 다모쓰 박사가 1938년 11월 강진의 윤주채 노인을 만나서 들은 한 토막 이야기가 내 눈을 사로잡았다.

'선생에게는 그 무렵(다산초당 시절)에 한 사람의 부인이 동암에 있었는데 딸이 있었다. 부인은 강진군 동면 석교리 사람인데 정(鄭)씨 부인이라 불리고 있었다.'

구전이지만 여인의 호칭과 거주지까지 말하고 있으니 신빙성이 있었다. 이후 나는 수없이 강진을 오가며 향토사학자들을 만났다. 강진시장으로 가서 강진 말을 새겨들었다. 강진의 향토사학자 중에 한 분은 내게 강진 사람보다 강진을 더 잘 아는 소설가라고 우스갯소리까지 했다. 한 가지만 소개하자면 우리는 개구리 울음소리를 '개굴개굴'이라고 표현하지만 강진 촌로들은 '아굴아굴' 운다고 말했다. 바가지로 물을 뜨는 샘을 '바가지시암' 굴뚝을 '귀똘'이라고 불렀다. 사전에 반드시 등재해야 할,

이른바 표준말보다 더 실감나므로 사라져서는 안 될 강진 말이라고 생각된다. 더 말할 것도 없이 우리말을 눈부시게 조탁한 시문학파로서 정지용과 길동무가 된 김영랑 시인은 강진 향토언어를 자신의 시에 영롱하게 구사하고 있음을 깨달았다.

강진을 십여 년 다니는 동안 지남철에 쇳가루 붙듯 여인의 생애가 서사시처럼 그려졌다. 과부가 된 여인이 남당포 술청에서 허드렛일하며 살다가 다산을 만났다는 이야기, 제자들의 청으로 초당 동암으로 올라가 초당 살림을 맡았다가 다산과의 사이에서 딸 홍임을 낳았다는 이야기 등을 알게 되었다. 특히 다산에게 반신마비가 왔을 때 여인이 조석으로 차를 끓여 병수발을 했다는 이야기를 들었을 때는 가슴이 뭉클했다. 여인의 정성스러운 차가 없었더라면 다산의 눈부신 저술 작업도 가능하지 못했을 것이기 때문이었다. 그때 내 머릿속에 그려진 홍임 모의 일생은 이러했다.

'강진으로 유배 온 다산은 동문 밖 밥집 노파를 통해서 자신을 돌아보고 지난날의 교만을 버린다. 초당으로 가서는 본연의 선비로 돌아가 강학을 열고 밭뙈기를 일구며 농부들의 수고를 경험한다. 그러던 중에 다산은 남당포 여인을 동암에 들였고 홍임이라는 딸을 얻는다. 초로의 나이에 늦둥이를 보았으니 얼마나 사랑스러웠을까. 훗날 홍임에게 주려고 꽃핀 고매(古梅)에 새 한 마리가 나는 그림을 그려둔다. 한때 다산은 유배생활의 후유증으로 반신마비가 와 절망했다. 그러나 홍임 모가 날마다 차(茶)로 병수발을 하여 다산이 다시 집필할 수 있게 해준다.

마침내 다산은 해배가 되어 고향 마재로 간다. 뒤에 홍임 모와 홍임이도 마재로 갔지만 곧 초당으로 돌아오고 만다. 초당과 마재의 공기는 견디지 못할 만큼 달랐다. 그래도 다산은 생이별을 감내할 뿐이다. 마재의 아내와 가족들도 신산하기는 마찬가지. 다산은 홍임 모가 덖어 올리는 햇차로 그녀의 외로운 살림살이를 짐작할 뿐, 몇 해가 지나 그마저도 아득해지자 희미한 미소를 지으며 눈을 감는다.'

물론 그림자의 삶으로 울었던 이가 홍임 모만은 아니다. 어린 딸 홍임은 20세가 넘어 '아버지는 세상의 모든 빛을 가지려고 살았지만 나는 세상의 모든 것을 버리며 살겠다.'고 백련사에서 머리 깎고 출가를 해버린다. 마재의 아내 홍씨 부인도 안타깝기는 닮은꼴이다, 다산이 강진에서 18년 유배생활을 했다면 아내 역시 마재에서 18년 유배생활을 한 셈이었으니까. 그런 아내가 시집올 때 입고 온 붉은 치마를 다산에게 보낸다. 초당에 소실 홍임 모가 있음을 알고 자신을 잊지 말라며 붉은 치마를 보냈던 것이 아닐까. 그런데 다산은 아내의 마음도 모르고 가위로 잘라 두 아들에게 주는 글을 써 보낸다. 자식에게 훈계를 하는 하피첩(霞帔帖)이다. 사람들은 하피첩을 두고 다산의 자식사랑을 흠모하지만 아내인 홍씨 부인의 가슴에 번진 피멍은 모른다.

어찌 이뿐일까. 다산이 가장 사랑했던 제자 황상은 초당에 오지 않고 늘 겉돈다. 다산이 눈을 감을 무렵에야 모든 제자들이 하나둘 떠나버린 뒤 마재로 올라간다. 황상은 다산에게서 붓과 먹, 그리고 부채를 선물 받는다. 황상은 다산의 임종을 보고 제자로서 문상객을 받는다. 장례가 끝나자 황상은 마재에서 강진까지 상복을 입고서 뚜벅뚜벅 걷는다. 봄날 햇살이 따가웠지만 스승을 잘 모시지 못한 죄인이라는 생각으로 하늘을 보지 않은 채 고개를 숙이고서 스승이 준 부채도 꺼내지 않는다. 황톳길을 걷고, 강을 건너고, 산을 돌아서 천릿길을 걸어 내려온다. 초당시절 다산의 집필을 많이 도왔던 이청은 다산을 배반하고 출사의 꿈을 이루려고 했지만 끝내는 우물에 몸을 던져 자살한다. 출세하려고 안간힘을 쓰는 이들을 내 주변 어디선가 많이 본 듯하여 씁쓸했지만 어리석은 그의 생이 왠지 측은했다. 이러한 군상들이 다산의 길고 짙은 그림자가 되지 않았을까.

소설에 있어서 다산의 찬가는 씨줄이 되고 다산의 비가는 날줄이 된 것 같다. 객관적인 다산의 개인사는 다음 장에 연대기 순으로 간단하게 정리했으니 참고하시기 바란다. 인간 다산의 모습이 더욱 분명하게 보이리라고 믿는다. 이와 같은 우리가 몰랐던 인간 다산 이야기를 드라마로 만들고 싶다고 방송인들이 내 산방을 다녀가기도 했다. 크고 작은 난관이 있겠지만 뜻을 모으면 이루지 못할 것도 없으리라고 본다. 2018년은 다산 탄신 256주년이자 다산 해배 2백 주년의 해였다. 우리가 다산을 기리는 이유는 다산이야말로 한국인이라면 결코 잊어서는 안 될 정체성을 한껏 발현하고 살았던 분이기 때문이다. 다산은 한국인의 아름다운 정체

성이자 덕목이기도 한 충심(忠心), 효심(孝心), 공심(公心), 시심(詩心)을 온전하게 드러내고 살았던 분이다. 오늘 우리들이 어느 분야, 어떤 어려운 상황에 놓이든 간에 영혼의 스승으로 삼아도 좋을 너무도 인간적이고 진실한 분인 것이다.

2019년 1월 21일 정민 교수 부부가 내 산방을 방문한 적이 있다. 그날의 일기를 보니 다음과 같이 쓰여 있다.

'한양대 정민 교수께서 부인과 함께 내 산방을 다녀갔다. 우리는 오래된 지인처럼 2시간 동안 차담을 나누었다. 정 교수께서는 다산 연구의 1인자답게 다산의 배교문제를 이야기하는 데 거침이 없었다. 순간 나는 강단의 고수를 만난 희열을 맛보았다. 더불어 증보판을 내야겠다는 생각을 굳히지 않을 수 없었다.'

정 교수가 간 뒤에 나는 숙제를 하나 받은 듯했다. 사실이었다. 이미 발간한 소설에서는 다산의 배교문제를 두루뭉술하게 넘어가 늘 꺼림칙했던 것이다. 더구나 정 교수는 다음 날 자신의 역작인 『다산독본』 중 내가 참고할 만한 일부를 메일로 보내왔다. 나는 몇 달 동안 머릿속으로만 구상하고 있다가 2020년 7월 9일과 10일 사이에 '믿음과 배교 사이'란 증보원고를 머뭇거리지 않고 단숨에 썼다. 그런 뒤 늘 독자분들에게 죄송스럽게 생각해 왔던 소설제목 문제를 원점에서 다시 생각했다. 원래는 『다산의 사랑』이었는데, 한결미디어 출판사 대표의 강권으로 『소설 정약용』이라고 제목을 바꾸어 발간했던 것이다. 그러나 이번에는 내가 증보판을 내면서 원제인 『다산의 사랑』으로 돌아가자고 주장했다. 다행히 출판사 대표는 내 의견을 선선히 따라주었다. 독자분들에게 혼란을 주어 미안하기도 하지만 원제대로 돌아가는 것이니 너그러운 양해를 구할 뿐이다. 끝으로 이 소설의 표지와 편집, 출판을 맡아준 출판사 한결미디어의 모든 분들에게 감사를 드린다.

2020년 가을, 이불재 산방에서

벽록 정찬주

부록

유네스코 선정 세계의 인물, 정약용 생애

참고문헌

유네스코 선정 세계의 인물, 정약용 생애

다산은 아명이 귀농, 자는 미용, 송보이고, 호는 삼미자, 사암, 열수, 다산, 자하도인, 탁옹 등이며 당호는 여유당으로 영조 38년(1762) 광주군 초부변 마현리(현재 남양주시 조안면 능내리)에서 천년을 하루같이 흐르는 한강의 기운을 받아 아버지 정재원과 어머니 해남 윤씨의 넷째 아들로 태어났다. 7세에 이미 시 창작의 재주를 드러낸 다산은 10세 무렵에 『삼미자집』을 냈고, 15세에 풍산 홍씨와 결혼한 뒤 시대를 앞서간 천재들인 이가환, 이벽, 이덕무, 박제가 등과 사귀며 이익의 『성호사설』 등을 읽고 실학사상에 눈떴다.

다산은 정조 1년(1777년) 16세 때 아버지가 화순현감이 되자 신혼생활을 접고 화순으로 내려가 살았는데 17세 때는 화순명승인 물염정과 서석산(무등산) 등을 유람하며 호연지기를 길렀다. 또한 화순 출신 고승이

자 혜장의 스승인 연담 유일선사를 만나 감화를 받았으며, 둘째 형 정약전과 동림사로 들어가 겨우내 두문불출 독서했다. 다산은 『맹자』를 주로 외웠으며 『상서』를 공부하는 정약전과 토론하며 태평성대를 꿈꾸었다. 이때의 독서는 훗날 기백 권의 저술을 하는 데 밑거름이 된바, 다산은 화순에서의 독서가 자신의 학문 길에 있어서 초석이 되었음을 남기고자 『동림사독서기』를 지었다.

다산은 정조 7년(1783) 22세 때 진사시험 합격으로 성균관 유생이 되었다. 이때 선정전으로 나아가 정조대왕을 처음 만났고 다음 해에는 『중용강의』 80항목을 지어 올려 크게 칭찬받았다. 대과에 급제한 뒤에는 정조의 총애가 더욱 커졌으며 31세 때는 정조의 특명으로 기중기, 활차 등을 설계하여 수원성 축조에 기여하였고 벼슬도 높아져 암행어사—참의—좌우부승지 등을 거쳤다. 그러나 임금의 총애가 권신들의 모함과 시기로 바뀌어 한때 금정찰방, 곡산부사 등 외직으로 좌천되기도 하였으며 정조가 승하한 뒤 천주교 탄압이 시작되자 다산의 형제와 친지, 동지들 대부분이 투옥되어 옥사하거나 유배형에 처해졌다.

다산은 순조 원년(1801) 40세 때 2월에 책롱사건이 나자 장기로 유배갔다가 황사영 백서사건으로 그해 11월 싸락눈이 내리는 날 강진에 이배되어 동문 밖 주막집에서 귀양살이를 시작하였다. 이른바 동천여사 사

초의선사가 그린 다산초당

의재에서 황상 등 읍중제자들을 가르치며 4년을 보냈고, 숙유보다 뛰어난 천재 승려 혜장을 만난 뒤에는 강진의 차를 마시며 건강을 되찾았고, 큰아들 학연이 오자 고성암 보은산방에서 『주역』 등을 가르치며 겨울을 났다. 이후 이학래 집 사랑방 묵재에서 1년 이상을 보냈으며 순조 8년(1808)에는 윤단의 초당으로 거처를 옮겨 해배될 때까지 심신의 어려움을 극복하며 11년을 보냈다.

다산에게 초당생활은 자신의 실학을 집대성한 절정기였다. 비록 고난의 유배생활도 했지만 전 생애를 통해서 백성을 사랑하는 마음으로 선비의 도리를 다하고자 『목민심서』 등 5백여 권의 저서를 남겼고, 다신계

계원이 된 제자 18명을 열정적으로 가르쳤다. 또한 아리땁고 헌신적인 남당포의 여인을 소실로 맞아들여 늦둥이 홍임이의 재롱에 유배생활의 외로움을 잊었으며, 대둔사의 명민한 승려 혜장, 초의, 호의, 은봉 그리고 혜장의 애제자 수룡, 철경 등과 활발하게 만나며 지적 탐색을 넓혀갔다.

다산은 순조 18년(1818) 57세 되던 해 가을에 유배에서 풀려 고향 마재로 돌아와서도 쉬지 않고 미완으로 남아 있던 『흠흠신서』, 『아언각비』 등의 저술을 계속하였다. 그리고 회갑을 맞이해서는 「자찬묘지명」을 지어 생애를 진솔하게 정리하였으며, 관직에 나아가지 않고 병든 아내 풍산 홍 씨를 뒤늦게나마 애틋하게 보살피며 여유당을 지켰다. 그러나 다산의 유유자적한 꿈은 그뿐, 강진의 초당을 그리워했던 죽음 직전의 영혼은 쓸쓸했다. 고향으로 돌아온 지 18년 만인 헌종 2년(1836) 2월 22일에, 그것도 풍산 홍 씨와 결혼한 지 60주년이 되는 회혼일에 75세를 일기로 파란만장한 생을 접었다.

2018년은 다산 탄신 256주년의 해다. 유네스코는 루소, 헤르만 헤세, 드비쉬, 다산을 2012년의 기념 인물로 지정했다. 다산을 세계적인 기념 인물로 선정한 유네스코는 '정약용은 매우 중요한 한국의 철학자로서 그의 업적과 사상은 한국 사회와 농업, 정치 구조의 현대화에 큰 영향을 미쳤다'고 평하고 있다. 일찍이 위당 정인보 선생도 다산을 가리켜 '다산 선생 한 사람에 대한 연구는 곧 조선사 연구이며 조선 근세사의 연구'라고 찬탄했다.

참고문헌

참고서적

『강진과 다산』(강진문헌연구회), 양광식 편역

『다산의 강진유배 18년 동문매판가』(문사고전연구소), 양광식 편역

『다산말씀』(강진문헌연구회), 양광식 편역

『다산의 자식사랑』(강진군문화재연구소), 양광식 편역

『다산 제자 1호 치원 황상이 받은 편지』(문사고전연구소), 양광식 편역

『다산과 차』(도서출판 금성), 양광식 편역

『다산과 혜장』(문사고전연구소), 양광식 편역

『정수사』(강진군문화재연구소), 양광식 저

『월출산 강진땅 이야기』 문사고전연구소 편

『탐진문화 20년사』 탐진향토문화연구회 발간

『다산의 재발견』(휴머니스트), 정민 저

『새로 쓰는 조선의 차 문화』(김영사), 정민 저

『삶을 바꾼 만남』(문학동네), 정민 저

『한국학 그림과 만나다』(태학사), 정민·김동준 외 저

『동림사 독서기』(다산연구회), 박석무 역

『유배지에서 보낸 편지』(창작과 비평사), 박석무 편역
『자찬묘비명(집중본)—나의 삶, 나의 길』, 박석무 역

『국역 다산시문집』 1~10권(솔), 민족문화추진회 편
『다산문선』(솔), 민족문화추진회 편

『남당사』(홍임 모의 일생을 노래한 한시), 임형택 역
『동사열전』(광제원), 김윤세 역
『역주 목민심서』(창작과 비평사), 다산연구회 역주
『정다산의 대학공의』(명문당), 이을호 역
『정약용과 그 형제들』(김영사), 이덕일 저
『정조치세어록』(푸르메), 안대회 저
『하늘의 뜻을 묻다, 주역』(열림원), 이기동 저

논문

「다산과 혜장의 교유와 두 개의 견월첩(見月帖)」(한양대 한국학연구소), 정민
「초의에게 준 다산의 당부」(한양대 한국학 연구소), 정민

「다산 정약용 문학연구」(단국대출판부), 김상홍
「다산 정약용의 생애와 사상」(다산연구소), 박석무
「다산의 제다법에 관한 고찰」, 박희준
「차인(茶人) 정약용 연구」(목포대), 박말다
「초의선사의 차문화관 연구」(동국대), 박동춘

다산의 사랑

초판 1쇄 발행 2020년 11월 20일
초판 2쇄 발행 2022년 4월 20일

지은이 정찬주
펴낸이 박연
펴낸곳 한결미디어

등록 2006년 7월 24일(제313-2006-000152호)
주소 서울시 마포구 모래내로 83 한올빌딩 6층
전화 02-704-3331
팩스 02-704-3360
이메일 okpk@hanmail.net

ISBN 979-11-5916-142-1 03810